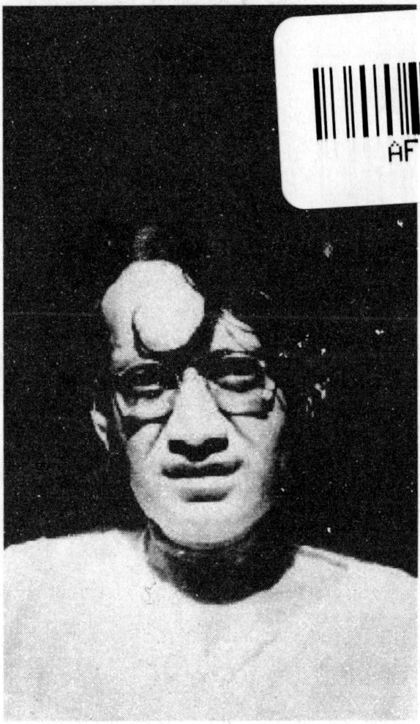

सआदत हसन मंटो

मई 11, 1912–जनवरी 18, 1955

भारत-विभाजन की पृष्ठभूमि में लिखी 'टोबा टेक सिंह' लेखक मंटो की सबसे मशहूर कहानी है। मई 11, 1912 को जन्मे सआदत हसन मंटो का साहित्यिक सफ़र अंग्रेज़ी, फ्रेंच और रूसी लेखकों की रचनाओं के अनुवाद से आरम्भ हुआ। शुरू के लेखन में मंटो समाजवादी और वामपंथी सोच से प्रभावित नज़र आते हैं, लेकिन देश के बँटवारे ने उन को बहुत गहरा और अमिट घाव दिया जिसकी परछाईं उनकी अनेक कहानियों में मिलती है, जिनमें उन दिनों के पागलपन, क्रूरता और दहशत को दर्शाया गया है। कई बार उनकी लिखी कहानियों पर अश्लीलता के आरोप लगाए गए। 1947 में विभाजन के बाद, मंटो पाकिस्तान में जा बसे। लेकिन वहाँ उन्हें मुम्बई जैसा बौद्धिक वातावरण और दोस्त नहीं मिले और वह अकेलेपन और शराब के अँधेरे में डूबने लगे और 1955 में गुर्दे की बीमारी के कारण उनकी मौत हो गई।

स्याह हाशिये
और अन्य कहानियाँ

सआदत हसन मंटो

राजपाल

अनुवाद

नीलाभ

स्थापित 1912
100 वर्षों की
श्रेष्ठ प्रकाशन परम्परा
राजपाल

₹ 235

ISBN : 9789386534088

पहला संस्करण : 2017, चौथा संस्करण : 2025

SYAH HASHIYE AUR ANYA KAHANIYAN (Stories)

by Saadat Hasan Manto

मुद्रक : जी. एस. ऑफसेट, दिल्ली

राजपाल एण्ड सन्ज़

1590, मदरसा रोड, कश्मीरी गेट, दिल्ली-110006

फोन : 011-23869812, 23865483, 23867791

website : www.rajpalpublishing.com

e-mail : sales@rajpalpublishing.com

www.facebook.com/rajpalandsons

क्रम

स्याह हाशिये 7

चोर 18

मौसम की शरारत 25

गुलगत ख़ान 31

हरे सैंडिल 37

दीवाली के दीये 42

तीन मोटी औरतें 44

हुस्न की तख़्लीक़ 53

पसीना 58

आर्टिस्ट लोग 64

घोगा 68

तयक़्क़ुन 75

राजो 80

ख़त और उसका जवाब 86

मिसेज़ गुल 92

मौजदीन 98

बीमार 104

एक भाई, एक वाइज़ 109

खुदफ़रेब 115

नारा 122

फ़ोभा बाई 132

अबजी गुड्डू 141

स्वराज के लिए 146

डार्लिंग 170

स्याह हाशिये

अनजान होने का फ़ायदा

पिस्तौल से झुँझलाकर गोली बाहर निकली।

खिड़की में से बाहर झाँकने वाला आदमी उसी जगह दुहरा हो गया।

पिस्तौल थोड़ी देर के बाद फिर दबी—दूसरी गोली भनभनाती हुई बाहर निकली।

सड़क पर माशकी की मशक फटी। वह औंधे मुँह गिरा और उसका लहू मशक के पानी में मिलकर बहने लगा।

पिस्तौल तीसरी बार दबी—निशाना चूक गया। गोली एक गीली दीवार में जज़्ब हो गयी।

चौथी गोली एक बूढ़ी औरत की पीठ में लगी—वह चीख भी न सकी और वहीं ढेर हो गयी।

पाँचवीं और छठी गोली बेकार गयी। कोई न ज़ख्मी हुआ, न मरा।

गोलियाँ चलानेवाला भन्ना गया। उसी वक्त सड़क पर एक छोटा-सा बच्चा दिखाई दिया। गोलियाँ चलानेवाले ने पिस्तौल का मुँह उसकी तरफ़ मोड़ा।

उसके साथी ने कहा, "यह क्या करते हो?"

गोलियाँ चलानेवाले ने पूछा, "क्यों?"

"गोलियाँ तो खत्म हो चुकी हैं।"

"तुम खामोश रहो—इतने से बच्चे को क्या मालूम?"

जूता

हुज़ूम ने रुख बदला और गंगाराम के बुत पर पिल पड़ा। लाठियाँ बरसाई गयीं। ईंटें और पत्थर फेंके गये। एक ने मुँह पर तारकोल मल दिया। दूसरे ने बहुत-से पुराने जूते जमा किए और उसका हार बनाकर बुत के गले में डालने के लिए आगे बढ़ा, मगर पुलिस आ गयी और गोलियाँ चलनी शुरू हुईं।

जूतों का हार पहनानेवाला ज़ख्मी हो गया। चुनांचे मरहमपट्टी के लिए उसे सर गंगाराम अस्पताल भेज दिया गया।

मुनासिब कार्रवाई

जब हमला हुआ तो मुहल्ले में से अल्पसंख्यकों के कुछ आदमी तो कत्ल हो गये, जो बाकी थे, जान बचाकर भाग निकले। एक आदमी और उसकी बीवी अलबत्ता अपने घर के तहखाने में छिप गये।

दो दिन और दो रातें छिपे हुए मियाँ-बीवी ने कातिलों के आने की आशंका में गुज़ार दीं, मगर कोई न आया।

दो दिन और गुज़र गये। मौत का डर कम होने लगा। भूख और प्यास ने ज़्यादा सताना शुरू किया।

चार दिन और बीत गये। मियाँ-बीवी को ज़िन्दगी और मौत से कोई दिलचस्पी न रही। दोनों छिपे स्थान से बाहर निकल आये।

पति ने बड़ी दबंग आवाज़ में लोगों को अपनी तरफ़ मुतवज्जह (आकर्षित) किया और कहा, "हम दोनों अपने-आप को तुम्हारे हवाले करते हैं—हमें मार डालो।"

जिनको सतर्क किया था, वे सोच में पड़ गये, "हमारे मज़हब में तो जीव हत्या पाप है।"

वे सब जैनी थे, लेकिन उन्होंने आपस में मशवरा किया और मियाँ-बीवी को मुनासिब कार्रवाई के लिए दूसरे मुहल्ले के आदमियों के सुपुर्द कर दिया।

इस्लाह

"कौन हो तुम?"

"तुम कौन हो?"

"हर-हर महादेव—हर-हर महादेव...हर-हर महादेव।"

"सबूत क्या है?"

"सबूत—मेरा नाम धर्मचन्द है।"

"यह कोई सबूत नहीं।"

"चार वेदों में से कोई भी बात मुझसे पूछ लो।"

"हम वेदों को नहीं जानते। सबूत दो।"

"क्या?"

"पायजामा ढीला करो।"

पायजामा ढीला हुआ तो शोर मच गया—"मार डालो, मार डालो।"

"ठहरो, ठहरो, मैं तुम्हारा भाई हूँ। भगवान की कसम, तुम्हारा भाई हूँ।"

"तो यह क्या सिलसिला है?"

"जिस इलाके से आ रहा हूँ, हमारे दुश्मनों का था। इसलिए मजबूरन मुझे ऐसा करना पड़ा, सिर्फ़ अपनी जान बचाने के लिए।...एक यही चीज़ गलत हो गयी है। बाकी बिलकुल ठीक हूँ।"

"उड़ा दो गलती को।"

गलती उड़ा दी गयी। धर्मचन्द भी साथ ही उड़ गया।

पठानिस्तान

"खो, एकदम जल्दी बोलो, तुम को आये?"

"मैं...मैं...।"

"खो, शैतान का बच्चा, जल्दी बोलो–इन्दू अए या मुस्लमीन?"

"मुस्लमीन।"

"खो, तुम्हारा रसूल कौन है?"

"मुहम्मद खान।"

"टीक अए–जाव।"

घाटे का सौदा

दो दोस्तों ने दस-बीस लड़कियों में से एक चुनी और 42 रुपये देकर उसे खरीद लिया। रात गुज़ारकर एक दोस्त ने पूछा, "तुम्हारा नाम क्या है?"

लड़की ने अपना नाम बताया तो वह भन्ना गया, "हमसे तो कहा गया था कि तुम दूसरे मज़हब की हो।"

लड़की ने जवाब दिया, "उसने झूठ बोला था।"

यह सुनकर वह दौड़ा-दौड़ा अपने दोस्त के पास गया और कहने लगा, "उस हरामज़ादे ने हमारे साथ धोखा किया है। हमारे ही मज़हब की लड़की थमा दी। चलो, वापस कर आयें।"

मिज़ाजपुर्सी

चलती गाड़ी रोक ली गयी। जो दूसरे मज़हब के थे, उनको निकाल-निकालकर तलवारों और गोलियों से हलाक कर दिया गया। इससे निपटकर गाड़ी के बाकी मुसाफ़िरों की हलवे, दूध, फलों से खातिर की गयी। गाड़ी चलने से पहले खातिर करने वालों के प्रबन्धक ने मुसाफ़िरों को सम्बोधित करके कहा, "भाइयो और बहनो! हमें गाड़ी की आमद की इत्तिला देर में मिली। यही वजह है कि हम जिस तरह चाहते थे, उस तरह आपकी खिदमत नहीं कर सके।"

खबरदार

बलवाई मकान मालिक को बड़ी मुश्किलों से घसीटते हुए बाहर ले आये। कपड़े

झाड़कर वह उठ खड़ा हुआ और बलवाइयों से कहने लगा : "तुम मुझे मार डालो, लेकिन खबरदार जो मेरे रुपये-पैसे को हाथ लगाया।"

निगरानी में

'अ' अपने दोस्त 'ब' को अपना हममज़हब ज़ाहिर करके, उसे महफ़ूज़ मुकाम पर पहुँचाने के लिए मिलटरी के एक दस्ते के साथ रवाना हुआ। रास्ते में 'ब' ने, जिसका मज़हब मसलहतन बदल दिया गया था, मिलटरीवालों से पूछा, "क्यों जनाब, आस-पास कोई वारदात तो नहीं हुई?"

जवाब मिला, "कोई खास नहीं। फलाँ मुहल्ले में अलबत्ता एक कुत्ता मारा गया।"

सहमकर 'ब' ने पूछा, "कोई और खबर?"

जवाब मिला, "खास नहीं, नहर में तीन कुतियों की लाशें मिलीं।"

'अ' ने 'ब' की खातिर मिलटरीवालों से कहा, "मिलटरी कुछ इन्तज़ाम नहीं करती?"

जवाब मिला, "क्यों नहीं? सब काम उसकी निगरानी में होता है।"

हैवानियत

बड़ी मुश्किल से मियाँ-बीवी घर का थोड़ा-सा सामान बचाने में कामयाब हुए। जवान लड़की थी, उसका कोई पता न चला। छोटी-सी बच्ची थी–उसको माँ ने अपने सीने के साथ चिपटाए रखा। एक भूरी भैंस थी, उसे बलवाई हाँककर ले गये। गाय बच गयी। मगर उसका बछड़ा न मिला।

मियाँ-बीवी, उनकी छोटी-सी लड़की और गाय–एक जगह छिपे हुए थे। सख्त अँधेरी रात थी। बच्ची ने डर से रोना शुरू किया तो खामोश फ़ज़ा में जैसे कोई ढोल पीटने लगा। माँ ने खौफज़दा होकर बच्ची के मुँह पर हाथ रख दिया कि दुश्मन सुन न ले। आवाज़ दब गयी। बाप ने एहतियातन, ऊपर गाढ़े की मोटी चादर डाल दी।

थोड़ी देर के बाद दूर से किसी बछड़े की आवाज़ आयी। गाय के कान खड़े हुए। वह उठी और इधर-उधर पागलों की तरह दौड़ती हुई, डकराने लगी। उसको चुप कराने की बहुत कोशिश की गयी। मगर बेसूद।

शोर सुनकर दुश्मन आ पहुँचा। दूर से मशालों की रोशनी दिखाई दी। बीवी ने अपने मियाँ से बड़े गुस्से के साथ कहा, "तुम क्यों इस हैवान को अपने साथ ले आये थे?"

रियायत

"मेरी आँखों के सामने मेरी जवान बेटी को न मारो।"

"चलो, इसी की बात मान लो, कपड़े उतारकर हाँक दो एक तरफ़।"

उलाहना

"देखो यार, तुमने ब्लैक-मार्केट के दाम भी लिये और ऐसा रद्दी पेट्रोल दिया कि एक दुकान भी न जली।"

आराम की ज़रूरत

"मरा नहीं—देखो, अभी जान बाकी है।"

"रहने दो यार—मैं थक गया हूँ।"

किस्मत

"कुछ नहीं दोस्त, इतनी मेहनत करने पर सिर्फ़ एक टिन हाथ लगा था पर उसमें भी साला सूअर का गोश्त निकला।"

दावते-अमल

आग लगी तो सारा मुहल्ला जल गया—सिर्फ़ एक दुकान बच गयी, जिसकी पेशानी पर यह बोर्ड लगा हुआ था : "यहाँ इमारतसाज़ी का सारा सामान मिलता है।"

पेशबन्दी

पहली वारदात नाके के होटल के पास हुई। फ़ौरन ही वहाँ एक सिपाही का पहरा लगा दिया गया।

दूसरी शाम को स्टोर के सामने वारदात हुई। सिपाही को पहली जगह से हटाकर दूसरी वारदात के मुकाम पर नियुक्त कर दिया गया।

तीसरा केस रात के बारह बजे लॉण्ड्री के पास हुआ।

जब इन्स्पेक्टर ने सिपाही को इस नयी जगह पहरा देने का हुक्म दिया तो उसने कुछ देर गौर करने के बाद कहा, "मुझे वहाँ खड़ा कीजिए, जहाँ नयी वारदात होने वाली हो।"

मिस्टेक

छुरी पेट चाक करती हुई नाभि के नीचे तक चली गयी। इज़ारबन्द कट गया। छुरी मारनेवाले के मुँह से तुरन्त अफ़सोस के शब्द निकले, "च, च, च, च! मिस्टेक हो गया।"

मज़दूरी

लूट-खसोट का बाज़ार गर्म था। गर्मी बढ़ गयी थी, चारों ओर आग भड़कने लगी।

एक आदमी हारमोनियम की पेटी उठाए खुश-खुश गाता जा रहा था—

"जब तुम ही गये परदेस, लगाकर ठेस, ओ प्रीतम प्यारा, दुनिया में कौन हमारा।"

एक छोटी उम्र का लड़का झोली में पापड़ों का ढेर डाले हुए भागा जा रहा था—ठोकर लगी तो पापड़ों की एक गड्डी उसके झोले से निकलकर गिर पड़ी। लड़का उठाने के लिए झुका तो एक आदमी ने, जिसने सिर पर सिलाई की मशीन रखी हुई थी, उससे कहा—"रहने दे बेटा, रहने दे, अपने आप भुन जायेंगे।"

बाज़ार में एक भरी हुई बोरी धम्म से गिरी। एक आदमी ने जल्दी से बढ़कर उसका पेट फाड़ा। आँतों की बजाय शक्कर, सफ़ेद-सफ़ेद दानों वाली शक्कर उबलकर बाहर निकल आयी। लोग जमा हो गये और अपनी झोलियाँ भरने लगे। एक आदमी कुर्ते के बिना था। उसने जल्दी से अपना तहमद खोला और मुट्ठियाँ भर-भरकर उसमें डालने लगा।

"हट जाओ—हट जाओ"...एक ताँगा ताज़े रोगन वाली अल्मारियों से भरा हुआ गुज़र गया।

ऊँचे मकान की खिड़की में से मलमल का थान फड़फड़ाता हुआ बाहर निकला। आग की जीभ ने हौले से उसे चाटा...सड़क तक पहुँचा तो राख का ढेर था।

"पों—पों, पों—पों," मोटर के हॉर्न की आवाज़ के साथ दो स्त्रियों की चीखें भी थीं।

लोहे का एक सेफ़ दस-पन्द्रह आदमियों ने खींचकर बाहर निकाला और लाठियों की मदद से उसे खोलना शुरू किया।

'काऊ एंड गोट' दूध के कई टीन, दोनों हाथों पर उठाये, अपनी ठोड़ी से उनको सहारा दिए एक आदमी दुकान से बाहर निकला और धीमे-धीमे बाज़ार में चलने लगा।

ऊँची आवाज़ सुनाई दी—"आओ-आओ, लेमोनेड की बोतलें पियो, गर्मी का मौसम है।"

गले में मोटर का टायर डाले हुए एक आदमी ने दो बोतलें लीं और धन्यवाद दिए बिना चला गया।

एक आवाज़ सुनाई दी—"कोई आग बुझानेवालों को तो खबर दे दो—सारा माल जल जायेगा।" किसी ने भी उस नेक राय की ओर ध्यान न दिया।

लूट-खसोट का बाज़ार इसी तरह गरम रहा और गर्मी में चारों ओर भड़कने वाली आग वैसी की वैसी बढ़ती रही। बहुत दूर से तड़तड़ की आवाज़ आयी। गोलियाँ चलने लगीं।

पुलिस को बाज़ार खाली नज़र आया—लेकिन धुएँ में एक जली मोटर के पास एक आदमी की परछाईं दिखाई दी। पुलिस के सिपाही सीटियाँ बजाते हुए उसकी ओर लपके। परछाईं तेज़ी से धुएँ के अन्दर घुस गयी। पुलिस के सिपाही भी उसके पीछे गये।

धुएँ का इलाका खत्म हुआ तो पुलिस के सिपाहियों ने देखा कि एक कश्मीरी मज़दूर पीठ पर वज़नी बोरी उठाये भागा जा रहा है। सीटियों के गले सूख गये लेकिन वह कश्मीरी मज़दूर न रुका। उस पर बोझ था मामूली बोझ नहीं, एक भरी हुई बोरी थी। लेकिन वह ऐसे दौड़ रहा था जैसे कि पीठ पर कुछ है ही नहीं।

सिपाही हाँफने लगे। एक ने तंग आकर पिस्तौल निकाली और गोली दाग दी। गोली मज़दूर को लगी। बोरी उसकी पीठ से गिर पड़ी। घबराकर उसने अपने पीछे धीमे-धीमे भागते हुए सिपाहियों की ओर देखा। पिंडली से निकलते हुए खून को भी देखा लेकिन एक ही झटके से बोरी उठाई और पीठ पर डालकर फिर भागने लगा। सिपाहियों ने सोचा—"जाने दो, भाड़ में जाये।"

एकदम लँगड़ाता-लँगड़ाता कश्मीरी मज़दूर लड़खड़ाया और गिर पड़ा—बोरी उसके ऊपर आ गयी।

सिपाहियों ने उसे पकड़ लिया और बोरी समेत थाने ले गये। रास्ते में कश्मीरी मज़दूर ने बार-बार कहा—"हज़रत आप मुझे क्यों पकड़ती है। मैं तो गरीब आदमी होती...चावल की एक बोरी लेती...घर में खाती...आप नाहक मुझे गोली मारती।" लेकिन उसकी एक न सुनी गयी।

थाने में कश्मीरी ने अपनी सफ़ाई में बहुत कुछ कहा-सुना—"हज़रत और दूसरा लोग बड़ा-बड़ा माल उठाती। मैं तो फ़कत एक चावल का बोरा लेती...हज़रत, मैं बहुत गरीब होती, हर रोज़ भात खाती।"

जब वह थक-हार गया तो उसने अपनी मैली टोपी से माथे का पसीना पोंछा और चावलों की बोरी की ओर ललचाई हुई आँखों से देखकर थानेदार के सामने हाथ फैलाकर कहा—"अच्छा हज़रत, तुम बोरी अपने पास रखो—मैं अपनी मज़दूरी माँगती—चार आने।"

शान्ति

चालीस-पचास आदमियों का एक गिरोह लूटमार के लिए एक मकान की ओर बढ़ रहा था।

सहसा उस भीड़ को चीरकर एक दुबला-पतला और अधेड़ उम्र का आदमी बाहर निकला। पलटकर वह लूटमार करने वालों को नेता की भाँति पुकारकर बोला—"भाइयो, इस मकान में अत्यधिक धन है, बहुमूल्य वस्तुएँ हैं। आओ, हम सब मिलकर इस पर अधिकार करें और माल-टाल आपस में बाँट लें।"

हवा में बहुतेरी लाठियाँ लहराईं, बहुत-से घूँसे भिंचे और भारी ज़ोर-शोर से एक नारा लगाया गया।

चालीस-पचास लट्ठबन्द आदमियों का एक गिरोह दुबले-पतले और अधेड़ उम्र के आदमी के नेतृत्व में उस मकान की ओर तेज़ी से बढ़ने लगा जिसमें अत्यधिक धन और बहुमूल्य वस्तुएँ थीं।

मकान के मुख्य द्वार पर दुबला-पतला आदमी फिर लट्ठबाज़ों की ओर मुड़ा और बोला—"भाइयो, इस बिल्डिंग में जितना माल-टाल है, वह सब आपका है इसलिए कोई छीना-झपटी न करें, आपस में नहीं लड़ना...आओ..."

एक चिल्लाया—"दरवाज़े में ताला है।" दूसरे ने ऊँची आवाज़ में कहा—"तोड़ डालो।"

"तोड़ डालो...तोड़...डालो।"

हवा में कितनी ही लाठियाँ लहराईं, कितने ही घूँसे भिंचे और आकाश को हिला देने वाला नारा लगाया गया।

दुबले-पतले आदमी ने हाथ के इशारे से दरवाज़ा तोड़नेवालों को रोका और मुस्कुराकर कहा—"भाइयो, ठहरो मैं इसे चाभी से खोलता हूँ।"

यह कहकर उसने जेब से चाभियों का गुच्छा निकाला और एक चाभी छाँटकर ताले में डाली और दरवाज़ा खोल दिया। शीशम का भारी-भरकम दरवाज़ा चीं-चीं करके खुला और भीड़ पागलों की तरह अन्दर घुसी। दुबले-पतले आदमी ने माथे से पसीना अपनी आस्तीन से पोंछते हुए कहा—"भाइयो, आराम-आराम से, जो कुछ इस मकान में है तुम्हारा है; फिर इस आपाधापी की क्या ज़रूरत है।" तुरन्त ही भीड़ शान्त हो गयी। एक-एक करके लट्ठबाज़ मकान में घुसने लगे। लेकिन चीज़ों की लूट शुरू हुई कि धाँधली मच गयी। बड़ी बेदर्दी से वे लोग बहुमूल्य वस्तुओं पर हाथ साफ़ करने लगे।

दुबले-पतले आदमी ने जब यह हाल देखा तो बड़ी दुःखभरी आवाज़ में लुटेरों से कहा—"भाइयो, धीमे-धीमे, आपस में लड़ने-झगड़ने की कोई ज़रूरत नहीं। नोच-खसोट की भी कोई ज़रूरत नहीं। शान्ति से काम लो। यदि किसी के हाथ ज़्यादा कीमती चीज़ आ गयी तो ईर्ष्या मत करो, इतना बड़ा मकान है अपने लिए और कुछ ढूँढ लो। लेकिन ऐसा करते हुए जंगली न बनो—मारधाड़ करोगे तो चीज़ें टूट जायेंगी, इसमें नुकसान तुम्हारा ही है।"

लुटेरों में एक बार फिर शान्ति पैदा हो गयी, भरा हुआ मकान धीमे-धीमे खाली होने लगा।

दुबला-पतला आदमी समय-समय पर चेतावनी देता रहा, "देखो भैया, यह रेडियो है—आराम से उठाओ। ऐसा न हो टूट जाये। ये इसके तार भी साथ लेते जाओ।"

"तह कर लो भाई—इसे तह कर लो। अखरोट की लकड़ी की तिपाई है—हाथी, दाँत की पच्चीकारी है। बड़ी नाज़ुक चीज़ है। हाँ, अब ठीक है।"

"नहीं-नहीं यहाँ मत पियो बहक जाओगे, बहक जाओगे। इसे घर ले जाओ।"

"ठहरो-ठहरो, मुझे मेन स्विच बन्द कर लेने दो। ऐसा न हो कि करंट का धक्का लग जाये।"

इतने में एक कोने से शोर उठा। चार लठैत रेशमी कपड़े के एक थान पर छीना-झपटी कर रहे थे। दुबला-पतला आदमी तेज़ी से उनकी ओर बढ़ा और लानत देते हुए कहा–"तुम कितने नासमझ हो–झीर-झीर हो जायेगी, ऐसे कीमती कपड़े की। घर में सब चीज़ें मौजूद हैं। गज़ भी होगा। तलाश कर लो और नापकर आपस में बाँट लो।"

सहसा कुत्ते के भौंकने की आवाज़ आयी–"अफ़-अफ-अफ..."

तुरन्त ही एक बड़े डील-डौल का गद्दी कुत्ता एक दौड़ के साथ अन्दर लपका और लपकते ही उसने दो-तीन लुटेरों को फड़फड़ा डाला। दुबला-पतला आदमी चिल्लाया–"टाइगर...टाइगर!"

टाइगर जिसके भयावह मुँह में एक लुटेरे का नुचा हुआ गिरेबान था, दुम हिलाता हुआ दुबले-पतले आदमी की ओर निगाहें नीची किए कदम उठाने लगा। कुत्ते के आते ही वे लुटेरे भाग गये थे। केवल एक बाकी रह गया था जिसके गिरेबान का टुकड़ा टाइगर के मुँह में था। उसने दुबले-पतले आदमी की ओर देखा और पूछा–"कौन हो तुम?"

दुबला-पतला आदमी मुस्कुराया–"इस घर का मालिक–देखो-देखो–तुम्हारे हाथ से काँच का मर्तबान गिर रहा है।"

बँटवारा

एक आदमी ने अपने लिए लकड़ी का एक बड़ा सन्दूक चुना। जब वह उसे उठाने लगा तो वह अपनी जगह से एक इंच भी न हिला।

एक आदमी ने जिसे शायद अपने मतलब की कोई चीज़ ही नहीं मिल रही थी, सन्दूक उठाने की कोशिश करनेवाले से कहा–"मैं तुम्हारी मदद करूँ?"

सन्दूक उठाने की कोशिश करने वाला मदद लेने पर राज़ी हो गया। उस आदमी ने जिसे अपने मतलब की कोई चीज़ ही नहीं मिल रही थी, अपने मज़बूत हाथों से सन्दूक को हिलाया और उठाकर अपनी पीठ पर रख लिया–दूसरे ने सहारा दिया–दोनों बाहर निकले। सन्दूक बहुत बोझिल था। उसके वज़न के नीचे उठानेवाले की पीठ दर्द कर रही थी। टाँगें दुहरी होती जा रही थीं, लेकिन इनाम पाने की इच्छा ने उसे कष्ट का अनुभव न होने दिया।

सन्दूक उठानेवाले के मुकाबिले में सन्दूक को चुननेवाला बहुत ही कमज़ोर था। सारे रास्ते वह केवल एक हाथ से सहारा देकर अपना हक कायम किए रहा। जब दोनों एक सुरक्षित स्थान पर पहुँच गये तो सन्दूक को एक ओर रख उठानेवाले ने

कहा—"बोलो, इस सन्दूक के माल में से मुझे क्या मिलेगा।"

सन्दूक पर पहली नज़र डालनेवाले ने जवाब दिया—"एक चौथाई।"

"बहुत कम है।"

"कम बिलकुल नहीं; ज़्यादा है—इसलिए कि सबसे पहले मैंने ही इस पर हाथ डाला था।"

"ठीक है, लेकिन यहाँ तक इस कमरतोड़ बोझ को उठाकर लाया कौन है?"

"आओ, आधे-आधे पर राज़ी होते हैं।"

"ठीक है, खोलो सन्दूक।"

सन्दूक खोला गया तो उससे एक आदमी बाहर निकला। हाथ में तलवार थी। बाहर निकलते ही उसने दोनों हिस्सेदारों को चार भागों में बाँट दिया।

करामात

लूटा हुआ माल प्राप्त करने के लिए पुलिस ने छापे मारने शुरू किए।

लोग डर के मारे लूटा हुआ माल रात के अँधेरे में बाहर फेंकने लगे। कुछ ऐसे भी थे जिन्होंने अपना माल भी मौका पाकर अपने से अलग कर दिया ताकि कानून के पंजे से बचे रहें।

एक आदमी के सामने एक समस्या उठ खड़ी हुई—उसके पास चीनी की दो बोरियाँ थीं जो उसने पंसारी की दुकान से लूटी थीं। एक तो ज्यों-त्यों रात के अँधेरे में पासवाले कुएँ में फेंक आया। लेकिन जब दूसरी उठाकर उसमें डालने लगा तो खुद भी साथ चला गया।

शोर सुनकर लोग इकट्ठे हो गये। कुएँ में रस्सियाँ डाली गयीं। दो जवान नीचे उतरे और उस आदमी को बाहर निकाल लिया, लेकिन कुछ घंटों के बाद वह मर गया।

दूसरे दिन जब इस्तेमाल के लिए लोगों ने कुएँ से पानी निकाला तो वह मीठा था।

उसी रात उस आदमी की कब्र पर दीये जल रहे थे।

हमेशा की छुट्टी

"पकड़ लो...पकड़ लो...देखो, जाने न पाये।"

शिकार थोड़ी-सी भाग-दौड़ के बाद पकड़ लिया गया। जब भाले उसके आर-पार होने के लिए आगे बढ़े तो उसने काँपती आवाज़ में गिड़गिड़ाते हुए कहा—"मुझे न मारो...मुझे न मारो...मैं छुट्टियों में अपने घर जा रहा हूँ।"

हलाल या झटका

"मैंने उसके गले पर छुरी रखी। धीमे-धीमे चलाई और उसकोहलाल कर दिया।"

"यह तुमने क्या किया?"

"क्यों?"

"इसको हलाल क्यों किया?"

"आनन्द आता है इस तरह।"

"आनन्द आता है के बच्चे! तुझे झटका करना चाहिए था–इस तरह।"

और हलाल करनेवाले का झटका हो गया।

सफ़ाई-पसन्दगी

गाड़ी रुकी हुई थी–

तीन बन्दूकवाले एक डिब्बे के पास आये। खिड़कियों से झाँककर उन्होंने मुसाफ़िरों से पूछा–"क्यों भाई, कोई मुर्गा है?" एक यात्री कुछ कहते-कहते रुक गया। बाकी लोगों ने जवाब दिया–"जी नहीं।" थोड़ी देर के बाद चार भालेवाले जवान आये।

खिड़कियों के अन्दर झाँककर उन्होंने यात्रियों से पूछा–"कोई मुर्गा-बुर्गा है?" उस यात्री ने जो पहले कुछ कहते-कहते रुक गया था–जवाब दिया–"जी, मालूम नहीं–आप अन्दर आकर पाखाने में देख लीजिए।"

भालेवाले अन्दर घुसे। पाखाना तोड़ा गया तो उसमें एक मुर्गा निकल आया। एक भालेवाला जवान चिल्लाया–"कर दो हलाल।"

दूसरे ने कहा–"नहीं, यहाँ नहीं। डिब्बा खराब हो जायेगा–बाहर ले चलो।"

चोर

मुझे बेशुमार लोगों का क़र्ज़ अदा करना था और यह सब शराबनोशी की बदौलत था। रात को जब मैं सोने के लिए चारपाई पर लेटता तो मेरा हर क़र्ज़ख़्वाह मेरे सिरहाने मौजूद होता–कहते हैं कि शराबी का ज़मीर मुर्दा हो जाता है, लेकिन मैं आपको यक़ीन दिलाता हूँ कि मेरे साथ मेरे ज़मीर का मामला कुछ और ही था। वह हर रोज़ मेरी पकड़ करता और मैं शिथिल होके रह जाता।

वाकई मैंने बीसियों आदमियों से क़र्ज़ लिया था–मैंने एक रात सोने से पहले, बल्कि यूँ कहिए कि सोने की नाकाम कोशिश करने से पहले हिसाब लगाया तो करीब-करीब डेढ़ हज़ार रुपये मेरे ज़िम्मे निकले। मैं बहुत परेशान हुआ। मैंने सोचा, 'ये डेढ़ हज़ार रुपये कैसे अदा होंगे; बीस-पच्चीस रुपये रोज़ाना की आमदन है, और वह मेरी शराब के लिए बमुश्किल काफ़ी होते हैं।'

आप यूँ समझिए ना कि हर रोज़ की एक बोतल–थर्ड क्लास रम की–दाम मुलाहिज़ा हो : सोलह रुपये–सोलह रुपये तो एक तरफ़ रहे, उनको हासिल करने में कम-अज़-कम तीन रुपये ताँगे पर सर्फ़ हो जाते थे–काम होता नहीं था, बस पेशगी पर गुज़ारा था, लेकिन जब पेशगी देनेवाले तंग आ गये तो उन्होंने मेरी शक्ल देखते ही कोई बहाना तलाश लिया, या इससे पेशतर कि मैं उनसे मिलूँ, कहीं गायब हो गये। आख़िर कब तक वे मुझे पेशगी देते रहते–लेकिन मैं मायूस न होता और ख़ुदा पर भरोसा रख के किसी-न-किसी हीले से दस-पन्द्रह रुपये उधार लेने में कामयाब हो जाता।

मगर यह सिलसिला कब तक जारी रह सकता था। लोग मेरी इज़्ज़त करते थे, मगर अब वे मेरी शक्ल देखते ही भाग जाते थे–सबको अफ़सोस था कि इतना अच्छा मैकेनिक तबाह हो रहा है।

इसमें कोई शक नहीं कि मैं बहुत अच्छा मैकेनिक था। मुझे कोई भी बिगड़ी मशीन दे दी जाती, उसको सरसरी तौर पर देखने के बाद मैं यूँ चुटकियों में ठीक कर

देता–जहाँ तक मैं समझता हूँ, मेरी यह ज़हानत सिर्फ़ शराब मिलने की उम्मीद पर क़ायम थी, इसलिए कि मैं पहले तय कर लिया करता था कि अगर काम ठीक हो गया तो वे मुझे इतने रुपये अदा कर देंगे, जिनसे मेरी दो-चार रोज़ की शराब चल सकेगी।

वे लोग खुश थे। मुझे वे तीन-चार रोज़ की शराब के दाम अदा कर देते, इसलिए कि जो काम मैंने किया था, वह किसी और से नहीं हो सकता था।

लोग मुझे लूट रहे थे। मेरी योग्यता पर मेरी इजाज़त से डाके डाल रहे थे...और लुत्फ़ यह है कि मैं समझता था, मैं उन्हें लूट रहा हूँ–असल में मुझे अपनी सलाहीयतों (अच्छाइयों) की कोई क़द्र न थी। मैं समझता था कि मैकेनिज़्म बिलकुल ऐसी है, जैसे खाना खाना या शराब पीना।

मैंने जब भी कोई काम हाथ में लिया, मुझे कोफ़्त महसूस नहीं हुई। अलबत्ता इतनी बात ज़रूर थी कि जब शाम के छः बजने लगते तो मेरी तबियत बेचैन हो जाती। काम मुकम्मल हो चुका होता, मगर मैं एक-दो पेच ग़ायब कर देता ताकि दूसरे रोज़ भी आमदनी का सिलसिला क़ायम रहे–यह शराब हरामज़ादी कितनी बुरी चीज़ है कि आदमी को बेईमान भी बना देती है।

मैं क़रीब-क़रीब हर रोज़ काम करता था। मेरी माँग बहुत ज़्यादा थी, इसलिए कि मुझ जैसा कारीगर मुल्क भर में नायाब था–'तार बाजा और राग बूझा' वाला हिसाब था। मैं मशीन देखते ही समझ जाता था कि उसमें क्या कमी है।

मैं आपसे सच अर्ज़ करता हूँ, मशीनरी कितनी भी बिगड़ी हुई क्यों न हो, उसको ठीक करने में ज़्यादा-से-ज़्यादा एक हफ़्ता लगना चाहिए, लेकिन अगर उसमें नये पुर्जों की ज़रूरत हो और वे आसानी से दस्तयाब न हो रहे हों तो उसके मुताल्लिक़ कुछ कहा नहीं जा सकता।

मैं बिला नाग़ा शराब पीता था और सोते वक़्त बिला नाग़ा अपने क़र्ज़ के मुताल्लिक़ सोचता था, जो मुझे मुख़्तलिफ़ आदमियों को अदा करना था। यह एक बहुत बड़ा अज़ाब था। पीने के बावजूद, बेचैनी के बायस मुझे नींद न आती–दिमाग़ में सैकड़ों स्कीमें आती थीं। बस मेरी ख़्वाहिश थी कि कहीं से दस हज़ार रुपये आ जायें तो मेरी जान-में-जान आये। डेढ़ हज़ार रुपया क़र्ज़ का फ़ौरन अदा कर दूँ। एक टैक्सी लूँ और हर क़र्ज़ख़्वाह के पास जाकर माफ़ी तलब करूँ और जेब से रुपये निकालकर उनको दे दूँ। जो रुपये बाक़ी बचें, उनसे एक सैकिंड हैंड मोटर ख़रीद लूँ और शराब पीना छोड़ दूँ।

फिर यह ख़याल आता कि नहीं, दस हज़ार से काम नहीं चलेगा; कम-अज़-कम पचास हज़ार होने चाहिए,–मैं सोचने लगता कि अगर इतने रुपये आ जायें, जो यक़ीनन आने चाहिए, तो सबसे पहले एक हज़ार गरीब लोगों में तक़्सीम करूँगा, ऐसे लोगों में जो रुपये लेकर कुछ कारोबार कर सकें।

बाक़ी रहे उनचास हज़ार—इस रक़म में से मैंने दस हज़ार अपनी बीवी को देने का इरादा किया। मैंने सोचा कि फ़िक्स्ड डिपॉज़िट होना चाहिए—तो ग्यारह हज़ार हुए, और बाक़ी रहे उनतालीस हज़ार, जो मेरे लिए काफ़ी थे—मैंने सोचा, 'यह मेरी ज़्यादती है।' चुनांचे मैंने बीवी का हिस्सा दोगुना कर दिया, यानी बीस हज़ार—अब बचे उनतीस हज़ार—मैंने सोचा कि पन्द्रह हज़ार अपनी विधवा बहन को दे दूँ। अब मेरे पास चौदह हज़ार रहे। इनमें से आप समझिए कि तक़रीबन दो हज़ार क़र्ज़ के निकल गये, और बाक़ी बचे बारह हज़ार रुपये की अच्छी शराब आनी चाहिए, लेकिन मैंने फ़ौरन थू कर दिया और यह सोचा कि पहाड़ पर चला जाऊँगा और वहाँ कम-अज़-कम छः महीने रहूँगा, ताकि सेहत दुरुस्त हो जाये—शराब की बजाय दूध पिया करूँगा।

बस ऐसे ही ख़यालात में दिन-रात गुज़र रहे थे—पचास हज़ार कहाँ से आयेंगे, यह मुझे मालूम नहीं था—वैसे दो-तीन स्कीमें ज़ेहन में थीं : *शमा* पत्रिका के मुअम्मे (क्विज़) हल करूँ और पहला इनाम हासिल कर लूँ : डर्बी की लॉटरी का टिकट ख़रीद लूँ : या चोरी करूँ और बड़ी सफ़ाई से। मैं फ़ैसला न कर सका कि मुझे कौन-सा क़दम उठाना चाहिए—बहरहाल यह तय था कि मुझे पचास हज़ार रुपये हासिल करने हैं, यूँ मिलें या वूँ मिलें।

स्कीमें सोच-सोचकर मेरा दिमाग़ चकरा गया—रात को नींद नहीं आती थी, जो बहुत बड़ा अज़ाब था—क़र्ज़ख़्वाह बेचारे तक़ाज़ा नहीं करते थे, लेकिन जब मैं उनकी शक्ल देखता था तो शर्मिंदगी के मारे पसीना-पसीना हो जाता। बाज़ औक़ात तो मेरी साँस रुकने लगती और मेरा जी चाहता कि ख़ुदकुशी कर लूँ और इस अज़ाब से नजात पाऊँ।

मुझे मालूम नहीं, कैसे और कब मैंने तहैया कर लिया कि मैं चोरी करूँगा—मुझे यह भी मालूम नहीं कि मुझे कैसे मालूम हुआ कि मुहल्ले में एक विधवा औरत रहती है, जिसके पास बे-अन्दाज़ा दौलत है, और वह अकेली रहती है।

मैं वहाँ रात के दो बजे पहुँचा। यह मुझे पहले ही मालूम हो चुका था कि वह दूसरी मंज़िल पर रहती है—नीचे पठान का पहरा था—मैंने सोचा, 'कोई और तरकीब सोचनी चाहिए ऊपर जाने के लिए'—मैं अभी सोच ही रहा था कि मैंने ख़ुद को उस पारसी लेडी के फ़्लैट के अन्दर पाया—मेरा ख़याल है कि मैं पाइप के ज़रिये से ऊपर चढ़ गया था—टॉर्च मेरे पास थी। उसकी रौशनी में मैंने इधर-उधर देखा। एक बहुत बड़ी सेफ़ थी—मैंने अपनी ज़िन्दगी में कभी सेफ़ न खोली थी न बन्द की थी, लेकिन उस वक़्त जाने मुझे कहाँ से हिदायत मिली कि मैंने एक मामूली तार से उसे खोल डाला। अन्दर ज़ेवर-ही-ज़ेवर थे, बहुत बेशक़ीमती—मैंने सब समेटे और मक्के-मदीनेवाले ज़र्द रुमाल में बाँध लिये—कोई पचास-साठ हज़ार रुपये का माल होगा—मैंने कहा, ठीक है, बस इतना ही चाहिए था—कि अचानक दूसरे कमरे से एक बुढ़िया पारसी

औरत नमूदार हुई। उसका चेहरा झुर्रियों से भरा हुआ था—मुझे देखकर पोपली-सी मुस्कुराहट उसके होंठों पर नमूदार हुई—मैं बहुत हैरान हुआ कि यह माजरा क्या है। मैंने अपनी जेब से भरा हुआ पिस्तौल निकालकर तान दिया।

उसकी पोपली मुस्कुराहट उसके होंठों पर और ज़्यादा फैल गयी—उसने मुझसे बड़े प्यार से पूछा : "आप यहाँ कैसे आये?"

मैंने सीधा-सा जवाब दिया : "चोरी करने।"

"ओह!" बुढ़िया के चेहरे की झुर्रियाँ मुस्कुराने लगीं : "तो बैठो...मेरे घर में नक़दी की सूरत में सिर्फ़ डेढ़ रुपया है...तुमने ज़ेवर चुराये हैं, लेकिन मुझे अफ़सोस है कि तुम पकड़े जाओगे, क्योंकि इन ज़ेवरों को कोई बड़ा जौहरी ही ले सकता है और हर बड़ा जौहरी इन्हें पहचानता है..." यह कहकर वह कुर्सी पर बैठ गयी।

मैं बहुत परेशान हुआ कि या इलाही यह सिलसिला क्या है; मैंने चोरी की है और बड़ी बी मुस्कुरा-मुस्कुराकर मुझसे बातें कर रही हैं; क्यों?

लेकिन फ़ौरन उस 'क्यों' का मतलब समझ में आ गया, जब बड़ी बी ने आगे बढ़कर, मेरी पिस्तौल की परवाह न करते हुए, मेरे होंठों का बोसा ले लिया और अपनी बाँहें मेरी गर्दन में डाल दीं—उस वक़्त, ख़ुदा की क़सम, मेरा जी चाहा कि ज़ेवरों की गठरी एक तरफ़ फेंक दूँ और वहाँ से भाग जाऊँ। मगर वह परिपूर्ण औरत निकली। उसकी गिरफ़्त इतनी मज़बूत थी कि मैं बिलकुल भी हिल-जुल न सका—असल में मेरे हर रगो-रेशे में एक अजीबो-ग़रीब क़िस्म का ख़ौफ सरायत कर गया था। मैं उसे डायन समझने लगा था, जो मेरा कलेजा निकालकर खाना चाहती थी।

मेरी ज़िन्दगी में किसी औरत का दख़ल नहीं था। मैं ग़ैर शादीशुदा था। मैंने अपनी ज़िन्दगी के तीस बरसों में किसी औरत की तरफ़ आँख उठाकर भी नहीं देखा था। मगर पहली रात जबकि मैं चोरी करने के लिए निकला तो मुझे वह प्रेमिका कुटनी मिल गयी, जिसने मुझसे इश्क़ करना शुरू कर दिया—आपकी जान की क़सम, मेरे होशो-हवास ग़ायब हो गये। वह बहुत ही कुरूप थी—मैंने उससे हाथ जोड़कर कहा : "बड़ी बी, मुझे बख़्श दीजिए...ये पड़े हैं आपके ज़ेवर...मुझे इजाज़त दीजिए।"

उसने आदेशपरक लहज़े में कहा : "तुम नहीं जा सकते...तुम्हारा पिस्तौल मेरे पास है...अगर तुमने ज़रा-सी जुंबिश भी की तो मैं गोली चला दूँगी, या टेलीफ़ोन करके पुलिस को इत्तिला दे दूँगी कि वह आकर तुम्हें गिरफ़्तार कर ले...लेकिन जानेमन, मैं ऐसा नहीं करूँगी..मुझे तुमसे मुहब्बत हो गयी है...बस समझ लो, मैं अभी तक कुँवारी हूँ...मेरा ख़याल है कि शायद मैं इस उम्र तक सिर्फ़ तुम्हारे लिए कुँवारी रही हूँ...अब तुम यहाँ से नहीं जा सकते।"

यह सुनकर मैं, करीब था कि बेहोश हो जाता, टन-टन शुरू हो गयी—दूर कोई क्लॉक सुबह के पाँच बजने की इत्तिला दे रही थी—मैंने बड़ी बी की ठ़ोड़ी

पकड़ ली और उसके मुरझाए हुए होंठों का बोसा लेकर, झूठ बोलते हुए कहा : "मैंने अपनी ज़िन्दगी में सैकड़ों औरतें देखी हैं, लेकिन खुदा गवाह है कि तुम-जैसी औरत से मेरा कभी वास्ता नहीं पड़ा...तुम किसी भी मर्द के लिए अनमोल नेमत हो...मुझे अफ़सोस है कि मैंने अपनी ज़िन्दगी की पहली चोरी तुम्हारे मकान से शुरू की...यह ज़ेवर पड़े हैं...मैं कल आऊँगा, बशर्ते कि तुम वादा करो कि मकान में और कोई नहीं होगा।"

बुढ़िया यह सुनकर बहुत खुश हुई : "ज़रूर आना...तुम जैसा चाहते हो, वैसा ही होगा...घर में एक मच्छर तक भी नहीं होगा, जो तुम्हारे कानों को तकलीफ़ दे...मुझे अफ़सोस है कि घर में सिर्फ़ एक रुपया आठ आने हैं...तुम कल आना...मैं तुम्हारे लिए बीस-पच्चीस हज़ार रुपये बैंक से निकलवा के रखूँगी...यह लो अपनी पिस्तौल।"

मैंने अपनी पिस्तौल ली और वहाँ से दुम दबाकर भागा।

पहला वार खाली गया था—मैंने सोचा, 'कहीं और कोशिश करनी चाहिए'—क़र्ज़ अदा करने के सिलसिले में जो प्लान मैंने बनाया था, उसकी तक्मील भी होनी चाहिए।

चुनांचे मैंने एक जगह और कोशिश की—सर्दियों के दिन थे। सुबह के छः बजनेवाले थे। यह ऐसा वक़्त होता है, जब सब गहरी नींद सो रहे होते हैं—मुझे एक मकान का पता था कि उसका जो मालिक है, बड़ा मालदार है, बहुत कंजूस है; अपना रुपया बैंक में नहीं रखता, घर में रखता है—मैंने सोचा, 'उसके यहाँ चलना चाहिए।'

मैं वहाँ पहुँच गया। किन मुश्किलों से अन्दर दाख़िल हुआ, बयान नहीं कर सकता। बहरहाल पहुँच गया।

साहिबे-ख़ाना, जो माशाअल्लाह जवान थे, सो रहे थे—मैंने उनके सिरहाने से चाभियाँ निकालीं और अलमारियाँ खोलनी शुरू कर दीं।

एक अलमारी में काग़ज़ात थे और कुछ कंडोम। मेरी समझ में न आया कि यह शख़्स, जो कुँवारा है, कंडोम कहाँ इस्तेमाल करता है—दूसरी अलमारी में कपड़े थे। तीसरी बिलकुल खाली थी। मालूम नहीं, उसमें ताला क्यों पड़ा था।

और कोई अलमारी नहीं थी। मैंने तमाम मकान की तलाशी ली, लेकिन मुझे एक पैसा भी नज़र न आया—मैंने सोचा, 'इस शख़्स ने ज़रूर अपनी दौलत कहीं दबा के रखी होगी।' चुनांचे मैंने उसके सीने पर भरी हुई पिस्तौल रखकर उसे जगाया।

वह ऐसा चौंका और बिदका कि मेरी पिस्तौल फ़र्श पर जा पड़ी।

मैंने एकदम पिस्तौल उठाई और उससे कहा : "मैं चोर हूँ और यहाँ चोरी करने आया हूँ...तुम्हारी तीन अलमारियों से मुझे एक दमड़ी भी नहीं मिली है, हालाँकि मैंने सुना था कि तुम बड़े मालदार आदमी हो।"

वह शख़्स, जिसका नाम मुझे अब याद नहीं, मुस्कुराया। वह अँगड़ाई लेकर उठा और मुझसे कहने लगा : "यार, तुम चोर हो तो तुमने मुझे पहले इत्तिला दी होती...मुझे चोरों से बहुत प्यार है...यहाँ जो भी आता है, वह ख़ुद को बड़ा शरीफ़ आदमी कहता है, हालाँकि वह अव्वल दर्जे का काला चोर होता है...तुम चोर हो, और तुमने अपने आपको छिपाया नहीं है...मैं तुमसे मिलकर बहुत खुश हुआ हूँ।"

यह कहकर उसने मुझसे हाथ मिलाया। इसके बाद उसने रेफ़्रिजिरेटर खोला—मैं समझा कि शायद वह मेरी खातिर शरबत वग़ैरह से करेगा, लेकिन उसने मुझे बुलाया और खुले हुए रेफ़्रिजिरेटर के पास ले जाकर कहा : "दोस्त, मैं अपना सारा रुपया इसमें रखता हूँ...यह सन्दूक़ची देखते हो...इसमें करीब-करीब एक लाख रुपया पड़ा है...तुम्हें कितना चाहिए?"

उसने सन्दूक़ची बाहर निकाली, जो बन्द थी। उसे खोला। अन्दर सब्ज़ रंग के नोटों की गड्डियाँ पड़ी थीं—एक गड्डी निकालकर उसने मेरे हाथ में थमा दी और कहा : "बस इतने काफ़ी होंगे...दस हज़ार हैं।"

मेरी समझ में न आया कि उसे क्या जवाब दूँ—मैं तो चोरी करने आया था—मैंने गड्डी उसको वापस दी और कहा : "साहब, मुझे कुछ नहीं चाहिए...मुझे माफ़ी दीजिए...फिर कभी हाज़िर हूँगा।"

मैं वहाँ से, आप समझिए कि दुम दबाकर भागा—घर पहुँचा तो सूरज निकल चुका था।

मैंने सोचा कि चोरी का इरादा तर्क कर देना चाहिए—दो जगह कोशिश की, मगर कामयाब न हुआ—अगली रात कोशिश की जा सकती थी, मगर कामयाबी यक़ीनी नहीं थी—और क़र्ज़ बदस्तूर अपनी जगह पर मौजूद था, जो मुझे बहुत तंग कर रहा था—हलक़ में, यूँ समझिए, एक फाँस-सी अटक गयी थी।

मैंने यह इरादा कर लिया कि जब अच्छी तरह सो चुकूँगा तो उठकर खुदकुशी कर लूँगा।

मैं सो रहा था कि दरवाज़े पर दस्तक हुई।

मैं उठा—दरवाज़ा खोला—एक बुज़ुर्ग खड़े थे—मैंने उनको आदाब अर्ज़ किया।

उन्होंने मुझसे फ़रमाया : "यह लिफ़ाफ़ा देना था, इसलिए आपको तकलीफ़ दी...माफ़ फ़रमाइएगा, आप सो रहे थे, और मैंने आपको जगा दिया..."

मैंने उनसे लिफ़ाफ़ा ले लिया—वे सलाम करके चले गये।

मैंने दरवाज़ा बन्द किया—लिफ़ाफ़ा काफ़ी वज़नी था—मैंने उसे खोला और देखा कि सौ-सौ रुपये के बेशुमार नोट हैं। गिने तो पचास हज़ार निकले—एक मुख़्तसर-सा रुक़्क़ा था, जिसमें लिखा था कि आपके ये रुपये मुझे बहुत देर से अदा करने थे; अफ़सोस है कि मैं अब अदा करने के क़ाबिल हुआ हूँ।

मैंने बहुत ग़ौर किया कि वे साहब कौन हो सकते हैं, जिन्होंने मुझसे क़र्ज़ लिया था—सोचते-सोचते मैंने सोचा कि हो सकता है, किसी ने मुझसे क़र्ज़ लिया हो, जो मुझे याद न रहा हो।

लिफ़ाफ़ा तकिए के नीचे रखकर मैंने सारा हिसाब कर लिया : बीस हज़ार अपनी बीवी को, पन्द्रह हज़ार रुपये अपनी विधवा बहन को—दो हज़ार क़र्ज़ के—बाक़ी बचे बारह हज़ार, इसलिए कि एक हज़ार मैंने अच्छी शराब के खाते में रख लिये थे—पहाड़ पर जाने और दूध पीने का ख़याल मैंने छोड़ दिया।

दरवाज़े पर फिर दस्तक हुई—उठकर बाहर गया। दरवाज़ा खोला—मेरा एक क़र्ज़ख़्वाह खड़ा था। उसने मुझसे पाँच सौ रुपये लेने थे—मैं लपककर अन्दर गया—तकिये के नीचे नोटों का लिफ़ाफ़ा देखा, मगर वहाँ कुछ मौजूद न था।

मौसम की शरारत

शाम को सैर के लिए निकला और टहलता-टहलता उस सड़क पर हो लिया जो कश्मीर की तरफ़ जाती है।

सड़क के चारों तरफ़ चीड़ और देवदार के दरख़्त, ऊँची-ऊँची पहाड़ियों के दामन पर काले फ़ीते की तरह फैले हुए थे। कभी-कभी हवा के झोंके उस फ़ीते में एक कँपकँपाहट-सी पैदा कर देते। मेरे दायें हाथ को एक ऊँचा टीला था जिसकी ढलानों में गेहूँ के हरे पौधे निहायत ही मद्धिम सरसराहट पैदा कर रहे थे। ये सरसराहट कानों को बहुत भली मालूम होती थी। आँखें बन्द कर लो तो यूँ मालूम होता कि कल्पना के गुदगुदे कालीनों पर कई कुँवारियाँ रेशमी साड़ी पहने चल-फिर रही हैं। उन ढलानों के बहुत ऊपर चीड़ के ऊँचे-ऊँचे दरख़्तों का एक हुजूम था। बायीं तरफ़ सड़क के बहुत नीचे एक छोटा-सा मकान था, जिसको झाड़ियों ने घेर रखा था। उससे कुछ-कुछ फ़ासले पर झोंपड़े थे जैसे किसी हसीन चेहरे पर तिल।

हवा गीली और पहाड़ी घास की भीनी-भीनी बास से लदी हुई थी। मुझे इस सैर में एक नाक़ाबिल-ए-बयान लज़्ज़त महसूस हो रही थी।

सामने टीले पर दो बकरियाँ बड़े प्यार से एक-दूसरे को अपने नन्हे-नन्हे सींगों से रेल रही थीं। उनसे कुछ फ़ासले पर कुत्ते का एक पिल्ला जो कि आकार में मेरे बूट के बराबर था, एक भारी-भरकम भैंस की टाँग से लिपटकर उसे डराने की कोशिश कर रहा था। वह शायद भौंकता भी था, क्योंकि उसका मुँह बार-बार खुलता था मगर उसकी आवाज़ मेरे कानों तक नहीं पहुँचती थी।

मैं यह तमाशा देखने के लिए ठहर गया। कुत्ते का पिल्ला देर तक भैंस की टाँगों पर अपने पंजे मारता रहा। मगर उसकी इन धमकियों का असर न हुआ। जवाब में भैंस ने दो-तीन बार अपनी दुम हिला दी और बस! ...लेकिन एकाएक जबकि पिल्ला हमले के लिए आगे बढ़ रहा था भैंस ने ज़ोर से अपनी दुम हिलाई। किसी स्याह-सी चीज़ को अपनी तरफ़ बढ़ते देखकर वह इस अन्दाज़ से उछला कि मुझे बेइख़्तियार हँसी आ गयी।

मैं उनको छोड़कर आगे बढ़ा।

आसमान पर बादल के सफ़ेद टुकड़े फैले हुए थे जिनको हवा इधर से उधर ढकेल रही थी। सामने पहाड़ की चोटी पर एक कद्दावर दरख़्त मानो बड़े चुस्त अन्दाज़ में सन्तरी की तरह अकड़ा हुआ था। उसके पीछे बादल का एक टुकड़ा झूम रहा था। बादल, ये दराज़-क़द दरख़्त और पहाड़ी...तीनों मिलकर बहुत बड़े जहाज़ का मंज़र पेश कर रहे थे।

मैं नेचर की इस खूबसूरती को बेखुद होकर देख रहा था कि अचानक लॉरी के हॉर्न ने मुझे चौंका दिया। ख़यालों की दुनिया से उतरकर मैं आवाज़ों की दुनिया में आ गया। मन की आँखें बन्द हो गयीं। सुनने के सारे कान खुल गये। मैं फ़ौरन सड़क के एक तरफ़ हट गया।

लॉरी परकार की तरह बड़ी तेज़ी से मोड़ के आधे दायरे पर घूमी और हाँफती हुई मेरे पास से गुज़र गयी।

एक और लॉरी गुज़रने पर मोड़ के कोने से पाँच-छः गायें नमूदार हुईं, जो सिर लटकाए हौले-हौले चल रही थीं। मैं अपनी जगह पर खड़ा रहा। जब ये मेरे आगे से गुज़र गयीं तो मैंने क़दम उठाया और मोड़ की ओर बढ़ा।

चन्द गज़ों का फ़ासला तय करने पर जब मैं सड़क के बायें हाथ वाले टीले के एक बहुत बड़े पत्थर के आगे निकल गया जो मोड़ पर संगीन पर्दे का काम देकर सड़क के दूसरे हिस्से को बिलकुल ओझल किए हुए था तो यकायक मेरी नज़रें एक खुद से उगने वाले पौधे से दो-चार हुईं।

वह जवान थी। उस गाय की तरह जवान, जिसके पुट्ठे जवानी के जोश से फड़क रहे थे और जो उसके पास से अपने अन्दर हज़ारों कँपकँपाहटें लिये गुज़र रही थी...मैं ठहर गया।

वह एक नन्हे-से बछड़े को हाँक रही थी। दो-तीन क़दम चलकर बछड़ा ठहर गया और अपनी जगह पर ऐसा जमा कि हिलने का नाम न लिया। लड़की ने बहुतेरा ज़ोर लगाया, लाख-जतन किये। वह एक क़दम आगे न बढ़ा और कान समेटकर ऐसा ख़ामोश हुआ गोया वह किसी की आवाज़ ही नहीं सुनता। ये तेवर देखकर लड़की ने अपनी छड़ी से काम लेना चाहा। मगर चीड़ की पतली-सी टहनी बेकार साबित न हुई। थक हारकर उसने बड़ी मायूसी और इन्तिहाई गुस्से की मिली-जुली हालत में अपने दोनों पाँव ज़मीन पर ज़ोर से मारे और कन्धों को जुम्बिश देकर इस अन्दाज़ से खड़ी हो गयी, गोया उस हैवान से कहना चाहती है, "लो अब हम भी यहाँ से एक इंच न हिलेंगे।"

मैं अभी लड़की की इस प्यारी हरकत का मज़ा लेने की ख़ातिर अपने ज़ेहन में दुहराने ही वाला था कि अचानक बछड़ा खुद-ब-खुद उठ भागा। वह इस तेज़ी के साथ

दौड़ रहा था कि उसकी कमज़ोर टाँगें मेज़ के ढीले पायों की तरह लड़खड़ा रही थीं।

लड़की बछड़े की इस शरारत पर बहुत हैरान और ख़ौफ़ज़दा हुई। न जाने मैं क्यों खुश हुआ कि इसी दौरान उसने मेरी तरफ़ देखा और मैंने उसकी तरफ़। हम दोनों एक साथ हँस पड़े। आकाश पर तारों का छिड़काव-सा हो गया।

ये सब कुछ लम्हे के अन्दर-अन्दर हुआ। उसने फिर मेरी तरफ़ देखा। मगर इस बार सवाल करने वाली लाज भरी आँखों से—शायद उसको अब इस बात का एहसास हुआ था कि उसकी मुस्कुराहट किसी ग़ैर मर्द की तबस्सुम से जा टकराई है।

वह गहरे सब्ज़ रंग का दुपट्टा ओढ़े हुए थी कि उस पास की हरियाली ने अपनी सब्ज़ी उसी से उधार ली है। उसकी सलवार भी उसी रंग की थी। अगर वह कुर्ता भी उसी रंग का पहने होती तो दूर से देखनेवाले यही समझते कि सड़क के दरमियान एक छोटा-सा दरख़्त उग रहा है।

हवा के मुलायम झोंके उसके सब्ज़ दुपट्टे में बड़ी प्यारी लहरें पैदा कर रहे थे। खुद को बेकार खड़ी देखकर और मुझको अपनी तरफ़ घूरते पाकर वह बेचैन-सी हो गयी और इधर-उधर यूँ देखा कि जैसे किसी का इन्तिज़ार कर रही है। फिर अपने दुपट्टे को सँवारकर उसने मुँह उस तरफ़ किया, जिधर गायें आहिस्ता-आहिस्ता जा रही थीं।

मैं उससे कुछ फ़ासले पर बायें हाथ पत्थरों के पास खड़ा था, जो सड़क के किनारे-किनारे दीवार की शक्ल में चुने हुए थे।

जब वह मेरे क़रीब आयी तो ग़ैर इरादतन पर उसने मेरी तरफ़ निगाहें उठाईं। लेकिन फ़ौरन सिर को झटककर नीचे झुका लीं। कूल्हे मटकाती और छड़ी हिलाती मेरे पास से यूँ गुज़री जैसे कभी-कभी मेरा अपना ख़याल मेरे ज़ेहन से अपना कन्धा रगड़कर गुज़र जाया करता है।

उसके स्लीपर जो शायद उसके पाँव में खुले थे सड़क पर घिसटने से शोर पैदा कर रहे थे। थोड़ी दूर जाकर उसने अपने क़दम तेज़ किये और फिर दौड़ना शुरू कर दिया। बीस-पच्चीस गज़ के फ़ासले पर वह पत्थरों से चुनी हुई दीवार पर फुर्ती से चढ़ी और मुझे एक नज़र देखकर दूसरी तरफ़ कूद गयी, फिर दौड़कर एक झोंपड़े की छत पर चढ़कर मुँडेर पर बैठ गयी।

उसकी ये हरकत...यानी...यानी...मेरी तरफ़ उसका तीन बार मुड़-मुड़ कर देखना...क्या उसकी मुस्कुराहट के साथ मेरी तबस्सुम के कुछ ज़र्रे तो चिमटकर नहीं रह गये थे?

इस ख़याल ने मेरी नब्ज़ की धड़कन तेज़ कर दी। थोड़ी देर के बाद मुझे थकावट-सी महसूस होने लगी। मेरे पीछे झाड़ियों में जंगल के पंछी गीत गा रहे थे—हवा में घुली हुई मौसीक़ी (संगीत) मुझे किस क़दर प्यारी मालूम हुई। न जाने मैं कितने घूँट उस राग मिली हवा के गटागट पी गया।

झोंपड़े से कुछ दूर झाड़ियों के पास लड़की की गायें घास चर रही थीं। उनसे परे पथरीली पगडंडी पर एक कश्मीरी मज़दूर घास का गट्ठा कमर पर लादे ऊपर चढ़ रहा था। दूर-बहुत दूर एक टीले से धुआँ बल खाता हुआ आसमान की नीलाहट में घुल-मिल रहा था। मेरे आस-पास पहाड़ियों की बुलन्दियों पर हरे-हरे चीड़ों और साँवले पत्थरों के चौड़े-चकले सीनों पर डूबते हुए सूरज की सुनहरी किरणें स्याह और सुनहरे रंग के मिलेजुले साये बिखेर रही थीं। कितना सुन्दर और सुहाना समाँ था!

मैंने अपने आपको उन नज़ारों में घिरा हुआ पाया।

वह जवान थी। उसकी नाक उस पेंसिल की तरह सीधी और सुतवाँ थी जिससे मैं ये सतरें लिख रहा हूँ। उसकी आँखें—मैंने उस जैसी आँखें बहुत कम देखी हैं। उस पहाड़ी इलाक़े की सारी गहराइयाँ उनमें सिमटकर रह गयी थीं। पलकें घनी और लम्बी थीं। जब वह मेरे पास से गुज़री थी तो धूप की एक कंपित किरन उसकी पलकों में उलझ गयी थी।

उसका सीना मज़बूत और कुशादा था। उसमें जवानी साँस लेती थी। कन्धे चौड़े, बाँहें गोल गदराहट से भरपूर, कानों में चाँदी के लम्बे-लम्बे बुन्दे थे। बाल देहातियों की तरह सीधी माँग निकालकर गुँथे हुए थे, जिससे उसके चेहरे पर वक़ार पैदा हो गया था।

वह झोंपड़े की मटियाली छत पर बैठी थी और मैं सड़क पर खड़ा था।

"किस क़दर बेवकूफ़ हूँ," यकायक मैंने होश सँभाला और अपने दिल से कहा, ''अगर कोई मुझे इस तरह उसको घूरता हुआ देख ले तो क्या कहे...इसके अलावा यह क्योंकर हो सकता है?''

"यह क्योंकर हो सकता है?" जब मैंने इन अल्फ़ाज़ पर ग़ौर किया तो मालूम हुआ कि मैं किसी और ही ख़याल में था। इस एहसास पर मुझे हँसी आ गयी और यूँ ही एक बार उसको और देखकर सैर के इरादे से आगे बढ़ा। दो ही क़दम चलकर मुझे ख़याल आया—"यहाँ बटोत में मुझे सिर्फ़ चन्द रोज़ क़याम करना है। क्यों न रुख़्सत होते वक़्त उसको सलाम कर लूँ। इसमें हर्ज़ ही क्या है।"

शायद मेरे सलाम का एक-आध ज़र्रा उसके हाफ़िज़े पर हमेशा के लिए जम जाये।

मैं ठहर गया और कुछ देर मुन्तज़िर रहने के बाद मैंने सचमुच उसको सलाम करने के लिए अपना हाथ माथे की तरफ़ बढ़ाया। मगर फ़ौरन ही इस अहमक़ाना हरकत से बाख़बर होकर हाथ को यूँ ही हवा में हिला दिया और सीटी बजाते हुए क़दम तेज़ कर दिये।

मई का गर्म दिन शाम की खुनकी में आहिस्ता-आहिस्ता घुल रहा था।

सामने पहाड़ियों पर हल्का-सा धुआँ छा गया था, जैसे खुशी के आँसू आँखों के

आगे एक चादर-सी तान देते हैं। उस धुँधलके में चीड़ के दरख़्त अंतःचेतना में छिपे हुए ख़यालात मालूम हुए से एक ही क़तार में फैलते चले गये थे।

मेरे पास ही एक झाड़ी पर मोटा-सा कौआ अपने स्याह और चमकीले पर फैलाए सुस्ता रहा था...हवा का हर झोंका मेरे जिस्म के उन हिस्सों के साथ छूकर जो कपड़ों से आज़ाद थे, एक ऐसी मुहब्बत का पैग़ाम दे रहा था, जिससे मेरा दिल इससे पहले बिलकुल नाआशना था।

मैंने आसमान की तरफ़ निगाहें उठाईं और मुझे ऐसा महसूस हुआ कि वह मेरी तरफ़ हैरत से देखकर यह कहना चाहता है, "सोचते क्या हो—जाओ मुहब्बत करो।"

मैं सड़क के किनारे पत्थरों की दीवार पर बैठ गया और उस...उसकी तरफ़ डरते-डरते देखा कि कहीं कोई रहगुज़र सारा मामला ताड़ न जाये। वह उसी तरह सिर झुकाए अपनी जगह पर बैठी थी। उसे इस खेल में क्या लुत्फ़ आता है? वह अभी थकी नहीं? क्या उसने वाक़ई दो बार मेरी तरफ़ मुड़कर देखा? क्या वह जानती है कि मैं उसकी मुहब्बत में गिरफ़्तार हूँ?" आख़िरी सवाल किस क़दर हास्यास्पद था...मैं झेंप गया, लेकिन...इसके बावजूद उसको देखने से खुद को बाज़ न रख सका।

एक मर्तबा जब मैंने उसको देखने के लिए अपनी गर्दन मोड़ी तो क्या देखता हूँ कि उसका मुँह मेरी तरफ़ है और वह मुझे देख रही है—मैं मखमूर हो गया।

मेरे और उसके दरमियान गो फ़ासला काफ़ी था। मगर मेरी आँखें जिनमें मेरे दिल की बसारत (दृष्टि) भी चली आयी थी, महसूस कर रही थीं कि वह सपनों का घूँघट काढ़े मेरी तरफ़ देख रही है...मेरी तरफ़...मेरी तरफ़।

मेरे सीने से बेइख़्तियार आह निकल गयी—"अजीब बात है कि सुख और चैन का हाथ भी दर्द-भरे तारों ही पर पड़ता है,"...इस आह में कितनी राहत थी—कितना सुकून था। उस लड़की ने जो मेरे सामने झोंपड़े की छत पर बैठी थी मेरे शबाब के हर रंग को शोख़ कर दिया था। मेरे रोएँ-रोएँ से मुहब्बत फूट रही थी। शे'रीयत, जो मेरे सीने के किसी नामालूम कोने में सोयी पड़ी थी, अब बेदार हो चुकी थी—क्या दोशीज़गी (यौवन) और शे'रीयत जुड़वाँ बहिनें हैं?

अगर उस वक़्त वह मुझसे हमकलाम होती तो मैं एक लफ़्ज़ तक अपनी जुबान से न निकालता। ख़ामोशी मेरी तरजुमान होती—मेरी गूँगी जुबान कितनी बातें उस तक पहुँचा देती। मैं उसको अपनी ख़ामोशी में लपेट लेता...वह ज़रूर मुतहय्यर (विस्मित) होती और इस हालत में बड़ी प्यारी मालूम होती।

इस ख़याल से कि रास्ते में यूँ बेकार खड़े रहना ठीक नहीं, मैं दीवार पर से उठा—मेरे सामने टीले पर जाने के लिए एक पगडंडी थी। ऊपर टीले के किसी पत्थर पर बैठकर मैं उसको बख़ूबी देख सकता था। अतः दरख़्तों की जड़ों और झाड़ियों का सहारा लेकर मैंने ऊपर चढ़ना शुरू किया। रास्ते में दो-तीन बार मेरा पाँव फिसला और नुकीले पत्थरों पर गिरते-गिरते बचा।

टीले पर जहाँ पत्थर नहीं थे, कहीं-कहीं ज़मीन के छोटे-छोटे टुकड़ों में आलू बोये हुए थे। इसी क़िस्म के एक नन्हे-से खेत को पार करके मैं एक पत्थर पर बैठ गया और टोपी उतारकर एक तरफ़ रख दी। मेरे दायीं तरफ़ ज़मीन का एक छोटा-सा टुकड़ा था, जिसमें गेहूँ उग रहा था।

चढ़ाई की वजह से मेरा दम फूल गया। मगर शाम की ठंडी हवा ने यह थकान फ़ौरन ही दूर कर दी और मैं जिस काम के लिए आया था उसमें मशगूल हो गया।

अब वह झोंपड़े की छत पर खड़ी थी और खुदा मालूम कैसी-कैसी अनोखी आवाज़ें निकाल रही थी। मेरा ख़याल है कि वह उन दोनों बकरियों को सड़क पर चढ़ने से रोक रही थी, जो घास चरती हुई आहिस्ता-आहिस्ता ऊपर का रुख़ कर रही थीं।

हवा तेज़ थी। गेहूँ की पकी हुई बालियाँ खुर-खुर करती हुई बिल्ली की मूँछों की तरह थरथरा रही थीं। झाड़ियों में हवा की सीटियाँ शाम की ख़ामोश फ़ज़ा में इरतिआश (कम्पन) पैदा कर रही थीं।

मिट्टी के ढेलों के साथ खेलता हुआ मैं उसकी तरफ़ बहुत देर तक देखता रहा। वह अब झोंपड़े की छत पर बड़े अजीब अन्दाज़ से टहल रही थी। एक मर्तबा उसने अपने सिर को जुम्बिश दी तो मैं समझा कि वह मेरी मौजूदगी से बाख़बर..मुझे देख रही है—मेरी हस्ती के सारे दरवाज़े खुल गये।

जाने कितनी देर तक मैं वहाँ बैठा रहा?...एकाएक बदलियाँ घिर आयीं और बारिश शुरू हो गयी। मेरे कपड़े भीग रहे थे। लेकिन मैं वहाँ से क्योंकर जा सकता था जबकि वह...वहीं छत पर खड़ी थी। इस ख़याल से मुझे बड़ा सूकून मिला कि वह सिर्फ़ मेरी ख़ातिर बारिश में भीग रही है।

यकायक बारिश तेज़ हो गयी। वह उठी और मेरी तरफ़ देखे बग़ैर—हाँ मेरी तरफ़ निगाह उठाए बग़ैर छत पर से नीचे उतरी और दूसरे झोंपड़े में दाख़िल हो गयी...मुझे ऐसा महसूस हुआ कि बारिश की बूँदें मेरी हड्डियों तक पहुँच गयी हैं।

पानी से बचाव करने के लिए मैंने इधर-उधर निगाहें दौड़ाईं। मगर पत्थर और झाड़ियाँ पनाह का काम नहीं दे सकती थीं।

डाकबँगले तक पहुँचते-पहुँचते मेरे कपड़े और ख़यालात सब भीग गये—जब वहाँ से सैर को निकला था तो खुश्क आदमी था, रास्ते में मौसम ने शायर बना दिया। वापस आया तो भीगा हुआ आदमी था—शाम सिर्फ़ भीगा हुआ आदमी—बारिश सारी शायरी बहा ले गयी थी।

गुलगत ख़ान

शाहबाज़ ख़ान ने एक दिन अपने मुलाज़िम जहाँगीर को, जो उसके होटल में अन्दर-बाहर का काम करता था, उसकी सुस्त रफ़्तारी से तंग आकर निकाल दिया—असल में जहाँगीर सुस्त नहीं था। वह इस क़दर तेज़ था कि उसकी हर हरकत शाहबाज़ ख़ान को स्थिर मालूम होती थी।

शाहबाज़ ख़ान ने उसको एक महीने की तनख़्वाह दी—जहाँगीर ने उसको सलाम किया और टिकट कटाकर सीधा बिलोचिस्तान चला गया, जहाँ कोयले की खानें निकल रही थीं, और जहाँ उसके कई और दोस्त चले गये थे—लेकिन उसने गुलगत अपने भाई हमज़ा ख़ान को ख़त लिखा कि वह शाहबाज़ ख़ान के यहाँ मुलाज़िमत कर ले, क्योंकि उसे अपना यह आक़ा पसन्द था।

एक दिन हमज़ा ख़ान, शाहबाज़ ख़ान के होटल में आया और एक कार्ड दिखाकर बोला : "ख़ो अम मुलाज़मत चाहता है...अमारे भाई ने लिखा है कि तुम अच्छा और टीक आदमी है...ख़ो अम भी अच्छा और टीक है तुम कितना पैसा देगा?"

शाहबाज़ ख़ान ने हमज़ा ख़ान की तरफ़ देखा—जहाँगीर का भाई तो वह किसी लिहाज़ से दिखाई नहीं देता था। नाटा-सा क़द, नाक चौड़ी-चपटी; निहायत बदशक्ल। शाहबाज़ ख़ान ने उसे एक नज़र देखकर और जहाँगीर का ख़त पढ़कर सोचा कि उसको निकाल बाहर करे, मगर वह नेक आदमी था और उसने कभी किसी साइल (ज़रूरतमंद) को ख़ाली हाथ नहीं जाने दिया था।

हमज़ा ख़ान को चुनांचे उसने पन्द्रह रुपये माहवार पर मुलाज़िम रख लिया और यह हिदायत कर दी कि जो काम उसके सुपुर्द किया जाये, ईमानदारी से करे।

हमज़ा ख़ान ने अपने बदनुमा होंठों पर मुस्कुराहट पैदा करते हुए शाहबाज़ ख़ान को यक़ीन दिलाया : "ख़ान बादशाह, अम तुमको कबी तंग नहीं करेगा...जो तुम कहेगा, मानेगा।"

शाहबाज़ ख़ान यह सुनकर खुश हो गया।

हमज़ा ख़ान ने शुरू-शुरू में कुछ इतना अच्छा काम न किया, लेकिन थोड़े अर्से में वह सब कुछ सीख गया—चाय कैसे बनाई जाती है, शक्कर के साथ गुड़ कितना डाला जाता है, कोयलेवालियों से कोयले कैसे हासिल किये जाते हैं और ग्राहकों के साथ किस क़िस्म का सुलूक रवा रखना चाहिए, यह सब उसने सीख लिया।

इसमें सिर्फ़ एक कमी थी कि वो बेहद बदशक्ल था; बदतमीज़ की किसी हद तक था इसलिए कि उसकी शक्ल-सूरत देखकर शहबाज़ ख़ान के होटल में आने-जाने वाले कुछ घबरा से जाते। मगर जब ग्राहक आहिस्ता आहिस्ता उसकी बदसूरती से मानूस हो गए तो उन्होंने उसके बारे में सोचना छोड़ दिया। बल्कि बाअज़ लोग तो उसमें दिलचस्पी लेने लगे इसलिए कि वह काफ़ी दिलचस्प आदमी था। मगर इस दिलचस्पी से हमज़ा ख़ान को तसकीन नहीं होती थी। वो यह समझता था कि महज़ हँसी मज़ाक़ की ख़ातिर ये लोग जो होटल में चंद घंटे गुज़ारने आते हैं इससे दिलचस्पी का इज़हार करते हैं।

यूँ हमज़ा ख़ान गुलगत ख़ान के नाम से मशहूर हो गया था इसलिए कि वह काफ़ी देर गुलगत में रहा था और इस रियासत का ज़िक्र बार-बार किया करता था। इसलिए होटल में आने-जाने वालों ने उसका नाम गुलगत ख़ान रख दिया, जिस पर हमज़ा ख़ान को एतराज़ नहीं था। हमज़ा के क्या मानी होते हैं, उस को मालूम नहीं था बल्कि गुलगत का मतलब वह बख़ूबी समझता था।

शहबाज़ ख़ान के होटल में आये उसको क़रीब-क़रीब एक बरस हो गया। इस दौरान में उसने महसूस किया कि उसका मालिक शहबाज़ ख़ान उसकी शक्ल-सूरत से घृणा करता है। यह एहसास उसे खाए जाता था।

एक दिन उसने होटल के बाहर कुत्ते का पिल्ला देखा जो उससे भी कहीं ज़्यादा बदसूरत था। उसको उठाकर वह अपनी कोठरी में ले आया जो उसे होटल की ऊपरी मंज़िल पर रहने-सहने के लिए दी गयी थी। यह इतनी छोटी थी कि अगर कुत्ते का एक और पिल्ला आ जाता तो वो उस में गुलगत ख़ान के साथ समा ना सकता।

इस कुत्ते के पिल्ले की टाँगें टेढ़ी-मेढ़ी थीं। थूथनी बड़ी वाहियात थी, अजीब बात है कि गुलगत ख़ान की टाँगें बल्कि यूँ कहिए कि इसका निचला धड़ उसके ऊपर के जिस्मानी हिस्से के मुक़ाबले में बहुत छोटा था। बिलकुल इसके मानिंद यह पिल्ला निहायत बदसूरत था।

गुलगत ख़ान उससे बहुत प्यार करता। शहबाज़ ख़ान ने उससे कई मर्तबा कहा कि मैं इस कुत्ते के बच्चे को गोली मार दूँगा। मगर गुलगत ख़ान उसको किसी भी हालत में अपने से जुदा रखने पर राज़ी नहीं था। उसने शुरू-शुरू में तो अपने आक़ा से कुछ न कहा। ख़ामोशी से उसकी बातें सुनता रहा। आख़िर एक रोज़ इससे साफ़ लफ़्ज़ों में उसने कह दिया "ख़ो, तुम होटल के मालिक हो। मेरे दोस्त टन-टन के

मालिक नहीं हो।" शहबाज़ ख़ान यह सुनकर चुप हो गया। गुलगत ख़ान बड़ा मेहनती था। सुबह पाँच बजे उठता, दो अँगीठियाँ सुलगाता, सामनेवाले नल से पानी भरता और फिर ग्राहकों की ख़िदमत में मसरूफ़ हो जाता।

उसका टन-टन महीनों बाद बड़ा हो गया। वो उसके साथ कोठरी में सोता था जो होटल की ऊपरी मंज़िल पर थी। सर्दियाँ थीं। इसलिए गुलगत ख़ान को अपने बिस्तर में उसकी मौजूदगी बुरी नहीं मालूम होती थी। बल्कि वह ख़ुश था कि वो उस से इस क़दर प्यार करता है कि रात को भी उसका साथ नहीं छोड़ता।

टन-टन नाम गुलगत ख़ान के एक ख़ास ग्राहक ने रखा था, जो उसकी इंतिहाई बदसूरती के बावजूद उसमें दिलचस्पी लेता। यह नाम इसलिए रखा गया कि कुत्ते का वो पिल्ला जिसे वह सड़क पर से उठाकर अपने पास ले आया था और जिसकी गर्दन में उसने अपनी तनख़्वाह में से पैसे बचाकर एक ऐसा पट्टा डाला था जिसमें घुँघरू बँधे हुए थे। इस ख़ास ग्राहक ने जो किसी दैनिक पत्र का कॉलम लिखता था इन घुँघरुओं की आवाज़ सुनकर उसका नाम टन-टन रख दिया।

टन-टन जब बड़ा हुआ तो उसकी टाँगें और भी ज़्यादा छोटी हो गयीं। गुलगत ख़ान की भी यही हालत थी। उसकी टाँगें भी दिन ब-दिन छोटी हो रही थीं। ऊपर का धड़ मुनासिब अंदाज़ में बढ़ गया था। शहबाज़ ख़ान को गुलगत ख़ान का यह हुलिया पसन्द नहीं था मगर वह मेहनती था। गधे की मानिंद काम करता। सुबह पाँच बजे से लेकर रात के ग्यारह-बारह बजे तक होटल में रहता। एक घड़ी के लिए भी आराम न करता। लेकिन इस दौरान में वह तीन-चार मर्तबा ऊपर अपनी कोठरी में ज़रूर जाता और अपने प्यारे कुत्ते की जो अब बड़ा हो गया था देखभाल करता था। उसको होटल का बचा खाना देता। पानी पिलाता और प्यार करके फ़ौरन वापस चला आता।

एक दिन उसका टन-टन बीमार हो गया। होटल में अक्सर मैडिकल स्टूडैंट आया करते थे क्योंकि उनका कॉलेज नज़दीक ही था। गुलगत ख़ान ने उनमें से एक को यह कहते हुए सुना कि अगर पेट की शिकायत हो तो मरीज़ को बटेर या मुर्ग़ का गोश्त खिलाना चाहिए।

उसने अपने टन-टन को सुबह से कोई चीज़ खाने को नहीं दी थी। इसलिए कि उसको बदहज़मी थी। मगर जब उसने इस मैडिकल स्टूडैंट की बात सुनी तो उसने इधर-उधर कोई मुर्ग़ तलाश करना शुरू किया मगर न मिला। मुहल्ला ही कुछ ऐसा था जिसमें कोई मुर्ग़-मुर्ग़ियाँ नहीं पालता था।

शहबाज़ ख़ान को बटेरबाज़ी का शौक़ था। उसके पास एक बटेर था जिसे वह अपनी जान से ज़्यादा अज़ीज़ समझता था। गुलगत ख़ान ने तिनकों का बना हुआ पिंजरा खोला और हाथ डालकर यह बटेर पकड़ी। कलिमा पढ़कर उसको ज़बह किया और अपने टन-टन को खिला दिया।

शहबाज़ ख़ान ने जब पिंजरा ख़ाली देखा तो बहुत परेशान हुआ। उसकी समझ में न आया कि बटेर इसमें से कैसे उड़ गयी। वो तो उसके इशारों पर चलती थी। कई पालियाँ उसने बड़ी शान से जीती थीं। उसने गुलगत ख़ान से पूछा तो उसने कहा ''ख़ो मुझे क्या मालूम तुम्हारा बटेर किधर गया। भाग गया होगा किधर।''

शहबाज़ ख़ान ने जब ज़्यादा जुस्तजू की तो उसने देखा कि इसके होटल के सामने थोड़ा-सा ख़ून और नुचे हुए पर पड़े हैं। ये बिला शुबाह उसकी बटेर के थे वह सिर पीट कर रह गया। उसने सोचा कि कोई ज़ालिम उसको भून कर खा गया है।

बटेर के पर उसके जाने-पहचाने थे। उसने उनको बड़े प्यार से इकट्ठा किया और अपने होटल के पिछवाड़े जहाँ खुला मैदान था, छोटा-सा गढ़ा खोद कर उन्हें दफ़न कर दिया, फ़ातिहा पढ़ी। इसके बाद उसने कई ग़रीबों को अपने होटल से मुफ़्त खाना भी खिलाया ताकि मरहूम की रूह को शान्ति पहुँचे।

जब शाहबाज़ ख़ान से कोई उसकी बटेर के बारे में पूछता तो वह कहता : "शहीद हो गया।"

गुलगत ख़ान यह सुनता और अपने कान समेटे ख़ामोश काम में मशग़ूल रहता।

उसका टन-टन (कुत्ता) अच्छा हो गया। उसको जो शिकायत थी दूर हो गयी।

गुलगत ख़ान बहुत खुश था। उसने अपने प्यारे कुत्ते की सेहतयाबी पर दो भिखारियों को होटल से खाना खिलाया—शाहबाज़ ख़ान ने जब पूछा कि उसने उनसे दाम वसूल क्यों नहीं किये तो उसने कहा : "कभी-कभी ख़ैरात भी दे देना चाहिए ख़ान!" यह सुनकर शाहबाज़ ख़ान चुप हो गया।

एक दिन मैना का एक बच्चा कहीं से उड़ता-उड़ता गुलगत ख़ान के पास आ गिरा, जबकि वह कॉलेज के किसी लड़के के लिए नाश्ता तैयार करके ले जा रहा था। उसने नाश्ते की ट्रे को एक तरफ़ रखा और मैना के बच्चे को, जो बेहद सहमा हुआ था, पकड़कर उस पिंजरे में डाल दिया जिसमें उसके मालिक शाहबाज़ ख़ान की बटेर होती थी।

मैना को उसने सवा महीने तक पाला-पोसा। फिर वह ख़ासी मोटी हो गयी। ख़ूब चहकती थी।

एक दिन उसका टन-टन आ गया। उसने मैना को देखा तो बेताब हो गया। ऐसा लगता था कि वह चाहता है, किसी तरह मैना तक रसाई (पहुँच) हो जाये और वह उसे चबा डाले।

गुलगत ख़ान ने जब देखा कि पिंजरा ऊपर खूँटी के साथ टँगा है, जहाँ उसका टन-टन नहीं पहुँच सकता, और बड़ी हसरत भरी नज़रों से मैना को देख रहा है तो उसने पिंजरे में से मैना को निकाला, उसके पर नोंचे, गर्दन मरोड़ी और अपने अज़ीज़ कुत्ते के सुपुर्द कर दी।

टन-टन ने उस बे-बालो-पर परिंदे की लाश को दो-तीन मर्तबा सूँघा। बड़े ज़ोर की एक छींक उसके नथुनों से बाहर निकली और वह वहाँ से दौड़ गया।

गुलगत ख़ान को बड़ा सदमा हुआ।

उसी दिन कॉलेज की वे दो लड़कियाँ, जो बाक़ायदा चाय पीने के लिए आती थीं और जिनका वह ख़ास तौर पर ख़याल रखता था, आयीं—पहले वे उससे हँस-हँस के बातें किया करती थीं, मगर अब उन्हें जाने क्या हो गया था कि वे उससे ख़फा-ख़फा नज़र आती थीं।

एक ने, जो गुलगत ख़ान को बहुत पसन्द थी, उससे पूछा : "तुमने मैना क्यों मारी?"

गुलगत ख़ान एक लम्हे के लिए बौखला-सा गया, लेकिन सँभलकर उसने जवाब दिया : "ख़ो बीबी जी, अमने अपने कुत्ते को डाला था।"

उसने पूछा : "क्या उसने खायी?"

"ख़ो उस ने उसको सूँघा और छोड़ दिया।"

लड़की ने कहा : "तो उसको मारने से क्या फ़ायदा हुआ...तुमने पहले भी उसको ख़ान साहब की बटेर ज़िबह करके दी थी...क्या उसने खायी थी?"

गुलगत ख़ान ने बड़े फ़ख़्र से जवाब दिया : "खायी थी...उसकी हड्डियाँ भी।"

शाहबाज़ ख़ान पास खड़ा था—उसने जब यह सुना तो बड़े ज़ोर की एक धौल गुलगत ख़ान की गर्दन पर जमाई : "तुख़म हराम, तुमने अब माना है...पहले क्यों इनकार किया था?"

गुलगत ख़ान ख़ामोश रहा।

दोनों लड़कियों ने क़हक़हे लगाए।

गुलगत ख़ान को धौल का इतना ख़याल नहीं था, लेकिन लड़कियों के उन क़हक़हों ने उसके दिल को ज़ख्मी कर दिया।

शाहबाज़ ख़ान को बहुत गुस्सा था—गुलगत ख़ान के धौल जमाकर वह उस पर बरस पड़ा। जितनी गालियाँ उसे याद थीं, उसने अपने नौकर पर सर्फ़ कर दीं, और आख़िर में उससे कहा : "तुम उस टन-टन या चुन-चुन से इतना प्यार क्यों करता है...हरामख़ोर, वह भी कोई कुत्ता है,"...उसके कानों में कॉलेज की दोनों लड़कियों के क़हक़हे गूँज रहे थे।

कोठरी के एक कोने में उसका टन-टन लेटा था, कुछ अजीब अन्दाज़ से टाँगें दीवार के साथ लगाए, जो इस क़दर टेढ़ी थीं कि और ज़्यादा टेढ़ी हो ही नहीं सकती थीं।

गुलगत ख़ान ने कुछ देर ग़ौर किया। इसके बाद उसने अपना कमानीवाला चाकू निकाला और टन-टन की तरफ़ बढ़ा—मगर फिर उसे कोई और ख़याल आया।

उसने कमानीवाला चाक़ू बन्द करके अपनी जेब में रखा और कुत्ते को बड़े प्यार से बुलाकर अपने साथ ले गया।

जब गुलगत ख़ान और टन-टन रेलवे लाइन के पास पहुँचे तो गाड़ी आ रही थी।

गुलगत ख़ान ने अपने प्यारे कुत्ते को हुक्म दिया कि वह पटरियों के ऐन दरमियान खड़ा हो जाये।

उस हैवान टन-टन ने अपने आक़ा के हुक्म की तामील की।

गाड़ी पूरी रफ़्तार से आ रही थी।

टन-टन पटरियों के ऐन दरमियान खड़ा गुलगत ख़ान की तरफ़ देख रहा था, ऐसी निगाहों से, जिनसे वफ़ादारी टपक रही थी।

गुलगत ख़ान ने एक नज़र अपनी तरफ़ देखा—उसने महसूस किया कि उसका कुत्ता उससे कहीं ज़्यादा खुश शक्ल है।

गाड़ी क़रीब आयी तो उसने टन-टन को धक्का देकर पटरियों से बाहर गिरा दिया और ख़ुद गाड़ी की चपेट में आ गया—उसका बिलकुल क़ीमा बन गया।

कुत्ते ने गोश्त के उस ढेर को सूँघा और ज़ोर-ज़ोर से बड़ी दर्दनाक आवाज़ में रोने लगा।

हरे सैंडिल

"आपसे अब मेरा निबाह बहुत मुश्किल है...मुझे तलाक़ दे दीजिए।"

"लाहौलवला, कैसी बातें मुँह से निकाल रही हो..तुममें सबसे बड़ा ऐब एक यही है कि वक़्तन-फ़-वक़्तन तुम पर ऐसे दौरे पड़ते हैं कि होशो-हवास खो देती हो।"

"आप तो बड़े होशो-हवास के मालिक हैं...चौबीसों घंटे शराब के नशे में धुत रहते हैं।"

"मैं शराब ज़रूर पीता हूँ, लेकिन तुम्हारी तरह बिन पिये मदहोश नहीं रहता...वाही-तबाही नहीं बकता।"

"गोया मैं वाही-तबाही बक रही थी?"

"यह मैंने कब कहा...लेकिन तुम ख़ुद सोचो, यह तलाक़ लेना क्यों है?"

"बस, मैं लेना चाहती हूँ...जिस ख़ाविन्द को अपनी बीवी का ज़र्रा भर ख़याल न हो, उससे तलाक़ न माँगा जाये तो क्या माँगा जाये?"

"तुम तलाक़ के अलावा और सब चीज़ें मुझसे माँग सकती हो।"

"आप मुझे दे ही क्या सकते हैं?"

"यह एक नया इल्ज़ाम तुमने मुझ पर धरा है...तुम्हारी जैसी ख़ुशनसीब औरत और कौन होगी?"

"लानत है ऐसी ख़ुशनसीबी पर।"

"लानत न भेजो...मालूम नहीं, तुम किस बात पर नाराज़ हो, लेकिन मैं तुम्हें तहे-दिल से यक़ीन दिलाता हूँ कि मुझे तुमसे बेपनाह मुहब्बत है।"

"अच्छा छोड़ो इन जली-कटी बातों को...बताओ बच्चियाँ स्कूल चली गयीं?"

"आपको उनमें क्या दिलचस्पी है...स्कूल जायें या जहन्नुम में...मैं तो दुआ करती हूँ, मर जायें।"

"किसी रोज़ तुम्हारी ज़ुबान मुझे जलते चिमटे से बाहर खींचनी पड़ेगी...शर्म नहीं आती कि अपनी औलाद के लिए ऐसी बकवास कर रही हो!"

"मैंने कहा, मेरे साथ ऐसी बदकलामी न कीजिए...शर्म आपको आनी चाहिए

कि एक औरत से, जो आपकी बीवी है और जिसका एहतिराम आप पर फ़र्ज़ है, आप बाज़ारी अन्दाज़ में गुफ़्तगू कर रहे हैं...असल में यह सब आपकी बुरी सोसाइटी का क़ुसूर है।"

"और जो तुम्हारे दिमाग़ में ख़लल है, उसकी वजह क्या है?"

"आप, और कौन?"

"क़ुसूरवार हमेशा तुम मुझे ठहराती हो..समझ में नहीं आता, तुम्हें क्या हो गया है।"

"मुझे क्या हुआ है...हुआ है तो सिर्फ़ आप हुए हैं...हर वक़्त मेरे सिर पर सवार रहते हैं...मैं आपसे कह चुकी हूँ, मुझे तलाक़ दे दीजिए।"

"क्या दूसरी शादी करने का इरादा है...मुझसे उकता गयी हो।"

"थू है आप पर...मुझे कोई ऐसी-वैसी औरत समझा है?"

"तो फिर तलाक़ लेकर क्या करोगी?"

"जहाँ सींग समाए, चली जाऊँगी..मेहनत-मज़दूरी करूँगी...अपना और अपनी बच्चियों का पेट पालूँगी।"

"तुम मेहनत-मज़दूरी कैसे कर सकोगी...सुबह नौ बजे उठती हो, नाश्ता करके फिर लेट जाती हो, दोपहर के खाने के बाद कम-अज़-कम तीन घंटे सोती हो...ख़ुद को धोखा तो न दो।"

"जी हाँ, मैं तो हर वक़्त सोयी रहती हूँ और आप हैं कि हर वक़्त जागते रहते हैं...अभी कल ही आपके दफ़्तर से एक आदमी आया था; वह कह रहा था कि हमारे अफ़सर साहब को जब देखो, मेज़ पर सिर रखे सोये होते हैं।"

"वह कौन था उल्लू का पट्ठा?"

"आप अपनी जुबान दुरुस्त कीजिए।"

"भई, मुझे ताव आ गया था...गुस्से में आदमी का अपनी जुबान पर क़ाबू नहीं रहता।"

"मुझे आप पर इतना गुस्सा आ रहा है, लेकिन मैंने ऐसा कोई ग़ैरमुहज़्ज़ब लफ़्ज़ इस्तेमाल नहीं किया..इन्सान को हमेशा दायरा-ए-तहज़ीब में रहना चाहिए..मगर यह सब आपकी बुरी सोसाइटी की वजह है, जो आप ऐसे अल्फ़ाज़ अपनी गुफ़्तगू में इस्तेमाल करते हैं।"

"मैं तुमसे पूछता हूँ, मेरी बुरी सोसाइटी कौन-सी है?"

"वह कौन है, जो ख़ुद को कपड़े का बहुत बड़ा व्यापारी कहता है..उसके कपड़े कभी आपने मुलाहिज़ा किये...बड़ी अदना क़िस्म के और वह भी मैले चिकट...यूँ तो वह बी. ए. है, लेकिन उसकी आदतें, उठना-बैठना ऐसा वाहियात है कि घिन आती है।"

"वह मर्दे-मजज़ूब (अनासक्त पुरुष) है।"

"यह क्या बला होती है?"

"तुम नहीं समझोगी...मुझे बेकार वक़्त ज़ाया करना पड़ेगा।"

"जी हाँ, आपका वक़्त बड़ा क़ीमती है...ज़रा-सी बात करने पर भी ज़ाया हो जाता है।"

"तुम असल में कहना क्या चाहती हो?"

"मैं कुछ कहना नहीं चाहती...जो कहना था, कह दिया...बस मुझे तलाक़ दे दीजिए, ताकि जान छूटे...इन हर रोज़ के झगड़ों से मेरी ज़िन्दगी अजीरन हो गयी है।"

"तुम्हारी ज़िन्दगी तो मुहब्बत से भरे हुए एक जुम्ले से भी अजीरन हो जाती है...इसका क्या इलाज है?"

"इसका इलाज, सिर्फ़ तलाक़ है।"

"तो बुलाओ किसी मौलवी को...तुम्हारी अगर यही ख़्वाहिश है तो मैं इनकार नहीं करूँगा।"

"मैं कहाँ से बुलाऊँ मौलवी को?"

"भई, तलाक़ तुम चाहती हो...अगर मुझे लेना होता तो मैं दस मौलवी चुटकियों में पैदा कर लेता.मुझसे तुम्हें इस सिलसिले में किसी मदद की तवक्को नहीं करनी चाहिए...तुम जानो, तुम्हारा काम जाने।"

"आप मेरे लिए इतना काम भी नहीं कर सकते?"

"जी नहीं।"

"आप तो अब तक यही कहते आये हैं कि आपको मुझसे बेपनाह मुहब्बत है।"

"दुरुस्त है...रफ़ाक़त (समीपता) की हद तक...मुफ़ारक़त (दूरी) के लिए नहीं।"

"तो मैं क्या करूँ?"

"जो जी में आये, करो...और देखो, मुझे अब ज़्यादा तंग न करो...किसी मौलवी को बुला लो कि वह तलाक़नामा लिख दें...मैं उस पर दस्तख़त कर दूँगा।"

"हक़्क़े-महर का क्या होगा?"

"तलाक़ चूँकि तुम ख़ुद तलब कर रही हो, इसलिए उसके मुताल (माँग) का सवाल ही पैदा नहीं होता।"

"वाह जी वाह!"

"तुम्हारे भाई बैरिस्टर हैं; उनको ख़त लिखकर पूछ लो...जब औरत तलाक़ चाहे तो वह अपना हक़्क़े-महर तलब नहीं कर सकती।"

"तो ऐसा कीजिए कि आप मुझे तलाक़ दे दें।"

"मैं ऐसी बेवक़ूफ़ी क्यों करने लगा...मुझे तो तुमसे प्यार है।"

"आपके ये चोंचले मुझे पसन्द नहीं...प्यार होता तो मुझसे ऐसा सुलूक करते?"

"तुमसे मैंने क्या बदसुलूकी की है?"

"जैसे आप जानते ही नहीं...अभी परसों-तरसों की बात है, आपने मेरी नयी साड़ी से अपने जूते साफ़ किये थे।"

"ख़ुदा की क़सम, नहीं।"

"तो फिर क्या फ़रिश्तों ने किये थे?"

"मैं इतना जानता हूँ कि आपकी तीनों बच्चियाँ अपने जूतों की गर्द आपकी साड़ी से झाड़ रही थीं...मैंने उनको डाँटा भी था।"

"वे ऐसी बदतमीज़ नहीं हैं।"

"काफ़ी बदतमीज़ हैं, इसलिए कि तुम उनको सही तरबियत नहीं देती हो...स्कूल से वापस आयें तो उनसे पूछ लेना कि वे साड़ी का नाजाइज़ इस्तेमाल कर रही थीं या कि नहीं।"

"मुझे उनसे कुछ पूछना नहीं है।"

"तुम्हारे दिमाग़ को आज, मालूम नहीं, क्या हो गया है...असल वजह मालूम हो जाये तो मैं कोई नतीजा क़ायम कर सकूँ।"

"आप नतीजे क़ायम करते रहेंगे, लेकिन मैं अपना नतीजा क़ायम कर चुकी हूँ...बस आप मुझे तलाक दे दीजिए...जिस ख़ाविन्द को अपनी बीवी का ज़रा भी ख़याल न हो, उसके साथ रहने का क्या फ़ायदा?"

"मैंने हमेशा तुम्हारा ख़याल रखा है।"

"आपको मालूम है, कल ईद है?"

"मालूम है...क्यों...कल ही तो मैं बच्चियों के लिए नये बूट लाया हूँ, और उनके फ्रॉकों के लिए मैंने आज से आठ रोज़ पहले तुम्हें साठ रुपये दिये थे।"

"ये रुपये देकर आपने बड़ा मेरे बाप-दादा पर एहसान किया।"

"एहसान का सवाल ही पैदा नहीं होता...आख़िर बात क्या है?"

"बात यह है कि साठ रुपये कम थे...तीन बच्चियों के लिए आरकंडी चालीस रुपये में आयी; फ़ी फ्रॉक के दर्ज़ी ने सात रुपये लिये...बताइए, आपने मुझ पर और बच्चियों पर कौन-सा करम किया।"

"तो एक रुपया तुमने अदा किया।"

"अदा न करती तो फ्रॉक कैसे मिलते।"

"तो वह रुपया मुझसे अभी ले लो...मेरा ख़याल है, सारी नाराज़गी इसी बात की थी।"

"मैं कहती हूँ, कल ईद है।"

"हाँ-हाँ, मुझे मालूम है...मैं दो मुर्ग़े मँगवा रहा हूँ...इसके अलावा सिवइयाँ

भी...तुमने भी कुछ इन्तिज़ाम किया?"

"मैं ख़ाक इन्तिज़ाम करूँगी।"

"क्यों?"

"मैं चाहती थी, कल सब्ज़ (हरी) साड़ी पहनूँ...सब्ज़ सैंडिल के लिए ऑर्डर दे आयी थी...आपसे कई मर्तबा कहा कि जाइए और चीनियों की दुकान से दरयाफ़्त कीजिए कि वह सैंडिल अभी तक बनी है या नहीं...मगर आपको मुझमें कोई दिलचस्पी हो तो आप वहाँ जाते।"

"लाहौलवला...यह झगड़ा सारा सब्ज़ सैंडिल का था...जनाब, आपकी यह सैंडिल मैं परसों ही ले आया था...आपकी अलमारी में पड़ी है...आप तो सारा वक़्त सोयी रहती हैं...आपने अलमारी खोली ही नहीं होगी..."

दीवाली के दीये

छत की मुँडेर पर दीवाली के दीये हाँफते हुए बच्चों की तरह धड़क रहे थे।

मुन्नी दौड़ती हुई आयी। अपनी नन्ही-सी घघरी को दोनों हाथों से ऊपर उठाये छत के नीचे गली में मोरी के पास खड़ी हो गयी—उसकी रोयी हुई आँखों में मुँडेर पर फैले हुए दीयों ने कई चमकीले नगीने जड़ दिये...उसका नन्हा-सा सीना दीये की लौ की तरह काँपा, मुस्कुराकर उसने अपनी मुट्ठी खोली, पसीने से भीगा हुआ पैसा देखा और बाज़ार में दीये लेने के लिए दौड़ गयी।

छत की मुँडेर पर शाम की खुन्क हवा में दीवाली के दीये फड़फड़ाते रहे।

सुरेन्द्र धड़कते हुए दिल को पहलू में छिपाये चोरों के मानिन्द गली में दाख़िल हुआ और मुँडेर के नीचे बेक़रारी से टहलने लगा—उसने दीयों की क़तार की तरफ़ देखा। उसे हवा में उछलते हुए ये शोले अपनी रगों में दौड़ते हुए खून के रक़्सां (नृत्यरत) क़तरे मालूम हुए—अचानक सामनेवाली खिड़की खुली...सुरेन्द्र सिर-ता-पा निगाह बन गया। खिड़की के डंडे का सहारा लेकर एक दोशीज़ा (युवती) ने झुककर गली में देखा और फ़ौरन उसका चेहरा तमतमा उठा।

कुछ इशारे हुए। खिड़की चूड़ियों की खनखनाहट के साथ बन्द हुई और सुरेन्द्र वहाँ से मख़मूरी (विस्मय) की हालत में चल दिया।

छत की मुँडेर पर दीवाली के दीये दुल्हन की साड़ी में टँके हुए तारों की तरह चमकते रहे।

सरजू कुम्हार लाठी टेकता हुआ आया और दम लेने के लिए ठहर गया। बलग़म उसकी छाती में सड़कें कूटने वाले इंजन की मानिन्द फिर रहा था—गले की रगें दमे के दौरे के सबब धौंकनी की तरह कभी फूलती थीं कभी सिकुड़ जाती थीं। उसने गर्दन उठाकर जगमग-जगमग करते दीयों की तरफ़ अपनी धुँधली आँखों से देखा और उसे ऐसा मालूम हुआ कि दूर—बहुत दूर...बहुत-से बच्चे क़तार बाँधे खेलकूद में मसरूफ़ हैं। सरजू कुम्हार की लाठी मनों भारी हो गयी। बलग़म थूककर वह फिर चींटी की चाल चलने लगा।

छत की मुँडेर पर दीवाली के दीये जगमगाते रहे।

फिर एक मज़दूर आया। फटे हुए गिरेबान में उसकी छाती के बादल बर्बाद घोंसले की तीलियों के मानिन्द बिखर रहे थे। दीयों की क़तार की तरफ़ उसने सिर उठाकर देखा और उसे ऐसा महसूस हुआ कि आसमान की गन्दली पेशानी पर पसीने के मोटे-मोटे क़तरे चमक रहे हैं। फिर उसे अपने घर के अंधियारे का ख़याल आया और वह उन थिरकते हुए शोलों की रौशनी कनखियों से देखता हुआ आगे बढ़ गया।

छत की मुँडेर पर दीवाली के दीये आँखें झपकाते रहे।

नये और चमकीले बूटों की चरचराहट के साथ एक आदमी आया और दीवार के क़रीब सिगरेट सुलगाने के लिए ठहर गया। उसका चेहरा अशरफ़ी पर लगी मुहर के मानिन्द जज़्बात से खाली था। कॉलर चढ़ी गर्दन उठाकर उसने दीयों की तरफ़ देखा और उसे ऐसा मालूम हुआ कि बहुत-सी कुठालियों में सोना पिघल रहा है। उसके चरचराते हुए चमकीले जूतों पर नाचते हुए शोलों का अक्स (बिम्ब) पड़ रहा था। वह उनसे खेलता हुआ आगे बढ़ गया।

छत की मुँडेर पर दीवाली के दीये जलते रहे।

जो कुछ उन्होंने देखा, जो कुछ उन्होंने सुना, किसी को न बताया। हवा का एक तेज़ झोंका आया और सब दीये एक-एक करके बुझ गये।

तीन मोटी औरतें

एक का नाम मिसेज़ रिचमैन और दूसरी का मिसेज़ सतलफ़ था। एक विधवा थी, तो दूसरी दो शौहरों को तलाक़ दे चुकी थी। तीसरी का नाम मिस हकसैन था। वह अभी ताकतखुदा थी—उन तीनों की उम्र चालीस के लगभग थी और उनकी ज़िन्दगी के दिन मज़े से कट रहे थे।

मिसेज़ सतलफ़ के ख़द्दो-ख़ाल (शरीर के अंग) मोटापे की वजह से भद्दे पड़ गये थे। उसकी बाँहें, कन्धे और कूल्हे भारी मालूम देते थे, लेकिन इस अधेड़ उम्र में भी वह बन-सँवरकर रहती थी। वह नीला लिबास सिर्फ़ इसलिए पहनती थी कि उसकी आँखों की चमक नुमायाँ हो, और बनावटी तरीक़ों से उसने अपने बालों की ख़ूबसूरती भी क़ायम कर रखी थी—उसे मिसेज़ रिचमैन और मिस हकसैन इसलिए पसन्द थीं कि वे दोनों उसकी अपेक्षा मोटी थीं, और चूँकि वह उम्र में भी उन दोनों से काफ़ी छोटी थी, वे उसका अपनी बच्ची की तरह ख़याल रखतीं—यह कोई नापसन्द बात न थी। वे दोनों ख़ुश-तबियत थीं और अक्सर मज़ाक़ में उसके होनेवाले मंगेतर का ज़िक्र छेड़ देतीं—वे दोनों ख़ुद तो इस इश्क़ो-मुहब्बत की उलझन से कोसों दूर थीं, लेकिन इस मामले में उन्हें मिसेज़ सतलफ़ से पूरी हमदर्दी थी—उन्हें यक़ीन था कि वह कुछ दिनों में ही कोई नया गुल खिलाने वाली है।

वे मिसेज़ सतलफ़ के लिए किसी अच्छे वर की तलाश में थीं। कोई पेंशन-याफ़्ता एडमिरल, जो गॉल्फ़ भी खेलना जानता हो या कोई ऐसा रंडवा, जो घर-बार के जंजाल से आज़ाद हो—बहरहाल यह ज़रूरी था कि उसकी आमदनी माक़ूल हो।

मिसेज़ सतलफ़ उनकी बातें बड़े ग़ौर से सुनती और दिल-ही-दिल में हँस देती—इसमें कोई शक नहीं कि वह एक बार फिर शादी करना चाहती थी, लेकिन शौहर के चयन में उसकी सोच बिलकुल अलग थी। उसे किसी स्याह रंग और छरहरे बदन के इतालवी की चाहत थी, जिसकी आँखें हद-दर्जा चमकीली हों या कोई स्पेनिश जो आला ख़ानदान से ताल्लुक़ रखता हो और उसकी उम्र किसी सूरत में तीस बरस से एक दिन भी ज़्यादा न हो।

यह सच है कि तीनों एक-दूसरे पर जान देती थीं—उनकी आपस में मुहब्बत की वजह सिर्फ़ मोटापा था, और लगातार इकट्ठे ब्रिज खेलने से उनकी दोस्ती और गहरी हो गयी थी।

उनकी पहली मुलाक़ात करलबसाद में हुई, जहाँ वे एक ही होटल में ठहरती थीं और एक ही डॉक्टर से इलाज करा रही थीं।

मिसेज़ रिचमैन ख़ुशशक्ल भी थी—उसकी नशीली आँखें, खुरदरे गाल और रंगीन होंठ बहुत ही दिलफ़रेब और दिलकश थे—उसे हर वक़्त खाने-पीने की फ़िक्र रहती। मक्खन, बालाई, आलू और चर्बी मिली पुडिंग उसका मनभाता खाना था। वह साल में ग्यारह महीने तो जी भर के खाती, फिर इलाज के ज़रिये दुबली होने के लिए एक महीना करलबसाद चली जाती—वह दिन-ब-दिन फूलती जा रही थी। उसका मानना था कि अगर उसे मनमर्ज़ी की ख़ुराक खाने को न मिले तो ज़िन्दगी बेकार है। मगर उसके डॉक्टर को इस बात से इत्तिफ़ाक़ न था। उसका ख़याल था कि डॉक्टर कुछ ऐसा क़ाबिल नहीं, वर्ना क्या मज़ाल थी कि वह दुबली न हो सके।

मिसेज़ रिचमैन ने मिस हकसैन से इस बात का ज़िक्र किया तो वह बस एक क़हक़हा लगाकर ख़ामोश हो गयी।

मिस हकसैन की आवाज़ बहुत गहरी थी और चेहरा चपटा-सा था। उसकी दोनों आँखों में बिल्ली की आँखों जैसी चमक थी। उसे मर्दाना पोशाक ज़्यादा पसन्द थी।

सच तो यह है कि सिर्फ़ मिस हकसैन की ख़ुशमिज़ाजी की वजह से तीनों सहेलियाँ एक-दूसरे से बहुत क़रीब हो गयी थीं—वे तीनों एक ही वक़्त पर खातीं, इकट्ठी सैर को जातीं और टेनिस खेलने के वक़्त भी एक-दूसरे से कभी जुदा न होतीं। इसमें कोई शक नहीं कि जब वे अपना वज़न करतीं तो अपने मोटापे में कोई फ़र्क़ न पाकर उदास-सी हो जातीं।

मिस हकसैन को यह बात बहुत ही नागवार गुज़री कि मिसेज़ रिचमैन मेडिकल इलाज से अपना वज़न बीस पाउंड घटाकर, बदपरहेज़ी की वजह से कुछ ही दिनों में फिर उसी तरह मोटी हो जाये—उसके कहने पर तीनों करलबसाद छोड़कर चन्द हफ़्तों के लिए कहीं और चली गयीं।

मिसेज़ रिचमैन कमज़ोर तबियत थी। उसे एक ऐसे इन्सान की ज़रूरत थी, जो उसे बदएतिदाली (अनियमितता) से बचा सके। उसे यक़ीन था कि अब उसे वर्जिश करने का ख़ूब मौक़ा मिलेगा, और चर्बी मिली चीज़ें खाने से भी निजात मिल जायेगी—और कोई वजह नहीं कि उसका वज़न दोनों से कम हो जाये।

मिसेज़ सतलफ़ अपने दिल में अनोखे इरादे बाँध रही थी। उसे यक़ीन था कि

वहाँ कुछ ही दिनों में उसका रंग निखर जायेगा, और वह अपने लिए कोई बाँका छैला इतालवी, फ्रांसीसी या अंग्रेज़ तलाश कर लेगी।

तीनों हफ़्ते में सिर्फ़ दो दिन उबले हुए अंडे और टमाटर खातीं और हर सुबह उठकर अपना वज़न करतीं।

मिसेज़ सतलफ़ का वज़न अब सिर्फ़ एक सौ चव्वन पाउंड रह गया और वह तो गोया अपने आपको एक जवाँसाल लड़की समझने लगी—मिस हकसैन और मिसेज़ रिचमैन के मोटापे में भी काफ़ी फ़र्क़ पड़ गया।

वे तीनों मुत्मइन (सन्तुष्ट) नज़र आती थीं, लेकिन ब्रिज खेलने के लिए एक चौथे खिलाड़ी की ज़रूरत ने उन्हें एक हद तक परेशान-सा कर दिया था।

वे सुबह-सवेरे को ढीले-ढाले पाजामे पहने, चबूतरे पर बैठी, दूध और चीनी मिलाए बग़ैर चाय पी रही थीं और साथ-साथ डॉक्टर हडबर्ट के तैयार किये हुए बिस्कुट भी खा रही थीं, जिनके मुताल्लिक़ यह गारंटी दी गयी थी कि वे चर्बी से बिलकुल पाक हैं—नाश्ते के वक़्त मिस हकसैन ने इत्तिफ़ाक़न लीना का ज़िक्र किया।

"वह कौन है?" मिसेज़ सतलफ़ ने पूछा।

"वह मेरे उस चचेरे भाई की बीवी है, जिसका हाल हीं में इंतिक़ाल हुआ है...वह पिछले दिनों नर्वस ब्रेकडाउन का शिकार रही...क्यों न उसे दो चार हफ़्तों के लिए यहाँ बुला लें।"

"क्या वह ब्रिज खेलना जानती है?"

"क्यों नहीं...उसके यहाँ आ जाने से किसी दूसरे की ज़रूरत भी न रहेगी।"

बात तय हो गयी—लीना को बुलाने के लिए तार भेजा गया और वह तीसरे दिन आ पहुँची।

मिस हकसैन उसे स्टेशन पर लेने गयीं। शौहर की मौत की वजह से लीना के चेहरे पर ग़म के आसार नुमायाँ थे—मिस हकसैन ने उसे दो साल से नहीं देखा था, इसलिए उसने बड़ी गर्मजोशी से लीना का मुँह चूम लिया।

"तुम बहुत दुबली हो," मिस हकसैन ने कहा।

लीना मुस्कुरा दी : "पिछले दिनों मेरी तबियत ख़राब रही, और अब तो वज़न भी बहुत कम हो गया है।"

मिस हकसैन ने एक सर्द आह भरी, लेकिन यह ज़ाहिर न हो सका कि उसकी वजह अभिमान था या लीना से हमदर्दी।

वह उसे एक सुन्दर होटल में ले गयी, जहाँ दोनों सहेलियों से उसका परिचय कराया गया—लीना की बेकसी देखकर मिसेज़ रिचमैन का दिल भर आया, और लीना के चेहरे की ज़र्दी ने मिसेज़ सतलफ़ को भी बहुत मुतास्सिर किया।

होटल में थोड़ी देर तफ़रीह के बाद वे लंच के लिए चल दीं।

"मुझे कुछ रोटी चाहिए," लीना के ये अल्फ़ाज़ तीनों सहेलियों के कानों पर बहुत अजीब से गुज़रे—वे तो कब से रोटी छोड़ चुकी थीं, और तो और मिसेज़ रिचमैन-जैसी लालची औरत भी रोटी से परहेज़ करती थी।

मिस हकसैन ने ख़ानसामाँ से कहा कि वह फ़ौरन लीना के हुक्म की तामील करे।

"थोड़ा मक्खन भी।"

किसी अदृश्य ताक़त ने एक लम्हे के लिए उन सबके होंठ सी दिये।

"मक्खन शायद नहीं...अभी ख़ानसामाँ से पूछती हूँ," मिस हकसैन ने कुछ ठहरकर जवाब दिया।

"मुझे मक्खन-रोटी बहुत पसन्द है," लीना ने मिसेज़ रिचमैन से मुख़ातिब होकर कहा और ख़ानसामाँ से मक्खन लेकर बड़े इत्मीनान से रोटी पर लगाया।

मिस हकसैन बोली : "हम यहाँ बहुत सादा ग़िज़ा खाते हैं...उम्मीद है तुम्हें कोई एतिराज़ न होगा।"

"नहीं तो...मैं भी सादे ग़िज़ा की आदी हूँ..." लीना ने रोटी के टुकड़े पर मक्खन लगाते हुए कहा : "मुझे जब तक मक्खन, रोटी, आलू और बालाई (मलाई) मिलती रहे, मैं बहुत मुत्मइन रहती हूँ।"

"अफ़सोस कि यहाँ कहीं बालाई नहीं मिलती," मिसेज़ रिचमैन ने कहा।

"ओह!" लीना बोली।

फिर लंच पर बग़ैर चर्बी के कबाब चुने गये। इसके अलावा पालक था और ताज़ा नाशपातियाँ।

नाशपाती खाते ही लीना ने उत्सुकता भरी नज़रों से ख़ानसामाँ की तरफ़ देखा और इशारा पाते ही ख़ानसामाँ चीनी लेकर हाज़िर हो गया—लीना ने अपने क़हवे की प्याली में तीन चम्मच चीनी डाल दी।

"तुम्हें चीनी बहुत पसन्द है?" मिसेज़ सतलफ़ ने पूछा।

"हाँ," लीना ने जवाब दिया।

"हमें तो सैक्रीन ज़्यादा प्रिय है," मिस हकसैन ने एक टिकिया अपनी प्याली में डालते हुए कहा।

"यह तो एक स्वादहीन चीज़ है," लीना बोली।

मिसेज़ रिचमैन मुँह बनाकर और ललचाई हुई नज़रों से चीनी की तरफ़ देखने लगी—मिस हकसैन ने उसे ज़ोर से पुकारा तो एक सर्द आह भरकर उसने भी मजबूरन सैक्रीन की टिकिया उठा ली।

लंच से फ़ारिग़ होने के बाद वे ब्रिज खेलने बैठ गयीं—लीना ख़ूब खेली। सबने खेल का ख़ूब लुत्फ़ उठाया।

मिसेज़ सतलफ़ और मिसेज़ रिचमैन के दिल में मेहमान के लिए गहरी हमदर्दी का जज़्बा पैदा हो गया—मिस हकसैन के दिल की मुराद भी पूरी हो गयी और वह यही तो चाहती थी कि लीना उनके साथ दो-चार हफ़्ते ख़ुशी से बसर कर सके।

चन्द पलों के बाद मिस हकसैन और मिसेज़ रिचमैन गोल्फ़ खेलने चली गयीं और मिसेज़ सतलफ़ एक जवाँ साल ख़ुशशक्ल प्रिंस रोकामीर के साथ सैर को निकल गयीं—लीना कुछ देर सुस्ताने के ख़याल से लेट गयी।

डिनर से थोड़ा वक़्त पहले सब लौट आयीं—यह उनका रोज़ का मामूल (नियम) था।

"लीना प्यारी, कहो वक़्त कैसे गुज़रा..." एक दिन मिस हकसैन ने कहा : "गोल्फ़ खेलते वक़्त ध्यान तुम्हारी ही तरफ़ था।"

"ओह, पहले तो मैं बड़े मज़े से बिस्तर पर ही पड़ी रही, फिर मैंने बाहर जाकर कॉकटेल पी...और सुनो, एक छोटा-सा क़हवाख़ाना मेरी नज़र में पड़ा, जहाँ बड़ी अच्छी बालाई मिलती है...मैंने रोज़ाना मकान पर बालाई मँगवाने का इंतिज़ाम कर लिया है," लीना की आँखें चमक रही थीं और उसे यक़ीन था कि वे तीनों उसकी बात को सराहेंगी।

"तुम कितनी अच्छी हो लीना.." मिस हकसैन ने कहा : "लेकिन अफ़सोस कि हमें बालाई पसन्द नहीं...ऐसी आबोहवा में यह हमें रास नहीं आ सकती।"

"न सही पर मैं जो सलामत हूँ," लीना ने मुस्कुराते हुए कहा।

"तुम्हें क्या अपनी शक्लोसूरत की कोई परवाह नहीं," मिसेज़ सतलफ़ ने मुँह बनाकर कहा।

"मुझे तो डॉक्टर ने बालाई खाने को कहा है।"

"क्या उसने मक्खन, रोटी, आलू और बालाई चारों ही चीज़ें तज्वीज़ की हैं?"

"बेशंक, सादा ग़िज़ा से मैं यही मुराद लेती हूँ।"

"तुम यक़ीनन बहुत मोटी हो जाओगी।"

लीना खिलखिलाकर हँस दी।

रात को लीना के सो जाने पर देर तक तीनों नुक्ताचीनी करती रहीं—उस शाम उनकी तबियत कितनी शिगुफ़्ता (प्रफुल्लित) थी, और अब मिसेज़ रिचमैन बेज़ार-सी नज़र आने लगीं। मिसेज़ सतलफ़ अलग जली बैठी थीं और मिस हकसैन का मिज़ाज भी बिगड़ चुका था।

"मैं यह कतई बर्दाश्त नहीं कर सकती कि वह मेरा मनभाता खाना मेरी आँखों के सामने बैठकर उड़ाये," मिसेज़ रिचमैन ने ज़रा तल्ख़ी से कहा।

"यह तो कोई भी बर्दाश्त नहीं कर सकता," मिस हकसैन ने जवाब दिया।

"आख़िर तुमने उसे यहाँ बुलाया ही क्यों?"

"मुझे इस बात की क्या ख़बर थी।"

"अगर उसके दिल में अपने मरहूम शौहर का ज़रा भी ख़याल होता तो वह कभी पेट भरकर न खाती...उसकी मौत हुए अभी दो ही महीने तो गुज़रे हैं।"

"सुना, वह क्या कह रही थी...कि उसे डॉक्टर ने मक्खन, रोटी, आलू और बालाई खाने को कहा है।"

"उसे तो फिर किसी सेनेटोरियम का रुख़ करना चाहिए।"

"वह मेहमान है तो तुम्हारी...हमारा तो उससे कोई रिश्ता नहीं...मैं तो लगातार दो हफ़्ते तक उस पेटू का तमाशा देखती रही हूँ।"

"सिर्फ़ खाने-पीने को ज़िन्दगी का मक़सद समझ लेना बड़ी बेहूदगी है।"

"तुम क्या लीना की आड़ लेकर मुझे बेहूदा पुकार रही हो?" मिस हकसैन ने पूछा।

"लीना तो हमारे बावर्चीखाने में घुसकर खाती-पीती ही है, तुम ख़ुद भी तो यही कुछ करती हो..." मिसेज़ सतलफ़ ने ज़रा तीखी आवाज़ में कहा : "और मैं यह कभी बर्दाश्त नहीं कर सकती।"

इन अल्फ़ाज़ ने मिस हकसैन के तन-बदन में एक आग-सी लगा दी—वह उछलकर खड़ी हो गयी : "मिसेज़ सतलफ़, अपनी ज़ुबान सँभालो...तुम क्या मुझे इतना ही कमीना ख़याल करती हो।"

"तो आख़िर तुम्हारा वज़न क्यों कम नहीं होता?"

"बिलकुल ग़लत...मेरा तो कई पौंड वज़न कम हो गया है," यह कहकर मिस हकसैन बच्चों की तरह फूट-फूटकर रोने लगी, और आँसू उसकी आँखों से टपक-टपककर छाती पर गिरने लगे।

"आपस में बदगुमानी से फ़ायदा?" मिसेज़ रिचमैन ने हौले-से कहा।

मिसेज़ सतलफ़ ने मिस हकसैन की तरफ़ मुहब्बत भरी नज़रों से देखा : "प्यारी, तुम मेरा मतलब नहीं समझीं," यह कहकर वह घुटनों के बल झुकी और उसने मिस हकसैन के जिस्म को अपने आग़ोश में लेने की कोशिश की। उसका दिल भर आया और उसकी आँखों से भी आँसुओं की झड़ी जारी हो गयी।

"तो क्या मैं दुबली दिखाई नहीं देती?" मिस हकसैन ने हिचकी लेते हुए कहा।

"हाँ बेशक..." मिसेज़ सतलफ़ ने भर्राई हुई आवाज़ में जवाब दिया।

मिसेज़ रिचमैन भी, जो फ़ितरतन निहायत कमज़ोर तबियत थीं, अब रोने लगीं—यह मंज़र बहुत रिक़्क़तख़ेज़ (भावविभोरपूर्ण) था—मिस हकसैन। ऐसी औरत को आँसू बहाते देखकर संगदिल इन्साँ भी मोम हो जाता—आख़िरकार उन्होंने अपने आँसू पोंछे और हर एक ने ब्रांडी और पानी के चन्द घूँट पिये।

वे अब इस बात पर अड़ी थीं कि लीना, डॉक्टर की हिदायत के मुताबिक़,

अपनी मनमर्ज़ी, का ग़िज़ा खाये। आख़िर वह उनकी मेहमान ठहरी। उनका फ़र्ज़ था कि हर तरह से उसका कलेजा ठंडा करें—उन्होंने एक-दूसरे का गर्मजोशी से मुँह चूमा और अपनी-अपनी ख्वाबगाहों में चली गयीं।

यह सच है कि इन्सानी फ़ितरत बहुत कमज़ोर है और उस पर किसी का कोई इख़्तियार नहीं—ग़िज़ा के मामले में अब हर एक अपनी मर्ज़ी की आप मालिक थी—उन्होंने मछली के कबाब शुरू किए तो लीना की सिवइयाँ, मक्खन और पनीर पर बसर होने लगी। वह हफ़्ते में दो बार उबले हुए अंडे और कच्चे टमाटर खातीं, और लीना मटर के दाने बालाई (मलाई) में मिलाकर खाती—लीना को अब टमाटर मुख़्तलिफ़ मसालों में पकाकर खाने का शौक़ चर्राया था, और खानसामाँ तो शौक़ीन था ही। वह हर बार एक बेहतरीन चीज़ तैयार करके मेज़ पर चुन देता।

लीना ने एक मौक़े पर यह भी कहा कि डॉक्टर ने उसे लंच पर बरगंडी की अर्गवानी शराब और डिनर पर शेंपियन इस्तेमाल करने को कहा है—इन अल्फ़ाज़ ने तीनों सहेलियों को दम-बख़ुद (विस्मित) कर दिया। वे अभी भी हँस-खेल रही थीं, लेकिन यकायक उनकी कैफ़ियत बदल गयी। मिसेज़ रिचमैन का तो गोया रंग ज़र्द पड़ गया। मिसेज़ सतलफ़ की नीली आँखों में एक ख़ौफ़नाक-सी चमक पैदा हो गयी। और मिस हकसैन की आवाज़ भर्रा गयी।

वे जो ब्रिज खेलते वक़्त बड़े नर्म लहज़े में एक-दूसरे से बात किया करती थीं, अब बात-बात पर बिगड़ने लगीं—लीना ने उन्हें बहुतेरा समझाया-बुझाया कि खेल के वक़्त आपस में तकरार मुनासिब नहीं, लेकिन बेसूद—लीना हमेशा ख़ुश रहती कि खेल में शुरू ही से उसका पल्ला भारी रहता। कुछ ही दिनों में उसने एक बड़ी रकम जीत ली थी।

तीनों मोटी सहेलियों को अब एक-दूसरे से नफ़रत होने लगी। वे अपने मेहमान से भी उकता चुकी थीं। वे एक-दूसरी के ख़िलाफ़ एक-दूसरी के कान भरतीं—जब लीना के रुख़्सत का वक़्त आया तो वे बेशक एक-दूसरी से बहुत दूर जा चुकी थीं। लीना के सामने वे एक-दूसरी से ज़ाहिरा मिलती रही थीं, लेकिन फिर यह बात भी न रही थी—वे एक-दूसरी से बहुत मायूस हो चुकी थीं।

मिस हकसैन जब लीना को रुख़्सत करने स्टेशन पर गयीं तो गाड़ी पर सवार होते वक़्त लीना ने कहा : "मेरे पास अल्फ़ाज़ नहीं हैं कि तुम्हारी मेहमाननवाज़ी का शुक्रिया अदा कर सकूँ...।"

"तुम्हारी सोहबत बहुत पुरलुत्फ़ रही," मिस हकसैन ने जवाब दिया।

जब गाड़ी रवाना हुई तो मिस हकसैन ने इस ज़ोर से आह भरी कि प्लेटफ़ॉर्म उसके नीचे काँप-काँप गया—वह "उफ़" का शोर बुलन्द करती घर लौटी।

उसने गुस्ल का लिबास पहना और होटल की तरफ़ जा निकली—उसकी आँखों

के सामने मिसेज़ रिचमैन नया पायजामा और गले में मोतियों की माला पहने, बनाव-सिंगार किए बैठी थी।

वह उसकी तरफ़ बढ़ी : "क्या कर रही हो?"

मिसेज़ रिचमैन को मिस हकसैन के अल्फ़ाज़ दूर पहाड़ों में बादल की गरज की तरह सुनाई दिए—उसने कहा : "कुछ खा रही हूँ," उसके सामने मक्खन, सेब का मुरब्बा, कहवा और बालाई वग़ैरा चुने हुए थे। वह गर्म रोटी पर मक्खन की मोटी तह जमाकर उस पर बालाई रख रही थी।

"तुम खाने के लालच में अपनी जान दे दोगी।"

"कोई परवाह नहीं," मिसेज़ रिचमैन ने एक बड़ा लुक़्मा चबाते हुए कहा।

"तुम और भी मोटी हो जाओगी।"

"बस ख़ामोश...उस नाबकार (कमबख़्त) को ख़ुदा समझे, जिसे मैं लगातार हफ़्तों हलक़ में रंगारंग निवाले ठूँसते देखती रही हूँ...एक इन्सान तो इतना हज़्म नहीं कर सकता।"

मिस हकसैन की आँखों में आँसू आ गये। वह बिलकुल बेजान-सी हो गयी। उसे इस वक़्त शायद एक मज़बूत मर्द की ज़रूरत थी, जो उसे अपने घुटनों पर लिटाकर पुचकारे। वह ख़ामोशी से पास ही कुर्सी पर बैठ गयी।

ख़ादिम हाज़िर हुआ तो उसने क़हवे की ट्रे की तरफ़ इशारा करके उसे सब कुछ लाने को कहा—जब वह हाथ बढ़ाकर क्रीम रोल उठाने लगी तो मिसेज़ रिचमैन ने प्लेट एक तरफ़ खिसका दी—मिस हकसैन जल-भुन गयी और उसने मिसेज़ रिचमैन को एक ऐसे नाम से मुख़ातिब किया, जो ख़ासतौर पर औरतों के शायाने-शान न था।

इतने में ख़ादिम उसके लिए मक्खन, मुरब्बा और क़हवा लेकर आ गया।

"नाबकार, बालाई लाना भूल गया," वह शेरनी की तरह बिफरकर बोली।

उसने खाना शुरू किया और हलक में मक्खन और मुरब्बा ठूंसने लगी।

होटल में अब रंगारंग इन्सानों की चहल-पहल नज़र आने लगी थी—मिसेज़ सतलफ़ भी प्रिंस रोकमीर के साथ चहलकदमी करती उधर आ निकली। वह अपने गिर्द एक रेशमी लबादा मज़बूती से लपेटे हुए थी, ताकि इस तरह वह कुछ दुबली दिखाई दे। उसने अपनी ठोड़ी का नुक़्स छिपाने के लिए सिर को ऊपर उठाया हुआ था। वह बहुत मसरूर (प्रफुल्लित) थी—एक युवती की तरह प्रिन्स उससे इजाज़त लेकर पाँच मिनट के लिए मर्दाना टॉयलेट में अपने बाल सँवारने चला गया। वह भी अपने होंठों को लिपस्टिक से चमकाने के लिए ज़नाना टॉयलेट की तरफ़ बढ़ी। एकाएक उसकी नज़र अपनी दोनों सहेलियों पर पड़ी।

वह रुक गयी : "तुम पेटू, हैवान..."

वह कुर्सी पर बैठ गयी और उसने ख़ादिम को पुकारा—उसके ज़ेहन से अब

प्रिन्स का ख़याल भी उतर चुका था।

आँख झपकते में ख़ादिम हाज़िर हो गया।

उसने कहा : "मेरे खाने को भी यही चीज़ें लाओ।"

मिस हकसैन बोली : "और मेरे लिए सिवइयाँ!"

"मिस हकसैन!" मिसेज़ रिचमैन पुकार उठी।

"बस ख़ामोश..."

"तो मैं भी सिवइयाँ खाऊँगी।"

क़हवा लाया गया और क्रीमरोल और बालाई भी, मुरब्बा भी, सिवइयाँ भी—वह गर्म रोटी पर मलाई की तह जमाकर खाने लगी। मुरब्बे के बड़े चम्मच हलक़ में ठूँसने लगी—वह गोया एक ख़ास एहतिमाम से खा रही थी—ऐसे मौक़े पर मिसेज़ सतलफ़ के लिए प्रिन्स रोकमीर से लगाव एक बेमानी बात थी।

"मैंने सालों से आलू नहीं खाए," मिस हकसैन ने धीमी आवाज़ में कहा।

मिसेज़ रिचमैन ने फ़ौरन ख़ादिम को तीनों के लिए भुने हुए आलू लाने को कहा।

चन्द ही लम्हों के बाद भुने हुए आलू उनके सामने थे—वे बड़े चटख़ारे लेकर खाने लगीं।

तीनों सहेलियों ने एक-दूसरी की तरफ़ देखा और सर्द आहें भरने लगीं—उनके दरमियान ग़लतफ़हमी अपने-आप दूर हो गयी। अब उनके दिलों में इंतिहाई मुहब्बत का जज़्बा मौजज़न था—उन्हें यक़ीन न आया कि आज से पहले वे एक-दूसरी से ताल्लुक़ ख़त्म करने पर आमादा हो चुकी थीं—आलू अब ख़त्म हो चुके थे।

"होटल में चॉकलेट तो ज़रूर होंगे?" मिसेज़ रिचमैन ने कहा।

"क्यों नहीं।"

थोड़ी देर बाद मिस हकसैन अपना मुँह खोले हलक़ में चॉकलेट ठूँस रही थी—मिसेज़ रिचमैन चॉकलेट मुँह में डालने से पहले, दोनों सहेलियों की तरफ़ नज़रें उठाए, नाबकार लीना को कोसने लगी : "तुम चाहे जो कहो, लेकिन हक़ीक़त यह है कि वह ब्रिज खेलना नहीं जानती।"

"बेशक," मिसेज़ सतलफ़ ने सहमत होते हुए कहा।

मिसेज़ हकसैन का ज़ेहन इस वक़्त किसी लज़ीज़ केक की फ़िक्र में था।

हुस्न की तख़्लीक़*

कॉलेज में शाहिदा हसीन-तरीन लड़की थी। उसको अपने हुस्न का एहसास था। इसीलिए वह किसी से सीधे मुँह बात न करती और ख़ुद को मुग़लिया ख़ानदान की कोई शहज़ादी समझती। उसके नैन-नक्श वाकई मुग़लयी थे। ऐसा लगता था कि नूरजहाँ की तस्वीर जो उस ज़माने के मुसव्विरों (चित्रकारों) ने बनाई थी उसमें जान पड़ गयी है।

कॉलेज के लड़के उसे 'शहज़ादी' कहते थे। लेकिन उसके सामने नहीं, पर उसको मालूम हो गया था कि उसे यह नाम दिया गया है। वह और भी मग़रूर हो गयी।

कॉलेज में मख़लूत तालीम (सहशिक्षा) थी। लड़के ज़्यादा थे और लड़कियाँ कम। आपस में मिलते-जुलते, लेकिन बड़े तकल्लुफ़ के साथ। शाहिदा अलग-थलग रहती। इसलिए कि उसको अपने हुस्न पर बड़ा नाज़ था। वह अपनी साथ की लड़कियों से भी बहुत कम गुफ़्तगू करती थी। क्लास में आती तो एक कोने में बैठ जाती और बुत-सी बनी रहती। बड़ा हसीन बुत...उसकी बड़ी-बड़ी स्याह आँखें जिन पर घनी पलकों की छाँव रहती थी, साकित-ओ-सामित (जड़ व स्थिर) रहतीं। लड़के उसे देखते और जी-ही-जी में बहुत कुढ़ते कि यह हुस्न ख़ामोश क्यों है। इस क़दर सुस्त किसलिए है, इसे तो मुतहर्रिक (एक्टिव) होना चाहिए।

उसका रंग गोरा था...बहुत गोरा जिसमें थोड़ी-सी ग़लत रूई भी घुली हुई थी। अगर यह न होती तो शक्कर की बनी हुई पुतली थी जो दीवाली के त्योहार पर बिका करती है।

उसमें मिठास थी, लेकिन वह ज़ाहिर यह करना चाहती थी कि बड़ी कड़वी-कसैली है...कॉलेज में उसका रवैया ही कुछ इस किस्म का था कि हर वक़्त नीम की बनोली बनी रहती थी।

एक दिन उसके एक क्लास के लड़के ने जुर्रत से काम लेकर उससे कहा, "हुज़ूर...ख़ाकसारी में अपनी जगह देकर कभी किसी को सरफ़राज़ तो करें।"

---

*रचना

उसने कोई जवाब न दिया। दूसरे दिन उस स्टूडेंट को प्रिंसिपल ने बुलाया और निकाल बाहर किया।

इस हादसे के बाद तमाम लड़के मोहतात (सतर्क) हो गये। उन्होंने शाहिदा को देखना ही छोड़ दिया कि कहीं उनका वही हश्र न हो जो उस छात्र का हुआ।

शाहिदा अब बी.ए. में थी। खूबसूरत होने के अलावा काफ़ी ज़हीन थी। उसके प्रोफ़ेसर उसकी ज़हानत और खूबसूरती से बड़े मरऊब थे। प्रिंसिपल की चहेती थी। इसलिए कि वह उसकी बड़ी बहिन के बड़े लड़के की बेटी थी।

कॉलेज में बातें होती ही रहती हैं। शाहिदा के बारे में क़रीब-क़रीब हर रोज़ तालिबे इल्मों (छात्रों) में बातें होती थीं। वह उसके लिए कोई बुरी राय क़ायम नहीं कर पाते थे। इसलिए कि उसका कैरेक्टर बड़ा मज़बूत था।

टुक शाप में बातें होतीं और शाहिदा का हुस्न बहस का मुद्दा होता। सब सोचते कि यह हसीन क़िला कौन सिर करेगा।

शाहिदा को जैसा कि सबको मालूम था, सिर्फ़ खूबसूरत चीज़ें पसन्द थीं। वह किसी बदसूरत चीज़ को बर्दाश्त नहीं कर सकती थी।

एक दिन क्लास में एक लड़के की नाक बह रही थी। शाहिदा ने जब उसकी तरफ़ देखा तो फ़ौरन उठकर चली गयी।

वह बड़ी नफ़ासतपसन्द थी। उसको वह हर चीज़ खलती थी जो बदनुमा हो।

कॉलेज में एक लड़की जमीला थी...बड़ी बदसूरत, मगर शाहिदा के मुक़ाबले में कहीं ज़्यादा ज़हीन। उसको वह नफ़रत की निगाहों से देखती थी वैसे वह उसकी ज़हानत की क़ायल थी और कोई रश्क महसूस नहीं करती थी।

कॉलेज के सब लड़के सोचते थे कि शाहिदा अगर हसीन न होती तो कितना अच्छा होता...वे उससे बातचीत तो कर सकते। मगर वह अपने हुस्न के गुरूर में सरशार रहती और किसी को मुँह ही नहीं लगाती थी।

एक दिन कॉलेज में हंगामा-सा बरपा हो गया..एक लड़का जिसके वालिद का ट्रांसफर हो गया था, उस कॉलेज में दाख़िला लेने के लिए आया। लड़कों और लड़कियों ने उसे देखा और शशदर (स्तब्ध) रह गये। वह शाहिदा से ज़्यादा ख़ूबसूरत था।

उसका नाम शाहिद था...उसको दाख़िला मिल गया।

जिस क्लास में शाहिदा थी, उसी में शाहिद भी था...इत्तिफ़ाक़ की बात है कि जब शाहिद पहले रोज़ क्लासरूम में आया तो शाहिदा मौजूद नहीं थी। उसको जुकाम हो गया था और इसके बायस उसने दो रोज़ के लिए छुट्टी ले ली थी।

दो दिन के बाद जब शाहिद कॉलेज के बाग़ में टहल रहा था तो उसने देखा कि एक ख़ूबसूरत मगर बेजान-सी मूरत आ रही है। उसने अपनी किताबें बैंच पर रखीं और आगे बढ़ा।

शाहिदा ने उसे देखा। वह उसकी ख़ूबसूरती से मुतास्सिर हुई और थोड़ी देर के लिए उसके क़दम रुक गये। ज़मीन गीली थी, कीचड़ सी हो रही थी। शाहिद जब उसकी तरफ़ बढ़ा तो वह घबरा-सी गयी। उसी घबराहट में उसका पाँव फिसला और वह औंधे मुँह ज़मीन पर गिर पड़ी।

शाहिद ने लपककर उसे उठाया...शाहिदा के टख़ने में मोच आ गयी थी मगर उसने मुस्कुराकर कहा, "शुक्रिया...आप कौन हैं?"

शाहिद ने जवाब दिया, "एक ख़ादिम।"

"आप ख़ादिम तो दिखाई नहीं देते।"

"क्या दिखाई देता हूँ...बाज़ औक़ात सही शक्लें ग़लत दिखाई दिया करती हैं।"

शाहिदा को यह बात पसन्द आयी। उसके टख़ने में बहुत दर्द हो रहा था मगर वह उसे चन्द लम्हों के लिए भूल गयी। "आपका नाम?"

"शाहिद!"

शाहिदा ने सोचा कि शायद वह उसका नाम सुन चुका है और शरारत के तौर पर शाहिद बन रहा है। "आप ग़लत कह रहे हैं।"

"आप कॉलेज के रजिस्टर से इसकी तसदीक़ कर सकती हैं।"

"आप इस कॉलेज में पढ़ते हैं?"

"जी हाँ...आप यहाँ कैसे चली आयीं?"

"वाह...मैं भी तो यहीं पढ़ती हूँ।"

"किस क्लास में?"

"बी.ए. में।"

"मैं भी तो बी.ए. में हूँ।"

"झूठ...आप तो माली मालूम होते हैं।"

"इस शक्ल के आदमी वाकई माली मालूम होते हैं।...लेकिन अफ़सोस है कि अभी तक कोई फूल नहीं तोड़ा।"

"फूल क्या तोड़ने के लिए होते हैं...उन्हें तो सिर्फ़ सूँघना चाहिए।"

शाहिद एक लहज़े के लिए ख़ामोश हो गया। फिर उसने सँभलकर कहा, "मैं आपको सूँघ रहा हूँ।"

शाहिदा भन्ना गयी, "आप बड़े बदतमीज़ हैं।"

शाहिद ने बैंच पर से किताबें उठाते हुए मुस्कुराकर कहा, "मैंने आपको तोड़ा तो नहीं...सिर्फ़ सूँघ लिया है। और मैं समझता हूँ कि आपकी पँखुड़ियों में से गुरूर की बू आती है। माफ़ कीजिएगा। गुरूर मैं कर सकता हूँ। लेकिन मर्दों के साथ...मैं भी एक फूल हूँ, पर आप कली हैं। मैं आपसे मुक़ाबला नहीं कर सकता।"

शाहिदा अपना टख़ना पकड़े बैठी थी। एकदम कराहने लगी। "हाय-हाय दर्द हो रहा है।"

शाहिद ने उससे इजाज़त तलब की। "क्या मैं इसे दबा दूँ?"

"दबाइए...खुदा के लिए दबाइए।"

शाहिद ने उसके मोच आये हुए टख़ने पर इस तौर पर मसाज किया कि पन्द्रह मिनट के अन्दर-अन्दर शाहिदा का दर्द दूर हो गया।

इस वाक़ये के बाद कॉलेज में वे दोनों ख़ाली पीरियड में इकट्ठे बाहर जाते और बाग़ में बैठकर जाने क्या बातें करते रहते। शायद वे यह कोशिश कर रहे थे कि दोनों गीली ज़मीन पर फिसलें और उनके दिल के टख़नों में मोच आ जाये और वे सारी ज़िन्दगी उनको सहलाते रहें।

दोनो ने बी.ए. पास कर लिया, बड़े अच्छे नम्बरों से। शाहिदा के नम्बर शाहिद के मुकाबले में पाँच ज़्यादा थे। उसने उसका बदला लेना चाहा। "शाहिदा। मैं ये पाँच नम्बर अभी लिये लेता हूँ।"

"कैसे?"

शाहिद ने उसको पहली मर्तबा अपनी गोद में उठाया और उसको पाँच मर्तबा चूम लिया।

शाहिदा ने कोई एतराज़ न किया, वह बहुत खुश हुई, लेकिन थोड़ी देर के बाद उसने शाहिद से बड़ी संजीदगी से कहा, "हमारे नम्बर पूरे हो गये। लेकिन आज के इस वाक़ये के बाद मैंने फ़ैसला कर लिया है कि आपकी मेरी शादी हो जानी चाहिए...मैं अपने होंठ अब किसी और के होंठों से आलूदा नहीं करूँगी।"

शाहिद बहुत खुश हुआ। उसे यक़ीन ही नहीं था कि उसकी दिली आरज़ू कभी पूरी होगी। उसने इसी खुशी में पाँच नम्बर और हासिल कर लिये और शाहिदा से कहा, "मेरी जान! मैं इसी उम्मीद में तो अब तक जीता रहा हूँ।"

शाहिदा के वालिदैन (माँ-बाप) ने उसकी शादी की एक जगह बातचीत की। मगर शाहिदा ने साफ़ इनकार कर दिया कि वह किसी बदसूरत मर्द से रिश्ता-ए-अज़दुवाज क़ायम करने के लिए तैयार नहीं।

बहुत झगड़े हुए। आख़िर शाहिदा ने बता दिया कि वह अपने हमजमाअत शाहिद को जो बहुत खुशशक्ल है, पसन्द करती है। उसके अलावा किसी और मर्द को अपनी रफ़ाक़त (संगत) में नहीं लेगी।

उसके माँ-बाप शाहिद के वालिदैन से मिले। बड़े शरीफ़ और सूझबूझ वाले आदमी थे...और रौशनख़याल भी।

शाहिद को जब उन्होंने देखा तो बहुत खुश हुए। आला तालीम के लिए विलायत जा रहा था। लेकिन उसकी ख़्वाहिश थी कि पहले शादी करे और अपनी बीवी को साथ लेकर जाये ताकि वह भी बाहर की दुनिया देखे।

जब वालिदैन रज़ामन्द हो गये तो उनकी शादी हो गयी। वे बहुत खुश थे।

पहली रात शाहिद ने अपनी बीवी से कहा, "हमारा बच्चा...लड़की हो या लड़का...जब पैदा होगा तो उसे दुनिया देखने आयेगी।"

शाहिदा ने पूछा, "क्यों?"

शाहिद हँसा। "मेरी जान! तुम इतनी हसीन हो...मैं भी कुछ बदशक्ल नहीं। हमारा बच्चा यक़ीनन हम दोनों से कहीं ज़्यादा ख़ूबसूरत होगा।"

हनीमून मनाने के लिए वे स्विट्ज़रलैण्ड चले गये। वे यहाँ चार महीने रहे। इसके बाद लन्दन चले गये जहाँ शाहिद को पी-एच.डी. की डिग्री लेनी थी।

शाहिद के बाप मियाँ हिदायतउल्ला की वहाँ एक कोठी थी जो उनकी आमद से पहले ही ख़ाली करा ली गयी थी...शाहिदा बहुत खुश थी और शाहिद भी। इसलिए कि वे एक बच्चे की आमद का इन्तिज़ार कर रहे थे।

शाहिद कहता था, "हमारा बच्चा इतना हसीन और ख़ूबसूरत होगा कि उसका जवाब न होगा।"

शाहिदा कहती, "ख़ुदा नज़र-ए-बद से बचाए...ज़रूर गुलगोथना-सा होगा।"

पूरे दिन हुए तो बच्चा पैदा होने के आसार पैदा हुए। शाहिद ने अपनी बीवी को मैटरनिटी होम में दाखिल करा दिया।

लेबर वार्ड के बाहर शाहिद बड़े इज़्तिराब (बेचैनी) में इधर-उधर टहल रहा था...उसकी नज़रों के सामने एक ऐसे बच्चे की तस्वीर थी जिसके खद-ओ-ख़ाल उसके और उसकी बीवी के आपस में बड़े हसीन तौर पर मुदगम हो गये हों।

लेबर वार्ड से नर्स बाहर आयी। शाहिद ने लपककर उससे पूछा, "खैरियत है?"

"जी हाँ।"

"लड़का है या लड़की?"

नर्स परेशान सी थी। उसने सिर्फ़ इतना कहा, "पता नहीं लड़का है या लड़की...पर हमने ऐसा बच्चा कभी नहीं देखा।"

शाहिद ने खुश होकर पूछा, "बहुत खूबसूरत है ना?"

नर्स ने मुँह बनाकर जवाब दिया, "बड़ा बदसूरत है..उसके सिर पर ऐसा मालूम होता है सींग हैं। दाँत भी हैं...तुम लोग इतने ख़ूबसूरत होकर कैसे बच्चे पैदा करता है।"

शाहिद अपने बच्चे को देखने के लिए न गया...लेकिन दूसरे दिन मैटरनिटी होम में टिकट लगा दी गयी कि जो आदमी चाहे, इस अजीबुल ख़िलक़त (विचित्र) बच्चे को देख सकता है।

पसीना

"मेरे अल्लाह! ...आप तो पसीने में सराबोर हो रहे हैं।"

"नहीं। कोई इतना ज़्यादा तो पसीना नहीं आया।"

"ठहरिए मैं तौलिया लेकर आऊँ।"

"तौलिये तो सारे धोबी के यहाँ गये हुए हैं।"

"तो मैं अपने दुपट्टे ही से आपका पसीना पोंछ देती हूँ।"

"तुम्हारा दुपट्टा रेशमी है, पसीना जज़्ब नहीं कर सकेगा।"

"पसीने के ये क़तरे मुझसे नहीं देखे जाते। आपका यह कहना ठीक है कि रेशमी कपड़ा पानी जज़्ब नहीं कर सकता...लेकिन मैं आपका तौलिया हूँ...क्या मैं आपका पसीना खुश्क नहीं कर सकती।"

"आज गर्मी ज़्यादा थी। साइकिल पर यहाँ आते-आते मैं क़रीब-क़रीब बेहोश हो गया था।"

"हाय अल्लाह!"

"नहीं... बस मैं चन्द मिनटों में ठीक हो गया। एक दोस्त था उसने मुझे आम का शर्बत पिला दिया।"

"आम का शर्बत भी होता है?"

"हर चीज़ का शर्बत बनाया जा सकता है।"

"मेरा भी?"

"तुम्हारा शर्बत तो मैं हर रोज़ पीता हूँ...लेकिन इसका ज़ायका अच्छा नहीं होता।"

"शरीर कहीं के।"

"शरारत तो तुम्हारी होती है कि तुम मिठास में खटाई डाल देती हो।"

"खटाई तो आप डालते हैं...मैं तो मिसरी की डली हूँ।"

"मानता हूँ...लेकिन कभी-कभी..."

"आप मुझसे वह ज़्यादा न कीजिए...इधर आइए, मैं आपकी टाई उतारूँ।"

"आज इतना तकल्लुफ़ क्यों किया जा रहा है?"

"आप मुहब्बत को तकल्लुफ़ कहते हैं?"

"इसके मुताल्लिक़ मैं तफ़सीलात में जाना नहीं चाहता...वैसे मैं इतना ज़रूर कह सकता हूँ कि इतनी मुहब्बत का इज़हार तुमने पहले कभी नहीं किया।"

"आप मुहब्बत को क्या जानें।"

"इन्सान अगर मुहब्बत ही को जान-पहचान नहीं सकता तो मैं समझता हूँ कि वह हैवान भी नहीं...कोई निर्जीव चीज़ है...पत्थर है...सड़क पर गिरा हुआ रोड़ा है।"

"इधर आइये, मैं आपकी टाई उतारूँ।"

"इस तकल्लुफ़ की क्या ज़रूरत है?"

"मेरी समझ में नहीं आता कि आप तकल्लुफ़ की बात क्यों करते हैं..मैंने कभी आपसे तकल्लुफ़ बरता है?"

"आज पहली बार।"

"आप इतने ज़हीन हैं...बताइए इस तकल्लुफ़ की वजह क्या है?"

"मैं इतना ज़हीन नहीं हूँ।"

"आप कस्रेनफ़शी (सदाशयता) से काम ले रहे हैं।"

"जनाब मैं कस्रेनफ़शी से काम नहीं ले रहा...एक हक़ीक़त थी जो मैंने बयान कर दी?"

"मेरे पास तो आइए, मैं आपका पसीना पोंछ दूँ...गर्मी में बेहाल हो के आ रहे हैं।"

"कोई इतनी ज़्यादा बेहाली नहीं। वैसे इसमें कोई शक नहीं कि आज दर्जा-ए-हरारत (टेम्प्रेचर) बहुत बढ़ा हुआ है...सुनने में आया है कि आज दस आदमी इस हिद्दत से मर गये हैं।"

"मैं कहती हूँ, आप इतने रुपये खर्च करते हैं...क्यों नहीं घर में एक 'कूलर' ले आते।"

"कूलर की क्या ज़रूरत है? तुम ख़ुद बहुत बड़ी कूलर हो...इतनी गर्मी में घर आया हूँ। तुम्हारी बातों ही ने मुझे ऐसी ठंडक पहुँचा दी है जो सबसे बड़ा कूलर भी नहीं पहुँचा सकता।"

"आपने अब मेरा मज़ाक़ उड़ाना शुरू कर दिया।"

"तुम्हारी क़सम...मैं ऐसी गुस्ताख़ी कभी नहीं कर सकता।"

"मेरी क़सम आपने क्यों खाई है?"

"इसलिए कि बड़ी लज़ीज़ है।"

"यानी आदमी को वही क़समें खानी चाहिए जो मज़ेदार हों।"

"यक़ीनन।"

"आपसे मैं कभी जीत नहीं सकती।"

"मैं तो हमेशा हारता रहा हूँ।"

"आप कब हारे हैं...हार तो हमेशा मेरी ही होती रही है।"

"अच्छा, अब ज़रा मैं आराम करना चाहता हूँ ...मेरा कुरता-पायजामा निकाल दो।"

"अलमारी में सिर्फ़ एक पायजामा मौजूद है।"

"बनियान होगी।"

"जी नहीं...तीन मैली पड़ी हैं जो नौकर ने अभी तक नहीं धोईं।"

"ऐसी छोटी-छोटी चीज़ें तो तुम्हें ख़ुद धो लेनी चाहिए।"

"आपको क्या मालूम कि साबुन कितना वाहियात होता है...छाले पड़ जाते हैं हाथों में।"

"नौकरों के हाथों में भी यक़ीनन छाले पड़ते होंगे।"

"आप हमेशा नौकरों की तरफ़दारी करते हैं।"

"क्या वे इन्सान नहीं?"

"ख़ैर छोड़िए इस क़िस्से को...इधर आइए...मैं आपकी टाई उतार दूँ।"

"यह कौन-सी इतनी बड़ी मुहिम है, जो आप सिर करना चाहती हैं।"

"मैं आपसे बहस करना नहीं चाहती...यह बताइए कि आपको चलने में तकलीफ़ क्यों महसूस हो रही है?"

"जूता ज़रा तंग है?"

"ये वही है न जो आपने पिछले महीने लिया था?"

"हाँ, वही है...आज पहली बार पहना है।"

"देख के नहीं लिया था।"

"देखकर ही लिया था...पहना भी था...पर..."

"छोटा कैसे हो गया।"

"जो चीज़ इस्तेमाल न की जाये, सिकुड़ जाती है।"

"यह अजीब मंतक़ (तर्क) है।"

"औरतों को अपने ख़ाविन्दों की हर बात अजीब मंतक़ मालूम होती है।"

"मैंने कहा, इधर आइए, आपकी टाई उतार दूँ।"

"पहले तो मैं यह तकलीफ़देह जूते उतारना चाहता हूँ।"

"बैठ जाइए...मैं उतार देती हूँ।"

"आज तुम इतनी मेहरबान क्यों हो? ...पहले तो..."

"अब नख़रे न बघारिए...बैठिए कुर्सी पर।"

"यहाँ सब कुर्सियाँ इस क़ाबिल कहाँ हैं कि उन पर आदमी बैठे।"

"मैंने आप से कहा था कि जब इनका बेंत बिलकुल नाकारा हो जायेगा तो मैं सब-की-सब ठीक करा दूँगी।"

"यह तुम्हारी अजीब ज़िद थी, जिसके मुताल्लिक़ मैंने कुछ कहना मुनासिब नहीं समझा था कि कहीं तुम नाराज़ न हो जाओ।"

"बात दरअसल यह है कि मैं चाहती थी कि जब तक ये कुर्सियाँ काम देती हैं, इनकी मरम्मत न कराई जाये...क्योंकि इन्हें मुक़र्रर वक़्त पर फिर मरम्मत तलब होना है...जितने दिन निकल जायें ठीक है।"

"मेरा ख़याल है, तुम भी मरम्मत तलब हो।"

"देखिए...मैं ऐसी बातें पसन्द नहीं करती...आप बड़े बेलगाम होते जा रहे हैं।"

"चलिए...मैं ख़ामोश हो जाता हूँ।"

"आप ख़ामोश ही अच्छे लगते हैं।"

"आप ख़ामोश क्यों हो गये?"

"तुम ही ने तो मुझसे कहा था कि आप ख़ामोश ही अच्छे लगते हैं।"

"मैंने यह तो नहीं कहा था कि आप मुँह में घुंघियाँ डाल के बैठे रहें।"

"तुम मुझे कुछ खाने के लिए दो।"

"मैं क्या दूँ...आप बाहर से खाकर आ रहे हैं।"

"तुमने कैसे जाना?"

"आपकी पतलून बता रही है...सालन के दाग लगे हैं...ज़रूर आपने किसी होटल में अपने दोस्त के साथ अय्याशी की होगी।"

"अय्याशी तो ख़ैर नहीं की, लेकिन मजबूरन अपने अफ़सर के साथ एक दावत में शरीक होना पड़ा...और तुम जानती हो...अच्छी तरह जानती हो कि मैंने सिर्फ़ चन्द कौर मुँह में डाले और हाथ उठा लिया...इसलिए कि खाना बड़ा वाहियात था...उसमें तुम्हारे हाथों का नमक नहीं था।"

"लेकिन पतलून पर ये धब्बे कैसे पड़े?"

"इसलिए कि सालन वाहियात था। मुझसे दो मर्तबा चावल नीचे गिर गये।"

"चावल तो आपसे हमेशा नीचे गिरते रहते हैं।"

"इसको छोड़ो...मुझे यह बताओ कि फ़र्श पर शर्बत किसने गिराया था...और...और...यह गिलास...जग...कोई मेहमान आया था?"

"हाँ...मेरी एक सहेली आयी थी।"

"कौन?"

"आप उसे नहीं जानते...कोयटे की थी, जो मेरे साथ पढ़ती थी। उसकी हाल ही में शादी हुई है। मुझसे मिलने आयी थी।"

"उससे क्या बातें हुईं?"

"मैं आपको क्यों बताऊँ...वैसे वह अपने शौहर से बहुत खुश थी।"

"हर औरत को अपने ख़ाविन्द से खुश होना चाहिए...इसमें उसका क्या बड़प्पन है?"

"नहीं ...वह..."

"क्या?"

"वह बेहद खुश थी...उसने मुझे..."

"क्या?"

"ऐसी-ऐसी बातें सुनाईं जो...जो मुझे मालूम ही नहीं थीं...शायद आपको भी मालूम न हों..."

"इस गुफ़्तगू को छोड़िए...आइए मैं आपके जूते उतार दूँ..."

"यह काम मैं ख़ुद भी कर सकता हूँ।"

"नहीं मैं आज ख़ुद करूँगी...पहले टाई उतारने दीजिए।"

"उतार लीजिए।"

"आप आज कितने अच्छे लग रहे हैं।"

"इसकी वजह क्या है?...पहले तो मैं तुम्हें कभी अच्छा नहीं लगा था...आज अचानक यह इन्क़लाब कैसे पैदा हो गया?"

"इन्क़लाब कैसा?"...मैं शुरू ही से आपसे मुहब्बत करती हूँ..मेरा सारा दुपट्टा गीला हो गया है...तौबा, आपको इतना पसीना क्यों आ रहा है?"

"चलिए अन्दर।"

"चलो।"

"यहाँ बाहर की बनिस्बत गर्मी किस क़दर कम है?"

"हाँ...।"

"इस शू ने तो आपके पाँव की उँगलियों पर चंडियाँ डाल दी हैं।"

"हर तंग चीज़ राहत का बायस होती है।"

"मैं भी आज से तंग हो गयी हूँ।"

"मुझसे।"

"नहीं...मेरी सहेली ने मुझे बताया था कि उसका ख़ाविन्द...ख़ैर आप इस क़िस्से को छोड़िए...उसने बड़ी तंग और चुस्त चोली पहनी हुई थी..."

"मैंने अब देखा है कि तुम भी इसी क़िस्म का ब्लाउज़ पहने हो।...कहाँ से लिया तुमने?"

"आज ही उसके दर्ज़ी से सिलवाया है।"

"और मैं जो साड़ी लाया हूँ।"

"वह इससे मैच नहीं करती...ख़ैर मैं आपके साथ चलूँगी और उस दुकान में कोई और साड़ी पसन्द कर लूँगी।"

"उस सहेली से तुमने क्या बातें कीं?"

"आप लेट जाइए...फ़िर आपको पसीना आ रहा है...मैं आपको उसकी तमाम बातें सुना दूँगी।"

"तुम अपनी सहेली से ऐसी बातें हर रोज़ सुना करो...ताकि हमारी ज़िन्दगी ख़ुशगवार रहे...और तुम मेरे पसीने को अपने दुपट्टे से इसी तरह पोंछती रहो।"

"आपका पसीना तो अब मेरा लहू (ख़ून) बन गया है।"

आर्टिस्ट लोग

जमीला को पहली बार महमूद ने बाग़े-जिनाह में देखा।

वह अपनी सहेलियों के साथ चहलकदमी कर रही थी...सबने काले बुर्क़े पहने हुए थे, मगर नक़ाबें उलटी हुई थीं। महमूद सोचने लगा : 'यह किस क़िस्म का पर्दा है कि बुर्क़ा ओढ़ा हुआ है, मगर चेहरा नंगा है...आख़िर इस पर्दे का मतलब क्या है...?' मगर वह जमीला के हुस्न से बहुत मुतास्सिर हुआ।

वह अपनी सहेलियों के साथ हँसती-खेलती जा रही थी—महमूद उसके पीछे चलने लगा। उसको इस बात का क़तई होश नहीं था कि वह इस तरह की हरकत कर सकता है। उसने सैकड़ों मर्तबा जमीला को घूर-घूर कर देखा। इसके अलावा एक-दो बार उसको अपनी आँखों से इशारे भी किए, मगर जमीला ने उसे ध्यान देने योग्य न समझा और अपनी सहेलियों के साथ बढ़ती चली गयी। उसकी सहेलियाँ भी काफ़ी ख़ूबसूरत थीं, मगर महमूद ने उसमें एक ऐसी कशिश पाई, जों लोहे के साथ चुंबक में होती है—वह उसके साथ चिमट के रह गया था।

एक जगह उसने जुर्अत से काम लेकर जमीला से कहा : "हुज़ूर, अपना नक़ाब तो सँभालिए...हवा में उड़ रहा है।"

जमीला ने यह सुनकर शोर मचाना शुरू कर दिया। इस पर पुलिस के दो सिपाही, जो उस वक़्त बाग़ में ड्यूटी पर थे, दौड़ते आये और उन्होंने जमीला से पूछा—"बहन, क्या बात है?"

जमीला ने महमूद की तरफ़ देखा, जो सहमा खड़ा था, और कहा : "यह लड़का मुझसे छेड़ख़ानी कर रहा था...जबसे मैं इस बाग़ में दाख़िल हुई हूँ, यह मेरा पीछा कर रहा है।"

सिपाहियों ने महमूद का सरसरी जाइज़ा लिया और फिर उसको गिरफ़्तार करके हवालात में दाख़िल कर दिया—लेकिन उसकी ज़मानत हो गयी।

अब मुक़दमा शुरू हुआ—मुक़दमे की रूदाद में जाने की ज़रूरत नहीं, इसलिए कि यह तफ़्सील-तलब है—क़िस्सा मुख़्तसर यह कि महमूद का जुर्म साबित हो गया,

और उसे दो माह क़ैदे-बामशक़्क़त की सज़ा मिल गयी। उसके वालिदैन ग़रीब थे, इसलिए वह सेशन की अदालत में अपील न कर सके—महमूद सख़्त परेशान था कि आख़िर उसका क़ुसूर क्या है? उसको अगर एक लड़की पसन्द आ गयी थी और उसने उससे चन्द बातें करनी चाही थीं तो क्या यह जुर्म है, जिसकी पादाश (बदले) में वह दो माह की क़ैद बामशक़्क़त भुगत रहा है।

जेलख़ाने में वह कई मर्तबा बच्चों की तरह रोया—उसको चित्रकारी का शौक़ था, लेकिन उससे वहाँ चक्की पिसवाई जाती थी।

अभी उसे जेलख़ाने में आये बीस रोज़ ही हुए थे कि उसे बताया गया, उसकी मुलाकाती आयी है—उसने सोचा, 'यह मुलाक़ाती कौन है?' उसके वालिद तो उससे सख़्त नाराज़ थे और वालिदा अपाहिज थीं, कोई और रिश्तेदार थे ही नहीं।

सिपाही उसे दरवाज़े के पास ले गया, जो आहनी सलाख़ों का बना हुआ था—उन सलाख़ों के पीछे, उसने देखा, जमीला खड़ी है। वह बहुत हैरतज़दा हुआ—उसने समझा कि शायद वह किसी और को देखने आयी होगी, मगर जमीला ने सलाख़ों के पास आकर उससे कहा : "मैं आपसे मिलने आयी हूँ।"

महमूद की हैरत में और भी इज़ाफ़ा हो गया : "मुझसे!"

"जी हाँ...मैं माफ़ी माँगने आयी हूँ कि मैंने जल्दबाज़ी की, जिसकी वजह से आपको यहाँ आना पड़ा।"

महमूद मुस्कुरा दिया : "हाय उस ज़ूदपशेमाँ का पशेमाँ होना।"

जमीला ने कहा : "यह तो ग़ालिब है।"

"जी हाँ...ग़ालिब के सिवा और कौन हो सकता है, जो इन्सान के जज़्बात की तरजुमानी कर सके...मैंने आपको माफ़ कर दिया...लेकिन मैं यहाँ आपकी कोई ख़िदमत नहीं कर सकता, इसलिए कि यह मेरा घर नहीं है, सरकार का है..इसके लिए मैं माफ़ी चाहता हूँ।"

जमीला की आँखों में आँसू आ गये : "मैं आपकी खिदमत के लिए हाज़िर हूँ।"

चन्द मिनट उनके दरमियान और बातें हुईं, जो मुहब्बत के अहदो-पैमान थीं—जमीला ने उसको साबुन की एक टिकिया दी, मिठाई भी पेश की।

इसके बाद वह हर पन्द्रह दिन के बाद महमूद से मुलाक़ात करने के लिए आती रही। इस दौरान में उन दोनों की मुहब्बत परवान चढ़ गयी।

जमीला ने महमूद को एक रोज़ बताया : "मुझे मौसीक़ी (संगीत) सीखने का शौक़ है...आजकल मैं ख़ाँ साहब सलाम अली ख़ाँ से सबक़ ले रही हूँ।"

महमूद ने उससे कहा : "मुझे मुसव्विरी (चित्रकारी) का शौक़ है...मुझे यहाँ जेलख़ाने में और कोई तकलीफ़ नहीं...मशक़्क़त से मैं घबराता नहीं, लेकिन मेरी तबीयत जिस फ़न की क़ाइल है, यहाँ उसको कहने का मौका नहीं मिलता...यहाँ न

कोई रंग है न रौग़न, न कोई काग़ज है न पेंसिल...बस चक्की पीसते रहो।"

जमीला की आँखें फिर आँसू बहाने लगीं : "बस अब थोड़े ही दिन बाक़ी रह गये हैं...आप बाहर आयेंगे तो सब कुछ हो जायेगा।"

महमूद दो माह की क़ैद काटने के बाद बाहर आया तो जमीला दरवाज़े पर मौजूद थी—उसी काले बुर्क़े में, जो अब पुराना हो गया था और जगह-जगह से फट गया था।

दोनों आर्टिस्ट थे—उन्होंने फ़ैसला किया कि शादी कर लें—चुनांचे शादी हो गयी।

जमीला के माँ-बाप कुछ असासा (पूँजी) छोड़ गये थे। उससे उन्होंने एक छोटा-सा मकान बनाया और ज़िन्दगी बसर करने लगे।

महमूद एक आर्ट स्टूडियो में जाने लगा, ताकि अपना शौक़ पूरा कर सके—जमीला ख़ाँ साहब सलाम अली ख़ाँ से फिर तालीम हासिल करने लगी।

एक बरस तक वे दोनों तालीम हासिल करते रहे—महमूद मुसव्विरी सीखता रहा और जमीला मौसीक़ी (संगीत)।

इसके बाद उनका बचा-खुचा असासा ख़त्म हो गया और नौबत फ़ाकों पर आ गयी—दोनों आर्ट के शैदाई थे। वे समझते थे कि फ़ाक़े करनेवाले ही सही तौर पर अपने आर्ट की मेराज (चरम) तक पहुँच सकते हैं। इसलिए वे अपनी उस फ़ाकामस्ती के ज़माने में भी ख़ुश थे।

एक दिन जमीला ने अपने शौहर को यह बात बताई कि उसे एक अमीर घराने में मौसीक़ी सिखाने की ट्यूशन मिल रही है।

महमूद ने यह सुनकर उससे कहा : "नहीं, ट्यूशन-व्यूशन बकवास है...हम लोग आर्टिस्ट हैं।"

उसकी बीवी ने बड़े प्यार के साथ कहा : "लेकिन मेरी जान, गुज़ारा कैसे होगा?"

महमूद ने अपने फूसड़े निकले हुए कोट का कॉलर बड़े अमीराना अन्दाज़ में दुरुस्त करते हुए जवाब दिया : "आर्टिस्ट को इन फ़ुज़ूल बातों का ख़याल नहीं रखना चाहिए...हम आर्ट के लिए ज़िन्दा रहते हैं, आर्ट हमारे लिए ज़िन्दा नहीं रहता।"

जमीला यह सुनकर बहुत ख़ुश हुई : "लेकिन मेरी जान, आप मुसव्विरी सीख रहे हैं...आपको हर महीने फ़ीस अदा करनी पड़ती है, इसका बन्दोबस्त भी तो कुछ होना चाहिए...फिर खाना-पीना है, इसका ख़र्च अलहदा है।"

"मैंने फ़िलहाल मुसव्विरी की तालीम लेनी छोड़ दी है...जब हालात मन मुताबिक होंगे तो देखा जायेगा।"

जमीला यह सुनकर ख़ामोश रही।

दूसरे दिन जब वह घर आयी तो उसके पर्स में पन्द्रह रुपये थे, जो उसने अपने ख़ाविन्द के हवाले कर दिए और कहा : "मैंने आज से ट्यूशन शुरू कर दी है। यह

पन्द्रह रुपये मुझे पेशगी मिले हैं...आप मुसव्विरी का फ़न सीखने का काम जारी रखें।"

महमूद के मर्दाना जज़्बात को बड़ी ठेस लगी : "मैं नहीं चाहता कि तुम मुलाज़िमत करो...मुलाज़िमत मुझे करनी चाहिए।"

जमीला ने ख़ास अन्दाज़ में कहा : "हाय, मैं कोई ग़ैर हूँ...मैंने अगर कहीं थोड़ी देर के लिए मुलाज़िमत कर ली है तो इसमें हर्ज ही क्या है...बहुत अच्छे लोग हैं, और जिस लड़की को मैं तालीम देती हूँ, बहुत प्यारी और ज़हीन है।"

यह सुनकर महमूद ख़ामोश हो गया—उसने मज़ीद गुफ़्तगू न की।

दूसरे हफ़्ते के बाद वह पच्चीस रुपये लेकर आया और उसने अपनी बीवी से कहा : "मैंने आज अपनी एक तस्वीर बेची है। खरीदार ने उसे बहुत पसन्द किया, लेकिन ख़सीस (कंजूस) था। मुझे सिर्फ़ पच्चीस रुपये दिए...अब उम्मीद है कि मेरी तस्वीरों की मार्किट चल निकलेगी।"

जमीला मुस्कुराई : "हम तो फिर काफ़ी अमीर आदमी हो जायेंगे।"

महमूद ने उससे कहा : "जब मेरी तस्वीरें बिकनी शुरू हो जायेंगी तो मैं तुम्हें ट्यूशन नहीं करने दूँगा।"

जमीला ने अपने ख़ाविंद की टाई की गिरह दुरुस्त की और बड़े प्यार से कहा—"आप मेरे मालिक हैं, जो भी हुक्म देंगे, मुझे तस्लीम (स्वीकार) होगा।"

दोनों बहुत ख़ुश थे, इसलिए कि वे एक-दूसरे से मुहब्बत करते थे—महमूद ने जमीला से कहा : "अब तुम कुछ फ़िक्र न करो। मेरा काम चल निकला है...चार तस्वीरें कल या परसों तक बिक जायेंगी और अच्छे दाम वसूल हो जायेंगे। फिर तुम अपनी मौसीक़ी की तालीम जारी रख सकोगी।"

एक दिन जमीला जब शाम को घर आयी तो उसके बालों में धुनी हुई रुई का गुबार इस तरह जमा हुआ था जैसे किसी अधेड़ उम्र आदमी की दाढ़ी में सफ़ेद बाल।

महमूद ने उससे पूछा : "यह तुमने अपने बालों की क्या हालत बना रखी है...मौसीक़ी सिखाने जाती हो या किसी जिनिंग फ़ैक्ट्री में काम करती हो।"

जमीला ने, जो महमूद की नयी रज़ाई की पुरानी रुई को धुन रही थी, मुस्कुराकर कहा : "हम आर्टिस्ट लोग हैं। हमें किसी बात का होश ही नहीं रहता।"

महमूद ने हुक़्क़े की नै मुँह में लेकर अपनी बीवी की तरफ़ देखा और कहा : "होश वाक़ई नहीं रहता।"

जमीला ने महमूद के बालों में अपनी उँगलियों से कंघी करना शुरू की : "यह धुनकी हुई रुई का गुबार आपके सिर में कैसे आ गया?"

महमूद ने हुक़्क़े का एक कश लगाया : "जैसे तुम्हारे सिर में आ गया...हम दोनों एक ही जिनिंग फ़ैक्ट्री में काम करते हैं, सिर्फ़ आर्ट की ख़ातिर..."

घोगा

मैं जब अस्पताल में दाख़िल हुआ तो छठे रोज़ मेरी हालत बहुत ग़ैर हो गयी। कई रोज़ तक बेहोश रहा। डॉक्टर जवाब दे चुके थे। लेकिन ख़ुदा ने अपना करम किया और मेरी तबियत सँभलने लगी।

उस दौरान की बातें मुझे याद नहीं। दिन में कई आदमी मिलने के लिए आते। लेकिन मुझे क़त्अन मालूम नहीं, कौन आता था, कौन जाता था, मेरे बिस्तर-ए-मर्ग (मृत्यु-शय्या) पर जैसा कि मुझे अब मालूम हुआ दोस्तों और अज़ीज़ों का जमघटा लगा रहता, कुछ आहें भरते, मेरी ज़िन्दगी के बीते हुए वाक़आत दोहराते और अफ़सोस का इज़हार करते।

जब मेरी तबीयत किसी कदर सँभली और मुझे ज़रा होश आया तो मैंने आहिस्ता-आहिस्ता अपने आस-पास का हाल जानना शुरू किया। मैं जनरल वार्ड में था। दरवाज़े के अन्दर दाख़िल होते ही दाएँ हाथ का पहला बेड मेरा था। दीवार के साथ लोहे की अलमारी थी, जिसमें ख़ास-ख़ास दवाएँ और सर्जरी के उपकरण थे, दीगर सामान भी था, मसलन गर्म पानी और बर्फ़ की रबड़ की थैलियाँ, थर्मामीटर, बिस्तर की चादरें, कम्बल और रुई वग़ैरह। इसके अलावा और बेशुमार चीज़ें थीं, जिनका मस्रिफ़ (प्रयोजन) मेरी समझ में नहीं आता था।

कई नर्सें थीं, सुबह सात बजे से दो बजे दोपहर तक। दो बजे से शाम के सात बजे तक, चार-चार नर्सों की टोली इस वार्ड में काम करती। रात को सिर्फ़ एक नर्स ड्यूटी पर होती थी।

रात को मुझे नींद नहीं आती थी। यूँ तो अक्सर आँखें बन्द किए लेटा रहता, लेकिन कभी-कभी अधखुली आँखों से इधर-उधर देख लेता कि क्या हो रहा है।

उन दिनों जो नर्स रात की ड्यूटी पर होती थी, वह इस क़दर मुख़्तसर (नाटी) थी कि उसे कोई भी अपने बटुवे में डाल सकता था। गहरा साँवला रंग, जिस्म का हर हिस्सा अटपटा, इन्तिहा दर्जे की मामूली लड़की थी, मालूम नहीं कुदरत ने उसके साथ इस क़िस्म का ग़ैर शायराना सुलूक क्यों किया था कि वह शे'र थी, न रुबाई, न

क़तअ...अलबत्ता उस्ताद इमाम दीन की तुकबन्दी मालूम होती थी।

हर नर्स का कोई-न-कोई चाहनेवाला मौजूद था, मगर ग़रीब का कोई भी नहीं था। मैं नर्सिंग के पेशे को बावजूद उसकी मौजूदा गिरावटों के एहतिराम की नज़र से देखता हूँ। इसलिए मुझे उस नर्स से जिसका नाम मिस ज़ेकब था, बड़ी हमदर्दी थी। उसमें कोई मरीज़ दिलचस्पी नहीं लेता था।

एक शाम को जब वह आयी और मेरे बिस्तर के पास से गुज़री, तो मैंने अपनी नहीफ़ (दुर्बल) आवाज़ में उससे कहा, "अस्सलाम अलैकुम मिस ज़ैकब।" उसने मेरी आवाज़ सुन ली। फ़ौरन रुक कर उसने जवाब दिया, "सलाम अलैकुम।"

बस इसके बाद मेरा यह दस्तूर हो गया कि जब वह शाम को ड्यूटी पर आती तो वार्ड में दाख़िल होते ही सबसे पहले उसको मेरी अस्सलाम अलैकुम सुनाई देती। मुझे नींद आनी शुरू हो गयी थी, लेकिन सुबह साढ़े पाँच बजे जाग जाता। मिस ज़ेकब रात भर की जागी हुई मरीज़ों के टेम्प्रेचर लेने में मसरूफ़ होती, जब मेरे बिस्तर के पास आती तो मैं फिर उसे सलाम करता।

'अस्सलाम अलैकुम' का यह सिलसिला बड़ा दिलचस्प हो गया। वह इस लिहाज़ से चिढ़ गयी कि पहल मैं क्यों करता हूँ। अतः उसने कई बार कोशिश की कि वह पहल करे मगर उसे नाकामी हुई। लेकिन एक रोज़ सुबह-सबेरे जबकि ज़्यादा देर तक जागने के बायस मेरी आँख लग गयी थी। जब वह मेरा टेम्प्रेचर लेने के लिए आयी तो उसने महीन पतली आवाज़ को ज़ोरदार बनाकर कहा "सलाम अलैकुम।"

मैं चौंक पड़ा...आँखें खोलीं तो देखा कि मिस ज़ेकब का अलग वजूद मेरे सामने खड़ा मुस्कुरा रहा है। मैंने बड़ी फ़राख़दिली से अपनी शिकस्त तस्लीम की और उसके मुताबिक़ मुनासिब-ओ-मौज़ूं मुस्कुराहट अपने होंठों पर पैदा करके जवाब दिया : "वअलैकुम अस्सलाम मिस ज़ेकब—आज तो आपने कमाल कर दिया।"

वह बेहद ख़ुश हुई, और इस ख़ुशी में उसने मेरा दो बार टेम्प्रेचर लिया कि पहली मर्तबा उसने थर्मामीटर अच्छी तरह झटका नहीं था।

एक रात मुझे बिलकुल नींद नहीं आ रही थी और मैं बार-बार अपनी घड़ी देख रहा था कि दिन होने में कितनी देर है। बारह बजे के क़रीब मैंने अपनी धुँधली आँखों से देखा कि वार्ड के बीच में जो मेज़ पड़ी है, उसके साथ कुर्सी पर मिस ज़ेकब अपने तमाम नाटेपन के साथ बैठी है और एक मरीज़ जो मोटा था, उससे बातें करने की कोशिश कर रहा है।

चूँकि ख़ामोशी थी, इसलिए मैं उसकी गुफ़्तगू सुन सकता था। वह नर्स से बड़े गहरे क़िस्म के इश्क़ का इज़हार करने की कोशिश कर रहा था। पहले वह कुछ देर चपरासियों के मानिन्द जिनका साहब अपनी कुर्सी पर मौजूद हो, खड़ा रहा। फिर वह

उससे मुख़ातिब हुआ : “नर्स साहिबा...क्या इस वक़्त आप मुझे ऐस्प्रिन की गोली दे सकती हैं?”

मिस ज़ेकब शायद रिपोर्ट लिखने में मसरूफ़ थी। उसने इस मोटे मरीज़ की तरफ़ देखा, क़लम मेज़ पर रखकर उठी और उस अलमारी में से जो मेरे बिस्तर के क़रीब थी, ऐस्प्रिन की एक गोली निकालकर उसके हवाले कर दी।

रात के दो बज गये। मैं जाग रहा था, लेकिन मेरी आँखें बन्द थीं। आहट हुई तो मैंने करवट बदलकर देखा कि वही मोटा मरीज़ अलमारी खोलकर ऐस्प्रिन की गोलियाँ निकाल रहा है, बिलकुल उसी तरह जैसे कोई चोरी कर रहा हो। मैंने कोई मुदाख़लत न की।

मैंने दूसरे दिन नर्स नईमा हक़ से जो हर सुबह मेरा बदन छोटे-छोटे तौलियों से कुनकुने पानी में साबुन के साथ साफ़ किया करती थी और परले दर्जे की शरीर (नटखट) थी, पूछा कि “उन्नीस नम्बर के बेड का मरीज़ कौन है?”

उसका साँवला चेहरा सवाल बन गया, “आप उसके बारे में क्यों पूछ रहे हैं?”

मैंने उससे कहा : “तुम जानती हो, मैं अफ़साना-निगार हूँ, मुझे हर शख़्स से दिलचस्पी है, चाहे वह मरीज़ ही क्यों न हो?”

“उसमें क्या बात है?”

“जो तुम में है...तुम शरीर हो, वह चोर है।”

नईमा हक़ को मेरी यह बात नागवार मालूम हुई, “शरारत और चोरी को आप एक ही बात समझते हैं।”

वह मेरे बालों भरे सीने पर तौलिया फेर रही थी, मैंने अपने कमज़ोर हाथ से उसके गाल पर हौले से चपत लगाई और कहा : “मेरा यह मतलब नहीं था...तुम मेरे सवाल का जवाब दो कि उन्नीस नम्बर के बेड का जो मरीज़ है उसका क्या नाम है?”

नईमा ने जवाब दिया, “घोगा।”

“यह क्या नाम है?”

“बस है...हमने रख दिया है।”

मैं उससे कुछ और पूछने ही वाला था कि नईमा ने उबाली हुई सिरिंज पकड़ी और उसमें एक सीसी विटामिन बी कॉम्पलेक्स डालकर सूई मेरे सूखे हुए बाज़ू में चुभो दी, मुझे सख़्त दर्द हुआ, इसलिए मैं घोगा को भूल गया, मगर इतने में अज़रा आ गयी। यह नर्स नईमा से चार सीसी आगे थी। उन दोनों में जो गुफ़्तगू हुई, उससे मुझे मालूम हुआ कि उन्नीस नम्बर के बेड के मरीज़ का नाम इन दोनों ने मिलकर तजवीज़ किया है।

अज़रा ने पहले मेरी ख़ैरियत पूछी, फिर कहा : “ख़ैरियत तो है आप घोगे के मुताल्लिक़ पूछ रहे थे।”

मैंने दर्द के बायस ज़रा तल्ख़ लहज़े में कहा : "घोगा जाये जहन्नुम में...और तुम भी उसके साथ..."

अज़रा मुस्कुराई..."मैं तो उसके साथ जहन्नुम की आख़िरी हद तक जाने के लिए तैयार हूँ।"

नईमा ने पूछा : "क्यों?"

अज़रा ने जवाब दिया : "वह मुझसे मुहब्बत करता है, मैं उससे मुहब्बत करती हूँ।"

नईमा ने अज़रा की चुटकी ली और बड़े ज़ोर से कहा : "वह तो मुझसे मुहब्बत करता है...चलो आओ...अभी फ़ैसला कर लें। घोगा से पूछ लो, अभी कल ही मुझसे कह रहा था कि वह अपने दो मकान मेरे नाम लिख देगा।"

अज़रा ने मक्खीमार छड़ी नईमा के सिर पर मारी। "वह दो मकान क्या, दो ईंटें भी तुम्हारे नाम नहीं लिखेगा...वह घोगा है...बहुत बड़ा घोगा...तुम उसको अभी तक नहीं पहचानी हो।"

इसके बाद मुझे चन्द रोज़ में उस मोटे मरीज़ के मुताल्लिक़ अजीब-ओ-ग़रीब बातें मालूम हुईं, जिसको नईमा और अज़रा ने घोगे का नाम दे रखा था।

उसका नाम गुलाम मुहम्मद था। मास्टर गुलाम मुहम्मद बी.ए.बी.टी. किसी मिडिल स्कूल का हेड मास्टर। उसको दमे का मर्ज़ था, बड़ी शदीद क़िस्म का दमा था। जब उसे दौरा पड़ता तो सारा वार्ड उसकी धौंकनी जैसी चलती हुई साँसों के उतार-चढ़ाव से घंटों गूँजता रहता। लेकिन इस हालत में भी वह नज़रबाज़ी से न टलता।

उसकी उम्र चालीस के कुछ ऊपर होगी, मगर कुँवारा था। मेरी उससे मुलाकात हुई तो उसने मुझे बताया कि उसने शादी इसलिए नहीं की कि वह दमे का मरीज़ है। किसी लड़की की ज़िन्दगी क्यों ख़राब करे।

उसकी दो बहिनें थीं जो उम्र में उससे कुछ छोटी थीं। वे भी कुँवारी थीं। उनके मुताल्लिक़ मुझे इतना ही मालूम हुआ है कि बड़ी हैल्थ विज़िटर है और छोटी टीचर। ये दोनों बिला नागा आतीं और घोगे के पास अपने बुर्क़ों समेत एक-आध घण्टा बैठ कर चली जातीं। वह उसके नाश्ते और दो वक़्त के खाने के लिए परांठे और सालन वग़ैरह लाया करती थीं।

उसको ऐसे टीके लग रहे थे जिनसे भूख बढ़ जाती है। लेकिन इस बात का ख़ास ख़याल रखना पड़ता है कि मरीज़ ज़्यादा न खाए ताकि उसका वज़न न बढ़े। मगर घोगा बहुत पेटू था। घर से जो कुछ आता, चट कर जाता। फिर उसके साथ वाले बेड पर एक बंगाली नौजवान था, जो अर्से से टायफ़ायड में गिरफ़्तार था। उसको भूख नहीं लगती थी। घोगा उसका खाना भी पेट में डाल लेता। मगर नईमा ने मुझे बताया कि अस्पताल से जो उसे मुफ़्त खाना मिलता है उसके अलावा वह इधर-उधर से और

चीज़ें भी इकट्ठा करता है और अपनी बहिनों के हवाले कर देता है।

एक रात जबकि मुझे नींद आने ही वाली थी मैंने देखा कि घोगा दबे पाँव चला आ रहा है। रात की नर्स किसी दूसरे वार्ड की नर्स से बातें करने में मशगूल थी। घोगे ने अलमारी खोली और उसमें से कई चीज़ें निकाल कर अपनी जेब में डाल लीं। मुझे उसकी यह हरकत बहुत बुरी मालूम हुई, लेकिन मैं उससे कुछ न कह सका। इसलिए कि मुझे कोई फ़ैसला करने में देर हो गयी। इसका नतीजा यह हुआ कि वह हर रोज़ अलमारी में से चीज़ें चुराता और मैं उसे टोक न सकता।

मेरी समझ में नहीं आता था कि जब उसे दवाएँ बराबर मिलती हैं तो वह और दवाइयाँ जो उसके मर्ज़ दमे का इलाज नहीं थीं, क्यों इस तरीक़े से हासिल करता है?

नईमा हक़ से मैंने पूछा तो उसने मख़सूस अन्दाज़ में गर्दन को एक हल्की-सी जुम्बिश देकर और अपने साँवले होंठों पर उनसे ज़्यादा गहरे रंग की मुस्कुराहट पैदा करके कहा : “जनाब इतने बड़े राइटर बने फिरते हैं, आपको यह भी मालूम नहीं कि वह जितनी दवाइयाँ और इंजेक्शन चुराता है, अपनी बहिन को जो कि हेल्थ-विज़िटर है, दे देता है...उसको रोज़ाना बेड के लिए एक रुपया देना पड़ता है...बहुत बड़ा घोगा है, इसलिए वह इस खर्च की कसर यूँ पूरी कर लेता है। बल्कि उसको कुछ प्रॉफ़िट ही होता है।”

नईमा का यह कहना दुरुस्त था। इसलिए कि मेरी बीवी के बयान से इसकी तसदीक़ हो गयी। उसको घोगे से सख़्त नफ़रत थी। अस्पताल से जो कुछ मिलता तो वह अपनी बहिन के सिपुर्द कर देता, खाना भी। एक और नर्स रफ़ीक़ा थी। वह उस मरीज़ का नाम भी लेना नहीं चाहती थी।

शक्ल-सूरत की मामूली, मगर जवान थी। हर वक़्त अपने सफ़ेद फ्रॉक को पेटी के नीचे खींचती और फिर अपने सीने के उभारों को पसन्दीदा निगाहों से देखती। मगर किरदार के लिहाज़ से वह दूसरी नर्सों के मुकाबले में बहुत ज़्यादा मज़बूत थी, उसको घोगे से इसलिए नफ़रत थी कि वह उससे बेमायने बातें करता था।

दरअसल वह हर नर्स से बेमायने या बामायने बातें करने का आदी था। मैंने कई बार देखा कि पहले उसने किसी नर्स से रस्मी बातचीत की। इसके बाद बिस्तर पर से उठकर उसके पीछे-पीछे चलने लगा। कुछ इस भोंडे तौर पर कि वह ग़रीब उकता गयी और उसने जो दवा माँगी, अलमारी में से निकाल कर उसको दे दी कि छुटकारा मिले।

क़रीब-क़रीब हर नर्स उससे मुतनफ़्फ़र (खिन्न) थी...मुझे ख़ुद वह बहुत नापसन्द था। मेरे बिस्तर की तरफ़ रुख़ करता तो मैं चादर ओढ़ लेता ताकि उसको यह मालूम हो कि मैं सो रहा हूँ। उसका बातचीत का अन्दाज़ मुझे खलता था, यही वजह है कि मैंने उसे कभी बर्दाश्त न किया।

मुझसे दो-तीन बार उसने चन्द रुपये बतौर क़र्ज़ लिये और वापस न दिए, मुझे इसका कोई ख़याल न था। लेकिन जब मुझे मालूम हुआ कि ये पन्द्रह रुपये उसने मुझसे इसलिए हासिल किए थे कि उसको दस रुपये एक ख़ास दवा के लिए ख़र्च करने पड़े थे जो अस्पताल में नहीं थी तो मेरी तबियत बहुत मुकद्दर हुई और मैंने दिल-ही-दिल में उसको सैकड़ों गालियाँ दीं। फिर तमाम डॉक्टरों पर उसके ज़लील किरदार की चुगली कर दी।

वे पहले मेरी बताई हुई बातें न माने। उन्होंने कभी ऐसा मरीज़ न देखा था न सुना। मगर नर्सों से पूछ-पूछ के उनको हकीकत मालूम हो गयी और उन्होंने घोगे को रुख़्सत कर देने का फ़ैसला कर लिया। मुझे इसका इल्म था। चुनांचे मैंने महज़ अपना दिल ठंडा करने की ख़ातिर उसको अपने पास बुलाया और कहा : "सुना है आप कल-परसों जाने वाले हैं।"

घोगे ने अपने नीम गंजे सिर पर हाथ फेरा और ताज्जुब का इज़हार किया। "बड़े डॉक्टर ने तो मुझसे कहा था कि और छुट्टी ले लो...और मैं एक महीने की ले चुका हूँ।"

मेरा दिल डूबने-सा लगा..एक महीना और...तीस दिन मज़ीद चोरियों के..नर्सों के पीछे चलने और हाथ मल-मल के दवाएँ माँगने के।

बड़े डॉक्टर साहब बहुत नर्म दिल थे। मैंने सोचा, 'यक़ीनन घोगे ने अपने हावभाव से ऐसे अन्दाज़ में उनकी मिन्नत-खुशामद की होगी और उन्होंने अपना पीछा छुड़ाने के लिए उसको एक माह और अस्पताल में रहने की इजाज़त दे दी होगी।' मगर उसी दिन घोगा इन्तिहाई निराशा के आलम में मेरे पास आया और कहने लगा।

"मैं कल जा रहा हूँ।"

मुझे बड़ी खुशी हुई। "मगर मास्टर साहब आपने तो एक महीने की छुट्टी ली है, अभी-अभी।"

उसने आह भरकर जवाब दिया : "डॉक्टर साहब ने कहा कि तुम्हारा काफ़ी इलाज हो चुका है। अब तुम घर में आराम करो।"

मैंने कहा : "यह बेहतर है।"

लेकिन घोगे का चेहरा बता रहा था कि घर में उसे चुराने के लिए दवाएँ नहीं मिलेंगी। नर्सें भी न होंगी। झक मारेगा वहाँ।

मैं सुबह चार साढ़े चार बजे के क़रीब सोया। दस बजे आँख खुली। नईमा हक़ मेरे पास खड़ी थी। दरअसल उसी ने मुझे जगाया था। मैंने उसकी तरफ़ देखा तो मुझे महसूस हुआ कि वह मुझे कोई ख़बर सुनाना चाहती है। मुझे ज़्यादा देर तक इन्तज़ार न करना पड़ा।

मक्खीमार छड़ी से मेरे बिस्तर पर चन्द ग़ैर मरी मक्खियाँ मारने के बाद उसने

मुझसे कहा : "घोगा गया।"

मैंने कहा : "हाँ सुना था कि वह जा रहा है।"

नईमा के साँवले होंठों पर सिकुड़ी हुई मुस्कुराहट नमूदार हुई : "और वह भी गयी..."

मैंने पूछा : "कौन?"

नईमा ने जवाब दिया : "वह...वह मिस ज़ेकब...जिसके बारे में आप कहा करते थे कि इतनी मुख़्तसर है कि बटुवे में समा सकती है...लेकिन घोगे के पास तो कोई बटुवा नहीं था।"

मुझे बड़ी हैरत हुई कि मिस जै .कब को घोगे में क्या नज़र आया या घोगे को मिस ज़ेकब में क्या ख़ूबी दिखाई दी...लेकिन तीसरे रोज़ मिस ज़ेकब नाइट ड्यूटी पर थी। जब वह सुबह मेरे बिस्तर के क़रीब आयी तो मैंने ज़ोर से अस्सलाम अलैकुम कहा। उसने चौंककर धीमी आवाज़ में उस सलाम का जवाब दिया और मेरा टेम्प्रेचर लिये बग़ैर चली गयी।

सात बजे जब दूसरी नर्सें आयीं तो नईमा ने मेरा बदन पोंछने के लिए गर्म पानी तैयार करते हुए अपने साँवले होंठों पर कुनकुनी मुस्कुराहट पैदा करते हुए कहा : "घोगे के पास बटुवा नहीं था, इसलिए आपकी मिस ज़ेकब वापस तशरीफ़ ले आयी हैं।"

मैंने पूछा : "क्या हुआ?"

नईमा ने गर्म-गर्म पानी में तर किया हुआ तौलिया मेरे बाजू पर रख दिया, "कुछ ख़ास तो नहीं हुआ...सिर्फ़ ज़ेकब के कानों की दो सोने की बालियाँ गुम हो गयी हैं...शायद घोगे की बहिन के कान नंगे होंगे।"

तयक़्क़ुन*

उधर से मुसलमान और इधर से हिन्दू अभी तक आ-जा रहे थे। कैम्पों के कैम्प भरे पड़े थे, जिनमें तिल धरने के लिए वाक़ई कोई जगह नहीं थी लेकिन इसके बावजूद लोग उनमें ठूँसे जा रहे थे। ग़ल्ला नाकाफ़ी है। हिफ़्ज़ानेसेहत का कोई इन्तज़ाम नहीं...बीमारियाँ फैल रही हैं। इसका होश किसको था। अजब अफ़रा-तफ़री और तफ़रीत (अव्यवस्था) का आलम था।

सन् 48 का आग़ाज़ था, ग़ालिबन मार्च का महीना। इधर और उधर दोनों तरफ़ रज़ाकारों (स्वयंसेवकों) के ज़रिये से 'मग़विया' (अपहृत) औरतों और बच्चों की बरआमदगी का मुस्तहसन (शुभ) काम शुरू हो चुका था। सैकड़ों मर्द, औरतें, लड़के और लड़कियाँ इस कार-ए-ख़ैर में हिस्सा ले रही थीं। मैं जब उनको सरगर्म-ए-अमल देखता तो मुझे बड़ी मसर्रत (ख़ुशी) हासिल होती। यानी खुद इन्सान इन्सान की बुराइयों के आसार मिटाने की कोशिश में मसरूफ़ था। जो इस्मतें लुट चुकी थीं, उनको मज़ीद लूट-खसोट से बचाना चाहता था। किसलिए?...इसलिए कि उसका दामन मज़ीद धब्बों और दाग़ों से आलूदा न हो? इसलिए कि वह जल्दी-जल्दी अपने ख़ून से लिथड़ी हुई उँगलियाँ चाट लें और हम अपने हम-जिन्सों के साथ दस्तरख़्वान पर बैठकर रोटी खाएँ? इसलिए कि वे इन्सानियत का सूई-धागा लेकर, जब तक दूसरे आँखें बन्द किए हैं, इस्मतों के चाक रफ़ू कर दें।

कुछ समझ में नहीं आता था...लेकिन उन रज़ाकारों की जद्द-ओ-जहद (कोशिश) फिर भी क़ाबिल-ए-क़द्र मालूम होती थी।

उनको सैकड़ों दुश्वारियों का सामना करना पड़ता था। हज़ारों झमेले थे जो उन्हें उठाने पड़ते थे। क्योंकि जिन्होंने औरतें और लड़कियाँ उड़ाई थीं, सीमाबवार (अस्थिर) थे, आज इधर कल उधर, अभी इस मुहल्ले में अभी उस मुहल्ले में और फिर आस-पास के आदमी भी उनकी मदद नहीं करते थे।

अजीब-अजीब दास्तानें सुनने में आती थीं...एक अफ़सर ने मुझे बताया कि

---

*विश्वास

सहारनपुर में दो लड़कियों ने पाकिस्तान में अपने वालिदैन के पास जाने से इनकार कर दिया। दूसरे ने बताया कि जब जालन्धर में ज़बरदस्ती हमने एक लड़की को निकाला तो क़ाबिज़ के सारे ख़ानदान ने उसे यूँ अलविदा कही जैसे वह उनकी बहू है और किसी दूर-दराज़ सफ़र पर जा रही है...कई लड़कियों ने रास्ते में वालिदैन के ख़ौफ़ से खुदकुशी कर ली। कुछ सदमों की ताब न लाकर पागल हो चुकी थीं, कुछ ऐसी भी थीं जिनको शराब की लत पड़ चुकी थी। उनको प्यास लगती तो पानी की बजाय शराब माँगतीं और गंदी-गंदी गालियाँ बकतीं।

मैं उन बरामद की हुई लड़कियों और औरतों के बारे में सोचता तो मेरे ज़ेहन में सिर्फ़ फूले हुए पेट उभरते...इन पेटों का क्या होगा? इनमें जो कुछ भरा है इसका मालिक कौन है? पाकिस्तान या हिन्दुस्तान?

और वो नौ महीनों की बारबरदारी...उसकी उजरत पाकिस्तान अदा करेगा या हिन्दुस्तान?...क्या यह सब ज़ालिम फ़ितरत या बहीखाते में दर्ज होगा?...मगर क्या इसमें कोई पन्ना ख़ाली रह गया?

दर-आमदा औरतें आ रही थीं, बर-आमदा औरतें जा रही थीं। ...इन्हें अगवा कब किया गया है?...अगवा तो एक बड़ा रोमांटिक कार्य है। जिसमें मर्द और औरतें दोनों शरीक होते हैं। यह तो एक ऐसी खाई है जिसको फाँदने से पहले दोनों रूहों के सारे तार झनझना उठते हैं, लेकिन यह अग़वा कैसा है कि एक निहत्थी को पकड़कर कोठरी में क़ैद कर लिया।

लेकिन वह ज़माना ऐसा था कि मंतक़ (समझ), इस्तिदलाल (तर्क) और फ़लसफ़ा बेकार चीज़ें थीं...उन दिनों जिस तरह गर्मियों में भी दरवाज़े और खिड़कियाँ बन्द करके सोते थे, उसी तरह मैंने अपने दिल-ओ-दिमाग़ की भी सब खिड़कियाँ-दरवाज़े बन्द कर दिए थे। हालाँकि उन्हें खुला रखने की ज़्यादा ज़रूरत उसी वक़्त थी। लेकिन मैं क्या करता। मुझे कुछ सूझता नहीं था।

दर-आमदा (आगत) औरतें आ रही थीं, बर-आमदा (निर्गत) औरतें जा रही थीं।

यह दर-आमद और बर-आमद जारी थी...तमाम व्यापारिक खुसूसियात के साथ।

और सहाफ़ी (पत्रकार), अफ़साना-निगार और शायर अपने क़लम उठाए शिकार में मसरूफ़ थे...लेकिन अफ़सानों और नज़्मों का एक सैलाब था जो उमड़ा चला आ रहा था। क़लमों के क़दम उखड़-उखड़ जाते थे। इतने सैट थे कि सब बौखला गये थे।

एक अफ़सर मुझसे मिला। कहने लगा : "तुम क्यों गुमसुम रहते हो?"

मैंने कोई जवाब नहीं दिया।

उसने मुझे एक दास्तान सुनाई :

"अपहृत औरतों की तलाश में हम मारे-मारे फिरते हैं। एक शहर से दूसरे शहर, एक गाँव से दूसरे गाँव, फिर तीसरे गाँव, फिर चौथे। गली-गली मुहल्ले-मुहल्ले... कूचे-कूचे... बड़ी मुश्किलों से गौहर-ए-मक़सूद (लक्ष्य) हाथ आता है।"

मैंने दिल में कहा : "कैसे गौहर...कैसे नासफ़ता...यासफ़ता?''

''तुम्हें मालूम नहीं, हमें कितनी दिक़्क़तों का सामना करना पड़ता है। मैं तुम्हें एक बात बतलाने वाला था...हम बॉर्डर के उस पार सैकड़ों फेरे कर चुके हैं। अजीब बात है कि मैंने हर फेरे में एक मुसलमान बुढ़िया को देखा...अधेड़ उम्र की थी...पहली बार मैंने उसे जालन्धर की बस्तियों में देखा, परेशान हाल,..माऊफ़ दिमाग़, वीरान-वीरान आँखें, गर्द-ओ-गुबार से अटे हुए बाल, फटे हुए कपड़े। उसे न तन का होश था न मन का। लेकिन उसकी निगाहों से यह साफ़ ज़ाहिर था कि वह किसी को ढूँढ रही है।"

"मुझे...बहिन ने बताया कि यह औरत सदमे के बायस पागल हो गयी है। पटियाला की रहने वाली है। इसकी इकलौती लड़की थी जो इसे नहीं मिलती। हमने बहुत जतन किए हैं उसे ढूँढने के लिए लेकिन नाकाम रहे हैं। ग़ालिबन बलवों में मारी गयी है लेकिन यह बुढ़िया नहीं मानती।

"दूसरी बार मैंने उस पगली को सहारनपुर के लॉरियों के अड्डे पर देखा, उसकी हालत पहले से कहीं ज़्यादा बदतर थी। उसके होंठों पर मोटी-मोटी पपड़ियाँ जमी थीं, बाल साधुओं के से बने थे। मैंने उससे बातचीत की और चाहा कि वह अपनी निरर्थक तलाश छोड़ दे। अतः मैंने उससे बहुत संगदिल बनकर कहा, 'माई तेरी लड़की क़त्ल कर दी गयी थी।'

"पगली ने मेरी तरफ़ देखा। 'क़त्ल? ...नहीं-नहीं।'

''उसके लहज़े में फ़ौलादी तयक़्क़ुन पैदा हो गया। 'उसे कोई क़त्ल नहीं कर सकता...मेरी बेटी को कोई क़त्ल नहीं कर सकता।'

"और वह चली गयी, अपनी मौहूम तलाश में...

"मैंने सोचा एक तलाश और फिर मौहूम...लेकिन पगली को क्यों इतना यक़ीन था कि उसकी बेटी पर कोई कृपाण नहीं उठा सकता। कोई तेज़ धार या छुरा उसकी गर्दन की तरफ़ नहीं बढ़ सकता। क्या वह अमर थी या उसकी ममता अमर थी...ममता तो ख़ैर अमर होती है। फिर क्या वह अपनी ममता ढूँढ रही थी...क्या उसने उसे कहीं खो दिया...?

"तीसरे फेरे पर फिर मैंने उसे देखा। अब वह बिलकुल चीथड़ों में थी, क़रीब-क़रीब नंगी, मैंने उसे कपड़े दिए। लेकिन उसने क़ुबूल न किए। मैंने उससे कहाः 'माई मैं सच कहता हूँ, तेरी लड़की पटियाला ही में क़त्ल कर दी गयी थी।'

"उसने फिर उसी फ़ौलादी तयक़्क़ुन के साथ कहा : 'तू झूठ कहता है।'

"मैंने उससे अपनी बात मनवाने की ख़ातिर कहा : 'नहीं मैं सच कहता हूँ, काफ़ी रो-पीट लिया है तुमने...चलो मेरे साथ मैं तुमको पाकिस्तान ले चलूँगा।'

"उसने मेरी बात न सुनी और बड़बड़ाने लगी। बड़बड़ाते-बड़बड़ाते वह एकदम चौंकी, अब उसके लहज़े में तयक़्क़ुन फ़ौलाद से भी ज़्यादा ठोस था। 'नहीं मेरी बेटी को कोई कत्ल नहीं कर सकता।'

"मैंने पूछा : 'क्यों?'

"बुढ़िया ने हौले-हौले कहा : 'वह ख़ूबसूरत है... इतनी ख़ूबसूरत कि उसे कोई क़त्ल नहीं कर सकता...उसे तमाचा तक नहीं मार सकता।'

"मैं सोचने लगा : 'क्या वह वाक़ई इतनी ख़ूबसूरत थी...? हर माँ की आँखों में उसकी औलाद चन्दे आफ़ताब-ओ-चन्दे माहताब होती है...लेकिन हो सकता है कि वह लड़की वाकई ख़ूबसूरत हो...मगर इस तूफ़ान में कौन-सी ख़ूबसूरती है जो इन्सान के खुरदरे हाथों से बची है ...हो सकता है पगली उस ख़याल-ए-ख़ाम (भ्रम) को धोखा दे रही है ...फ़रार के लाखों रास्ते हैं...दुःख एक ऐसा चौक है जो अपने गिर्द लाखों बल्कि करोड़ों सड़कों का जाल बुन देता है...'

"बॉर्डर के उस पार कई फेरे हुए... हर बार मैंने उस पगली को देखा। अब वह हड्डियों का ढाँचा रह गयी थी। बीनाई कमज़ोर हो चुकी थी। रास्ता टटोलकर चलती थी। मगर उसकी तलाश जारी थी बड़ी शद्‌द-ओ-मद (गहनता) से। उसका यक़ीन उसी तरह दृढ़ था कि उसकी बेटी ज़िन्दा है, इसलिए कि उसे कोई मार नहीं सकता।

"...बहिन ने मुझसे कहा कि 'इस औरत से मग़ज़मारी फ़ुजूल है। इसका दिमाग़ चल चुका है। बेहतर यही है कि तुम इसे पाकिस्तान ले जाओ और पागलखाने में दाख़िल करा दो।'

"मैंने मुनासिब न समझा कि मैं इसकी मौहूम तलाश जो उसकी ज़िन्दगी का वाहिद (एकमात्र) सहारा थी, मैं उससे छीन लूँ। मैं उसे एक विस्तृत पागलख़ाने से, जिसमें वह मीलों की मुसाफ़त तय करके अपने पाँव के आबलों (छालों) की प्यास बुझा सकती थी, उठा कर एक मुख़्तसर सी चहारदीवारी में क़ैद कराना नहीं चाहता था।

"आख़िरी बार मैंने उसे अमृतसर में देखा। उसकी बदहाली का यह आलम था कि मेरी आँखों में आँसू आ गये। मैंने फ़ैसला कर लिया कि मैं उसे पाकिस्तान ले जाऊँगा और पागलख़ाने में दाख़िल करा दूँगा।

"वह फ़रीद के चौक में खड़ी अपनी नीम अन्धी आँखों से इधर-उधर देख रही थी। चौक में काफ़ी चहलपहल थी...मैं बहिन के साथ एक दुकान पर बैठा एक अपहृत लड़की के मुताल्लिक बातचीत कर रहा था जिसके मुताल्लिक हमें यह ख़बर मिली थी कि वह बाज़ार सहबोनियां में एक हिन्दू बनिए के घर मौजूद है। यह गुफ़्तगू ख़त्म हुई तो मैं उठा कि उस पगली से झूठ-सच कहकर उसे पाकिस्तान जाने के लिए

आमादा करूँ कि एक जोड़ा उधर से गुज़रा...औरत ने घूँघट काढ़ा हुआ था ...छोटा-सा घूँघट। उसके साथ एक सिक्ख नौजवान था। बड़ा छैल-छबीला, बड़ा तन्दुरुस्त और तीखे नैन-नक़्श वाला...

जब ये दोनों उस पगली के पास से गुज़रे तो नौजवान एकदम ठिठक गया..दो क़दम पीछे हटकर औरत का हाथ पकड़ लिया, कुछ इस अचानक तौर पर कि लड़की ने अपना छोटा-सा घूँघट उठाया। लट्ठे की धुली हुई चादर के चौखटे में मुझे एक ऐसा गुलाबी चेहरा नज़र आया, जिसका हुस्न बयान करने में मेरी ज़ुबान आजिज़ है।

"मैं उनके बिलकुल पास था। सिक्ख नौजवान ने उस हुस्न-ओ-जमाल की देवी से उस पगली की तरफ़ इशारा करते हुए सरगोशी से कहा : 'तुम्हारी माँ।'

"लड़की ने एक लहज़े के लिए पगली की तरफ़ देखा और घूँघट ओढ़ लिया और सिक्ख नौजवान का बाजू पकड़कर भिंचे हुए लहज़े में कहा : 'चलो।'

"और वे दोनों सड़क से उधर ज़रा हटकर तेज़ी से आगे निकल गये...पगली चिल्लाई : 'भागभरी-भागभरी।'

"वह बहुत बेचैन थी...मैंने पास जाकर पूछा : 'क्या बात है माई?'

"वह काँप रही थी 'मैंने उसको देखा है...मैंने उसको देखा है।'

"मैंने पूछा : 'किसे?'

"उसके माथे के नीचे दो गढ़ों में उसकी आँखों के बेनूर डले मुतहर्रिक (गतिमान) थे... 'अपनी बेटी को...भागभरी को।'

"मैंने फिर उससे कहा : 'वह मर-खप चुकी है माई।'

"उसने चीख़कर कहा : 'तुम झूठ कहते हो।'

"मैंने इस बार उसको पूरा यक़ीन दिलाने की ख़ातिर कहा : 'मैं खुदा की क़सम खाकर कहता हूँ, वह मर चुकी है।'

"यह सुनते ही वह पगली चौक में ढेर हो गयी।"

राजो

सन् इकतीस के शुरू होने में सिर्फ़ रात के चन्द बर्फ़ाए हुए घंटे बाक़ी थे।

वह लिहाफ़ में सर्दी की शिद्दत के बायस काँप रहा था। वह पतलून और कोट समेत लेटा हुआ था, लेकिन इसके बावजूद सर्दी की लहरें उसकी हड्डियों तक पहुँच रही थीं।

वह उठ खड़ा हुआ और उसने अपने कमरे की सब्ज़ रौशनी में, जो सर्दी में इज़ाफ़ा कर रही थी, ज़ोर-ज़ोर से टहलना शुरू कर दिया कि उसका दौराने-ख़ून तेज़ हो जाये।

थोड़ी देर यूँ चलने-फिरने के बाद जब उसके जिस्म के अन्दर थोड़ी-सी हरारत पैदा हो गयी तो वह आरामकुर्सी पर बैठ गया और सिगरेट सुलगाकर अपने दिमाग़ को टटोलने लगा—उसका दिमाग़ चूँकि बिलकुल ख़ाली था, इसलिए उसकी सुनने की क्षमता बहुत तेज़ हो गयी थी।

कमरे की सारी खिड़कियाँ बन्द थीं, मगर वह बाहर गली में हवा की मद्धम से मद्धम गुनगुनाहट भी बड़ी आसानी से सुन रहा था।

उसी गुनगुनाहट में उसे इन्सानी आवाज़ें सुनाई दीं—एक दबी-दबी-सी चीख़ दिसम्बर की आख़िरी रात की ख़ामोशी में चाबुक के औल की तरह उभरी और फिर किसी की इल्तिजाइया (अनुरोध भरी) आवाज़ लरज़ी।

वह उठ खड़ा हुआ और उसने खिड़की की दर्ज़ (दरार) में से बाहर की तरफ़ देखा।

वही, वही लड़की, सौदागरों की नौकरानी म्युनिसिपैलिटी की लालटेन के नीचे खड़ी थी, सिर्फ़ एक सफ़ेद बनियान पहने—लालटेन की रौशनी में यूँ मालूम हो रहा था कि उसके बदन पर बर्फ़ की एक पतली-सी तह जम गयी है।

बनियान के नीचे लड़की की बदनुमा छातियाँ नारियलों की मानिंद लटक रही थीं और वह इस अन्दाज़ में खड़ी थी, गोया अभी-अभी कुश्ती से फ़ारिग़ हुई है। लड़की को ऐसी हालत में देखकर उसके कलात्मक जज़्बात को धचका-सा लगा।

इतने में किसी मर्द की भिंची-भिंची-सी आवाज़ उसको सुनाई दी : "ख़ुदा के लिए अन्दर चली आओ...कोई देख लेगा तो आफ़त ही आ जायेगी।" आवाज़ सौदागर बच्चे की थी जिसे वह पहचानता था।

वहशी बिल्ली की तरह लड़की ने गुर्राकर जवाब दिया : "मैं नहीं आऊँगी...बस एक बार जो कह दिया कि नहीं आऊँगी।"

सौदागर बच्चे ने इल्तिजा के तौर पर लड़की से कहा : "ख़ुदा के लिए ऊँचा न बोलो राजो, कोई सुन लेगा।"

'तो उसका नाम राजो है,' उसने मन-ही-मन में कहा।

राजो ने अपनी लम्बी चुटिया को झटका देकर सौदागर बच्चे से कहा : "सुन ले, सारी दुनिया सुन ले, खुदा करे सारी दुनिया सुन ले...अगर तुम मुझे अपने कमरे के अन्दर आने के लिए कहोगे तो मैं ख़ुद मुहल्ले भर को जगाकर सब कुछ कह दूँगी।"

राजो उसे नज़र आ रही थी मगर सौदागर बच्चा, जिससे वह मुख़ातिब थी, उसकी नज़रों से ओझल था।

उसने एक लम्बी और गहरी साँस लेकर फिर खिड़की की बड़ी दर्ज़ (दरार) से राजो को देखा और उसके बदन पर झुरझुरी-सी तारी हो गयी—अगर राजो सारी की सारी नंगी होती तो शायद उसकी कलात्मक भावनाओं को ठेस न पहुँचती। राजो के जिस्म के जो हिस्से नंगे थे, उसके जिस्म के छिपे हिस्सों को स्पष्ट कर रहे थे।

राजो म्युनिसिपैलिटी की लालटेन के नीचे खड़ी थी और वह महसूस कर रहा था कि औरत के मुताल्लिक़ उसके जज़्बात अपने कपड़े उतार रहे हैं।

राजो की ग़ैर बेडौल बाँहें, जो काँधों तक नंगी थीं, नफ़रतअंगेज़ तौर पर लटक रही थीं : मर्दाना बनियान और गले में से उसकी नीम पुख़्त डबलरोटी—जैसी मोटी और नर्म छातियाँ कुछ इस अन्दाज़ से बाहर झाँक रही थीं गोया सब्ज़ी-तरक़ारी की टूटी हुई टोकरी में से गोश्त के टुकड़े दिखाई दे रहे हों; हद से ज़्यादा इस्तेमालशुदा घिसी हुई पतली बनियान का निचला घेरा ख़ुद-ब-ख़ुद ऊपर को उठ गया था और राजो की नाभि का गड्ढा उसके ख़मीरे आटे-जैसे फूले हुए पेट पर यूँ दिखाई दे रहा था जैसे किसी ने उँगली चुभो दी हो।

वह नज़ारा देखकर उसके दिमाग़ का ज़ायक़ा ख़राब हो गया—उसने चाहा कि खिड़की से हटकर अपने बिस्तर पर लेट जाये और सब कुछ भूल-भालकर सो जाये, लेकिन जाने क्यों वह दर्ज़ पर आँख जमाए खड़ा रहा।

राजो को उस हालत में देखकर उसके दिल में नफ़रत पैदा हो गयी थी और शायद वह उसी नफ़रत की वजह से राजो में दिलचस्पी ले रहा था।

सबसे छोटे सौदागर बच्चे ने, जिसकी उम्र तीस बरस के लगभग होगी, एक बार

फिर इल्तिजाइया लहज़े में राजो से कहा : "राजो, ख़ुदा के लिए अन्दर चली आओ...मैं तुमसे वादा करता हूँ कि फिर कभी तुम्हें नहीं सताऊँगा...लो अब मान जाओ...तुम्हारी बगल में वकीलों का मकान है; उनमें से किसी ने देख या सुन लिया तो बड़ी बदनामी होगी।"

राजो ख़ामोश रही, फिर थोड़ी देर के बाद बोली : "मुझे मेरे कपड़े ला दो...बस अब मैं तुम्हारे घर में नहीं रहूँगी...तंग आ गयी हूँ...मैं कल से वकीलों के यहाँ नौकरी कर लूँगी...अब अगर तुमने मुझसे कुछ और कहा तो ख़ुदा क़सम, शोर मचाना शुरू कर दूँगी...चुपचाप मेरे कपड़े ला दो।"

सौदागर बच्चे ने कहा : "लेकिन तुम रात कहाँ काटोगी?"

राजो ने जवाब दिया : "जहन्नुम में...तुम्हें इससे क्या...जाओ, अपनी बीवी की बग़ल गरम करो, मैं कहीं-न-कहीं सो जाऊँगी। राजो की आँखों में आँसू आ गये—वह सचमुच रो रही थी।

दर्ज़ पर से आँख़ हटाकर वह पास पड़ी हुई कुर्सी पर बैठ गया और सोचने लगा।

राजो की आँखों में आँसू देखकर उसे अजीब क़िस्म का सदमा हुआ था; उस सदमे के साथ वह नफ़रत भी लिपटी हुई थी जो राजो को उस हालत में देखकर उसके दिल में पैदा हुई थी—मगर निहायत नर्मदिल होने के बायस वह पिघल-सा गया। राजो की खिलाड़ी आँखों में, जो शीशे के मर्तबान में चमकदार मछलियों की तरह सदा चमकती रहती थीं, आँसू देखकर उसका जी चाहा कि उन्हें थपकाकर दिलासा दे।

राजो की जवानी के चार क़ीमती साल सौदागर भाइयों ने मामूली चटाई की तरह इस्तेमाल किए थे। इन बरसों में तीनों सौदागर भाइयों के नक़्शे-क़दम कुछ इस तरह हो गये थे कि उनमें से किसी को भी इस बात का ख़ौफ़ नहीं रहा था कि कोई उनके पैरों के निशान पहचान लेगा। और राजो के मुताल्लिक़ भी यही कहा जा सकता है कि न उसने अपने क़दमों के निशान देखे थे, न दूसरों के। राजो को तो बस चलते जाने की धुन थी, किसी भी तरफ़।

पर अब शायद राजो ने मुड़ के देखा था—मुड़ के राजो ने क्या देखा था जो उसकी आँखों में आँसू आ गये—वह नहीं जानता था।

बाहर सन् तीस की आख़िरी रात दम तोड़ रही थी और अन्दर कमरे में उसका दिल धड़क रहा था।

क्या राजो सौदागर भाइयों के मकान के अन्दर चली गयी है?

क्या वह सबसे छोटे सौदागर बच्चे का कहा मान गयी है?

मगर वह झगड़ी किस बात पर है?

ज़रूर उसके और सौदागर बच्चे के दरमियान, जिसका नाम महमूद है, किसी

बात पर झगड़ा हुआ है—तभी तो वह दिसम्बर की ख़ून जमा देनेवाली आख़िरी रात में सिर्फ़ एक बनियान और सलवार पहने घर से बाहर निकल आयी है और वापस अन्दर जाने का नाम तक नहीं ले रही है।

वह सोच रहा था और महसूस कर रहा था कि उसे राजो के काँपते हुए नथुने नज़र आ रहे हैं।

वह जानता था कि राजो को दुःखी देखकर उसके एक नामालूम जज़्बे को तस्कीन मिली है, लेकिन उसके दिल में रहम के जज़्बात भी पैदा हुए हैं।

किसी औरत से उसने कभी हमदर्दी का इज़हार नहीं किया था; शायद इसीलिए वह राजो को दुःखी देखना चाहता था कि वह उससे अपनी हमदर्दी का इज़हार कर सके।

उसे यक़ीन था कि अगर वह राजो के क़रीब होना चाहेगा तो वह जंगली घोड़ी की तरह बिदकेगी नहीं।

राजो 'ग़िलाफ़' चढ़ी औरत नहीं थी; वह जैसी भी थी, दूर से नज़र आ जाती थी; उसकी भद्दी और मोटी हँसी, जो अक्सर उसके मटमैले होंठों पर बच्चों के टूटे हुए घरौंदे की मानिंद नज़र आती थी, असली हँसी थी—और अब जबकि उसकी भँवरे-जैसी मुतहर्रिक आँखों ने आँसू उगल दिए थे तो उनमें कोई बनावटीपन नहीं रहा था।

राजो को वह, उसका नाम जाने बिना, एक मुद्दत से जानता था—उसकी आँखों के सामने राजो के चेहरे के तमाम ख़ुतूत तब्दील हुए थे और वह ग़ैर महसूस तरीक़े से लड़की से औरत बनने की तरफ़ बढ़ी थी। यही वजह है कि वह तीन सौदागर भाइयों को हुजूम नहीं समझती थी।

उसे यह हुजूम पसन्द नहीं था, इसलिए कि वह एक औरत के साथ सिर्फ़ एक मर्द मुनसलिक (जुड़े) देखने का क़ायल था—और यूँ उसे राजो के मामले में पसन्दीदगी और नापसन्दीदगी के दरमियान रुक जाना पड़ता था।

सन् इकतीस की पहली सुबह वह आयी।

वह लिहाफ़ ओढ़े लेटा हुआ था और जाग रहा था।

उसने कमरा साफ़ किए जाने की आवाज़ सुनी तो समझा कि जमादार जल्दी आ गया है—उसने लिहाफ़ के अन्दर ही से कहा : "जमादार, गर्द मत उड़ाना।"

एक निसवानी (ज़नाना) आवाज़ उसको सुनाई दी : "जी मैं...जी मैं तो..."

उसने लिहाफ़ उलट दिया—राजो सामने खड़ी थी।

वह बहुत मुतहैयिर (चकित) हुआ—चन्द लम्हात वह राजो को देखता रहा, फिर उसने कहा : "तुम यहाँ कैसे आ गयी हो?"

राजो ने झाड़ू अपने काँधे पर रखी और जवाब दिया : “मैं आज सुबह ही यहाँ आयी हूँ...सौदागरों की नौकरी मैंने छोड़ दी है।”

उसकी समझ में न आया कि क्या कहे। आख़िर उसने इतना कहा : “अच्छा किया...! अब क्या तुमने हमारे यहाँ नौकरी कर ली है?”

“जी हाँ!” राजो ने जवाब दिया।

यकायक उसने महसूस किया कि उसको राजो से सख़्त नफ़रत है और उसको बड़ी उलझन महसूस हुई—रात का तमाशा उसकी आँखों के सामने था : मुझे इससे नफ़रत है, इस क़दर नफ़रत कि मैं चाहता हूँ, यह मेरी नज़रों के सामने न आये...मैं नहीं चाहता कि मेरे घर में इसका किसी क़िस्म का दख़ल हो...

वह कुछ समझ न पा रहा था—हालाँकि बात सिर्फ़ इतनी थी कि उसकी वालिदा (माँ) बहुत रहमदिल थीं और उन्हें एक नौकरानी की ज़रूरत थी और उन्होंने राजो को नौकरी पर रख लिया था।

राजो आती—सुबह नाश्ता लेकर आती; फिर शेव का सामान लेकर आती; दोपहर का खाना पेश करती।

उसको राजो की सब बातें बहुत नागवार गुज़रतीं—वह नहीं चाहता था कि राजो उसके लिए वह सब करे।

एक दिन उसने तंग आकर राजो से कहा : “देखो राजो, मुझे तुम्हारी हमदर्दियाँ पसन्द नहीं...मैं अपना काम खुद कर सकता हूँ...तुम मेहरबानी करके तकलीफ़ न किया करो।”

राजो ने बड़ी मतानत (शालीनता) से कहा : “सरकार, मुझे कोई तकलीफ़ नहीं होती...मैं तो आपकी बाँदी हूँ।”

वह झेंप-सा गया : “ठीक है, ठीक है...तुम नौकरानी हो, बस इस बात का ख़याल रखो।”

राजो ने तिपाई का कपड़ा ठीक करते हुए कहा : “जी, मुझे हर चीज़ का ख़याल है...मुझे इस बात का भी ख़याल है कि आप मुझे अच्छी नज़रों से नहीं देखते।”

वह लुटपुट गया : “मैं...मैं तुम्हें अच्छी नज़रों से नहीं देखता, यह तुमने...यह तुमने कैसे जाना?”

राजो मुस्कुराई : “हुज़ूर, आप अमीर आदमी हैं...आपको हम ग़रीबों के दुःख-दर्द का कोई एहसास नहीं हो सकता।”

उसको राजो से और ज़्यादा नफ़रत हो गयी—वह समझने लगा कि यह लड़की, जो उसके घर में उसकी वालिदा की नर्म तबीयत की वजह से आ गयी है, बहुत वाहियात है।

और राजो थी कि बड़ी बाक़ायदगी से घर का काम करती कि नुक़्स निकालने का सवाल ही पैदा न होता।

जब उसकी शादी का सवाल उठा तो वह बहुत मुज़्तरिब (बेचैन) हुआ। वह इतनी जल्दी शादी नहीं करना चाहता था—उसने अपने वालिदैन से साफ़ लफ़्ज़ों में कह दिया : "मुझे यह झंझट अभी नहीं चाहिए।"

उसके वालिदैन (माता-पिता) ने बहुत ज़ोर दिया कि वह शादी कर ले, मगर वह न माना—लड़की पसन्द नहीं आयी थी।

एक दिन वह घर से ग़ायब हो गया—राजो भी।

दूसरे दिन मालूम हुआ कि वे मियाँ-बीवी बन चुके हैं।

ख़त और उसका जवाब

मंटो भाई,

तस्लीमात! मेरा नाम आपके लिए बिलकुल नया होगा। मैं कोई बहुत बड़ी अदीबा नहीं हूँ। बस कभी-कभार अफ़साना लिख लेती हूँ और पढ़कर फाड़ फेंकती हूँ। लेकिन अच्छे अदब को समझने की कोशिश ज़रूर करती हूँ और मैं समझती हूँ कि इस कोशिश में कामयाब हूँ। मैं और अच्छे अदीबों के साथ आपके अफ़साने भी बड़ी दिलचस्पी से पढ़ती हूँ। आपसे मुझे हर बार नये मौज़ूअ (विषय) की उम्मीद रही और आपने दर-हक़ीक़त हर बार नया मौज़ूअ पेश किया। लेकिन जो मौज़ूअ मेरे ज़ेहन में है वह कोई अफ़साना-निगार पेश न कर सका। यहाँ तक कि सआदत हसन 'मंटो' द्वारा भी नफ़सीयात (मनोविज्ञान) और जिंसीयत (सेक्स) का इमाम तस्लीम किया जाता है।

हो सकता है वह मौज़ूअ आप की कहानियों के मौज़ूआत की क़तार में हो और किसी वक़्त भी आप उसे अपनी कहानी के लिए चुन लें। लेकिन फिर सोचती हूँ कि हो सकता है, सआदत हसन 'मंटो' जैसा बेरहम अफ़साना-निगार भी उस मौज़ूअ से चश्मपोशी कर जाये। इसलिए कि उस मौज़ूअ को नंगा करने से सारी कौम नंगी होती है और शायद 'मंटो' क़ौम को नंगा देख नहीं सकता।

आपकी अदीमुल फ़ुर्सती (व्यस्तता) के पेश-ए-नज़र मैं इस ख़त को उलझाना नहीं चाहती और साफ़ अल्फ़ाज़ में कह देना चाहती हूँ कि वह मौज़ूअ है : "हमारे माहौल के मर्दों का कमउम्र लड़कों के साथ नाजायज़ ताल्लुक़।" मुख़्तसर अल्फ़ाज़ (शब्दों) में आप कोई भी सलाह ले सकते हैं।

मेरा अभिप्राय यही था...मैं बहुत अर्से से सोच रही थी कि इस बारे में आपको ख़त लिखूँ और आख़िर जुर्रत कर ली। सिवाय 'मंटो' के

और कोई इस मौज़ूअ को बेनक़ाब नहीं कर सकता। अगर मेरी क़लम में ज़ोर होता तो मैंने कभी की कहानी लिखी होती।

अस्सलाम!

आपकी बहिन (मैं यहाँ असल नाम नहीं दे रही) नुज़हत शीरीं बी.ए.।

जब मुझे यह ख़त मिला तो मैं सोचने लगा कि यह लड़की कौन है? मैं कहाँ का मनोवैज्ञानिक और यौन-विशेषज्ञ हूँ कि उसने मुझसे रुजू किया।

जब यह ख़त मिला तो इत्तिफ़ाक़ से मेरे एक दोस्त जो ज्योतिष और हस्तरेखा में शग़फ़ रखते हैं और इसके अलावा रमल और जफ़र (एस्ट्रोलॉजी) के भी तालिब इल्म हैं, मैंने उन्हें यह ख़त पढ़ने के लिए दिया और कहा : "वारिसी साहब! मैंने इसके बारे में जो राय क़ायम की है वह महफ़ूज़ है।"

मेरे एक और दोस्त जिनका नाम दोस्त मुहम्मद है। उनसे मैं अपनी राय बयान कर चुका था।

वारिसी साहब ने यह ख़त पढ़ा और अपने मख़सूस अन्दाज़ में मुस्कुरा के कहा : "यह औरत अगर वाक़ई औरत है और शादीशुदा है...जो कि होना चाहिए तो उसके ख़ाविन्द को इग़्लामबाज़ी (गुदामैथुन) का शौक है।"

मैंने दोस्त मुहम्मद से यही कहा था। अपनी बीवी से भी। मगर वे मानते नहीं थे...मेरी बहुत-सी बातें लोग नहीं मानते। मैं पैग़म्बर नहीं हूँ, कोई वली भी नहींलेकिन अपनी इस्तिताअत के मुताबिक़ लोगों को समझने की कोशिश ज़रूर करता हूँ।

मैंने भी वही नतीजा निकाला था जो मेरे दोस्त वारिसी साहब नेनिकाला...मैंने उनसे और दोस्त मुहम्मद से मशविरा किया कि मैं उस औरत के ख़त का क्या जवाब दूँ।

वारिसी साहब ने कहा : "मंटो साहब–आप हमसे पूछते हैं? ऐसे ख़तों का जवाब देना आप ही का काम है।"

मैंने उनसे कहा : "वारिसी साहब, मेरे लिए यह बहुत मुश्किल है। मैं कोई डॉक्टर, हकीम नहीं। मैं तो साफ़-साफ़ लफ़्ज़ों में जो कुछ मुझे कहना होगा, लिख दूँगा।"

उन्होंने कहा : "तो लिख दो।"

"औरत ज़ात है –कैसे लिखूँ?"

"जब वह लिखती है कि मर्दों का कमउम्र लड़कों के साथ ग़ैरफ़ित्री ताल्लुक़ होता है –तो आप क्यों उसके जवाब में ऐसे ही अल्फ़ाज़ में मुनासिब जवाब नहीं देते।"

मैंने उनसे कहा : "मुझे ऐसे मुनासिब अल्फ़ाज़ नहीं मिलते जिनमें उसका जवाब लिख सकूँ।"

और यह हक़ीक़त है कि मैं ख़ुद को आजिज़ समझ रहा था...लेकिन दोस्त

मुहम्मद ने कहा : "मंटो साहब आप तकल्लुफ़ से काम ले रहे हैं। क़लम पकड़िए और जवाबी ख़त लिख डालिए।"

मैंने क़लम पकड़ा और लिखना शुरू कर दिया—

"ख़ातून-ए-मोहतरम!

मैं आपको अपनी बहिन बनाने के लिए तैयार नहीं। इसलिए कि मुझ पर बहुत से फ़रायज़ आयद हो जायेंगे। आप मेरे लिए ख़ातून-ए-मोहतरम ही रहेंगी। इसलिए कि यह रिश्ता ज़्यादा उचित है।

मुझे औरतों से डर लगता है। हो सकता है कि आप किसी मर्द वेश में औरत बनी हों। लेकिन मैं आपकी बात पर एतबार करके आपको एक औरत मानता हूँ।

आपके ख़त से जो कुछ मैंने समझा है—वह मैं अर्ज़ किए देता हूँ। मैं यक़ीनन बहुत बेरहम अफ़साना-निगार (कहानीकार) हूँ—मेरे सामने लाखों मौज़ूआत (विषय) पड़े हैं और जब तक मैं ज़िन्दा हूँ पड़े रहेंगे। सड़क के हर पत्थर पर एक अफ़साना अंकित होता है। लेकिन मैं क्या करूँ। अगर किसी ख़ास जीते-जागते मौज़ूअ पर लिखूँ तो मुक़दमे का ख़ौफ़ होता है।

आपको शायद मालूम हो कि मुझ पर अब तक छः मुक़दमे चल चुके हैं—इसी सिलसिले में—मेरी समझ में नहीं आता कि मैं कुसूरवार कैसे क़रार दिया जाता हूँ। जबकि मैंने अपनी ज़िन्दगी में एक भी गाली किसी को नहीं दी। किसी की माँ-बहिन की तरफ़ बुरी नज़रों से नहीं देखा—ख़ैर यह मेरा और क़ानून का आपस का झगड़ा है। आपको इससे क्या वास्ता।

मैं यक़ीनन बेरहम अफ़साना-निगार हूँ। (जिन मायनों में आपने 'बेरहम' इस्तेमाल किया है) आपने जिस ख़दशे (आशंका) का इज़हार किया है कि मैं शायद आपके पेश-ए-नज़र मौज़ूअ को नज़रदाज़ कर जाऊँ तो यह ग़लत है।

मैं अल्लामा इक़बाल मरहूम के इस क़ौल का क़ायल हूँ कि—

अगर रूबाही हयात अन्दर ख़तर ज़ी

मैंने तो अपनी सारी ज़िन्दगी इस शे'र की तौलीद (जन्म) से पहले ख़तरों में गुज़ारी है और अब भी गुज़ार रहा हूँ।

जो मौज़ूअ आपके ज़ेहन में है, कोई नया नहीं है—उस पर इस्मत चुगताई अपने मशहूर अफ़साने *लिहाफ़* में लिख चुकी हैं कि एक

औरत के ख़ाविन्द को इग्लामबाज़ी की आदत थी। उसका रद्द-ए-अमल यह हुआ कि उस औरत ने दूसरी औरतों से हम-जिन्सी (समलैंगिकता) शुरू कर दी।

जहाँ मर्दों में हम जिंसीयत है, वहाँ औरतों में भी है।—मैं आपको एक ज़िन्दा मिसाल पेश करता हूँ—बेगम पारा (फ़िल्म एक्ट्रेस) को तो आप जानती होंगी। उसका ताल्लुक़ परोत्तमदास गुप्ता से है।

आप लिखती हैं : हमारे माहौल के मर्दों का कमउम्र लड़कों से ग़ैरफ़ित्री ताल्लुक—।

मैं आपसे अर्ज़ करूँ, जहाँ तक मैं समझता हूँ, कोई चीज़ ग़ैरफ़ित्री नहीं होती। इन्सान की फ़ितरत में बुरे-से-बुरा और अच्छे-से-अच्छा फ़े'ल (कृत्य) मौजूद है। इसलिए यह कहना नादुरुस्त है कि इन्सान का फ़लां फ़े'ल ग़ैरफ़ित्री है—इन्सान कभी फ़ितरत के ख़िलाफ़ जा ही नहीं सकता। जो उसकी फ़ितरत है, वह उसी के अन्दर रहकर तमाम अच्छाइयाँ और बुराइयाँ करता है।

मुझे मालूम नहीं, आप शादीशुदा हैं या कुँवारी—लेकिन मुझे ऐसा महसूस होता है कि आपको कोई तल्ख़ तजुर्बा हुआ है, जिसकी बिना पर आपने मुझे यह ख़त लिखा।

समलैंगिकता आज से नहीं, हज़ारों साल से क़ायम है। लेकिन आजकल उसका रुजूहान क़रीब-क़रीब ग़ायब होता जा रहा है। इसकी वजह यह है कि औरतें मैदान-ए-अमल में आ गयी हैं।

जब समलैंगिकता ज़ोरों पर थी तो उस वक़्त औरतें आसानी से दस्तयाब नहीं होती थीं। मर्द भटकते-भटकते बक़ौल आपके कमउम्र लड़कों से ग़ैरफ़ित्री ताल्लुक़ात क़ायम कर लेते थे—मगर अब यह रुजूहान बहुत हद तक कम हो गया है।

आप औरत हैं—इसलिए आपको मालूम नहीं कि यह कमउम्र लौंडे अब आपके रक़ीब (प्रतिपक्षी) नहीं रहे—मैं आपसे एक और बात कहूँ। जिस चीज़ की तलब हो, वही मंडी में आती है—पहले तलब छोकरों की थी, अब छोकरियों की है।

आप यक़ीनन जानती होंगी कि आजकल हव्वा की बेटियाँ ताँगे में सवार शिकार में मसरूफ़ होती हैं।

मैं आपको एक और बात बताऊँ—एक ज़माना था (आज से बीस-बाईस बरस पहले) जब लाहौर में एक सिक्ख लड़का टेनी सिंह होता था...बड़ा ख़ूबसूरत...उसके सामने किसी भी हसीन लड़की के नक़्श मंद पड़ जाते।

उसने लाहौर में एक क़यामत बरपा कर रखी थी—उसके आशिक़ ने उसको एक मोटर कार ले दी ताकि उसे गवर्नमेण्ट कॉलेज जाने और घर तक आने में कोई तकलीफ़ न हो।

मैं अब आपको कितने किस्से सुनाऊँ—अमृतसर में (जहाँ का मैं रहने वाला हूँ) मेरा एक हिन्दू दोस्त है—अच्छी शक्ल-ओ-सूरत का था। हम दोनों बैठक में बातें कर रहे थे जो अन्दर गली में थी। उसने एकाएक मुझसे चौंककर कहा : "यार बाहर बहुत शोर हो रहा है—चलो।"

मैं कानों से ज़रा बहरा हूँ...मुझे शोर-वोर कुछ सुनाई नहीं दे रहा था। बहरहाल मैं उसके साथ हो लिया...हम बाहर निकले तो बाज़ार की तमाम दुकानें बन्द थीं। ऐसा मालूम होता था कि कांग्रेस की किसी तहरीक (आंदोलन) के बायस हड़ताल हो गयी है।

चन्द गुण्डे हाथ में हॉकियाँ लिये फिर रहे थे...वे हमारे पास आये। एक गुण्डे को मैंने पहचान लिया...बड़ा ख़तरनाक था। उसने बड़ी नर्मी से मेरे हिन्दू दोस्त मनोहर से कहा : "बाऊ जी, आप अन्दर चले जायें...ऐसा न हो कि आपको कोई नुक़सान पहुँच जाये।"

मनोहर और मैं वापस घर चले आये। मैंने उससे पूछा कि "यह क़िस्सा क्या है" तो उसने मुझे बताया कि दो आदमी उससे इश्क़ करते हैं—बड़ा स्पष्टवादी था—एक पड़गू के मुहल्ले का था, दूसरा फ़रीद के चौक का—मनोहर पड़गू से राज़ी था। इसलिए उन दोनों में लड़ाई हुई और नौबत यहाँ तक पहुँची कि शाम तक ग्यारह आदमी ज़ख़्मी होकर अस्पताल में थे और मनोहर बिलकुल ठीक-ठाक था।

अब मुझे आपसे यह कहना है—बल्कि पूछना है कि आपने मर्दों का कमउम्र लड़कों से ग़ैरफ़ित्री ताल्लुक कैसे जाना?

जैसा कि मैंने और मेरे दोस्त वारिसी साहब ने सोचा है उसकी वजह सिर्फ़ यही हो सकती है कि आपका शौहर ऐसा शग़ल करता होगा—आप मुझे उसके बारे में ज़रूर लिखिएगा। मैं यह भी नहीं जानता कि आप शादीशुदा हैं—हो सकता है, कोई और बात हो।

देखिए मैं आपसे एक बात अर्ज़ करूँ—क़रीब-क़रीब हर लड़का अपनी जवानी के दिनों में ऐसी हरकतें करता है—हो सकता है आपने अपने लड़के के बारे में ही लिखा हो—उसे सचेत कर देना काफ़ी है—या उसकी शादी कर देनी चाहिए। क्योंकि हर आदत पककर तबीयत बन जाती है—और यह एक ख़ौफ़नाक चीज़ है।

जिन्स (सेक्स) का एहसास सिर्फ़ बालिग़ आदमियों ही में नहीं, छोटे-छोटे बच्चों में भी होता है—मैं उसके बारे में कुछ ज़्यादा नहीं कह सकता इसलिए कि उर्दू ज़ुबान इसकी इजाज़त नहीं देती।

आपने जो मुझे चैलेंज दिया है, कुबूल है—मैं अर्से से सोच रहा था कि जो मौज़ूअ आपने बताया है, उस पर कोई अफ़साना लिखूँ। अब यक़ीनन लिखूँगा। चाहे एक मुक़दमा और चल जाये।

आप मुझे अपने मुताल्लिक़ (बारे में) तफ़सील (विस्तार) से लिखिए, ताकि मैं कोई अन्दाज़ा कर सकूँ।

ख़ाकसार

सआदत हसन 'मंटो'।

मिसेज़ गुल

मैंने जब उस औरत को पहली मर्तबा देखा तो मुझे ऐसा महसूस हुआ कि मैंने नीबू निचोड़नेवाला खटका देखा है। बहुत दुबली-पतली, लेकिन बला की तेज़। उसका सारा जिस्म, सिवाय आँखों के, इंतिहाई ग़ैर निस्वानी (स्त्रियोचित खूबियों से रहित) था।

उसकी आँखें बड़ी-बड़ी और सुरमई थीं, जिनमें शरारत, दग़ाबाज़ी, और फ़रेबकारी कूट-कूट के भरी हुई थी—मेरी और उसकी मुलाकात ऊँची सोसाइटी की एक ख़ातून (महिला) के घर में हुई, जो पचपन बरस की उम्र में एक जवाँ मर्द से शादी के मरहले (चरण) तय कर रही थीं।

इस ख़ातून से, जिसको मैं अपनी और आपकी सहूलियत की ख़ातिर मिसेज़ गुल कहूँगा, मेरे बड़े बेतकल्लुफ़ मरासिम (सम्बन्ध) थे। मुझे उनकी सारी ख़ामियों का इल्म था और उन्हें मेरी चन्द ख़ामियों का। बहरहाल हम दोनों एक-दूसरे से मिलते और घंटों बातें करते रहते। मुझमें उन्हें सिर्फ़ इतनी दिलचस्पी थी कि उन्हें अफ़साने पढ़ने का शौक़ था, और मेरे लिखे हुए अफ़साने उनको ख़ास तौर पर पसन्द आते थे।

मैंने जब उस औरत को, जो सिर्फ़ अपनी आँखों की वजह से औरत कहलाए जाने की हक़दार थी, मिसेज़ गुल के फ़्लैट में देखा तो मुझे यह डर महसूस हुआ कि वह मेरी ज़िन्दगी का सारा रस एक-दो बातों ही में निचोड़ लेगी। लेकिन थोड़े अर्से के बाद यह ख़ौफ़ दूर हो गया और मैंने उससे बातें शुरू कर दीं।

मिसेज़ गुल के मुताल्लिक़ मेरे जो ख़यालात पहले थे, सो अब भी हैं। मुझे मालूम था कि वह तीन शादियाँ करने के बाद चौथी शादी ज़रूर करेंगी। उसके बाद शायद पाँचवीं भी करें, अगर उम्र ने उनसे वफ़ा की। मगर मुझे उस औरत का, जिसका मैं ऊपर ज़िक्र कर चुका हूँ, उनसे कोई रिश्ता समझ में न आ सका।

मैं अब उस औरत का नाम भी आपको बता दूँ...मिसेज़ गुल ने उसे 'रज़िया' कह के पुकारा था—उसका लिबास आम नौकरानियों का-सा नहीं था, लेकिन मुझे बाद में मालूम हुआ कि मिसेज़ गुल के मुज़ारों की कोई बहू-बेटी है, जो उनकी ख़िदमत के

लिए कभी-कभार आ जाया करती है—यह ख़िदमत क्या थी, इसके मुताल्लिक़ मुझे पहले कोई इल्म नहीं था।

रज़िया की आमद से पहले मिसेज़ गुल के यहाँ बारह-तेरह बरस की एक लड़की जमीला रहती थी। उन दिनों उन्होंने एक प्रोफ़ेसर साहब से शादी कर रखी थी। यह प्रोफ़ेसर साहब जवान थे। कम-अज़-कम मिसेज़ गुल से उम्र में पच्चीस बरस छोटे। वे जमीला को 'बिटिया' कहते थे और उससे बड़ा प्यार करते थे।

यह लड़की बड़ी प्यारी थी। रज़िया की तरह दुबली-पतली, मगर उसके जिस्म का कोई हिस्सा ग़ैर निस्वानी नहीं था। उसको देखकर यह मालूम होता कि यह बहुत जल्द, मालूम नहीं इतनी जल्दी क्यों, जवान औरत में तब्दील होने की तैयारियाँ कर रही है।

प्रोफ़ेसर साहब उसको अक्सर अपने पास बुलाते, और हर दूसरे-तीसरे काम पर इनाम के तौर पर उसकी पेशानी चूमते और उसको शाबाशियाँ देते। मिसेज़ गुल बहुत खुश होतीं, इसलिए कि यह लड़की उनकी पाली हुई थी।

मैं बीमार हो गया। दो महीने मरी (एक पहाड़ी पर्यटन स्थल) में गुज़ारकर जब वापस आया तो मालूम हुआ कि जमीला ग़ायब है। शायद वह मिसेज़ गुल की ज़मीनों पर वापस चली गयी थी—लेकिन दो बरस के बाद मैंने उसे एक होटल में देखा, जहाँ वह चन्द ऐशपरस्तों के साथ शराब पी रही थी।

उस वक़्त उसको देखकर मैंने महसूस किया कि उसने अपनी बलूग़त, नीम बलूग़त (अर्धवयस्कता) कहना ज़्यादा मुनासिब होगा, का ज़माना बड़ी अफ़रा-तफ़री में तय किया है, जैसे किसी मुहाजिर (शरणार्थी) का फ़सादात के दौरान में हिन्दुस्तान से पाकिस्तान का सफ़र।

मैंने उससे कोई बात न की, इसलिए कि जिनके साथ वह बैठी थी, वे मेरी जान-पहचान के नहीं थे। न मैंने इसका ज़िक्र मिसेज़ गुल से किया, क्योंकि वह जमीला की इस हैरतनाक मुसीबत पर कोई रोशनी न डालतीं।

बात रज़िया की हो रही थी, लेकिन जमीला का ज़िक्र यों ही आ गया, शायद इसलिए कि इसके बग़ैर मिसेज़ गुल के किरदार की पृष्ठभूमि पूरी न होती।

रज़िया से जब मैंने बातें शुरू कीं तो उसका लबो-लहज़ा उसकी आँखों के मानिंद तेज़, फरेबकार और बेसबब रंज आश्ना दुश्मन था—मुझे बिलकुल कोफ़्त न हुई, इसलिए कि हर नयी चीज़ मेरे लिए दिलचस्पी का बायस होती है।

आमतौर पर मैं किसी औरत से भी, चाहे वह कमतरीन हो, बेतकल्लुफ़ नहीं होता, लेकिन रज़िया की आँखों ने मुझे मजबूर कर दिया कि मैं भी उससे चन्द शरारत भरी बातें कहूँ।

खुदा मालूम मैंने उससे क्या बात कही कि उसने मुझसे पूछा : "आप कौन हैं?"

मैंने, जो कि शरारत पर तुला बैठा था, मिसेज़ गुल की मौजूदगी में कहा : "आपका होनेवाला शौहर।"

वह एक लम्हे के लिए भन्ना गयी, मगर फ़ौरन सँभलकर मुझसे मुख़ातिब हुई : "मेरा कोई शौहर अब तक ज़िन्दा नहीं रहा।"

मैंने कहा : "कोई हर्ज नहीं...ख़ाकसार काफ़ी अर्से तक ज़िन्दा रहने का वादा करता है, बशर्ते कि आपको कोई उज़्र न हो।"

मिसेज़ गुल ने ये चोटें पसन्द कीं और एक झुर्रियोंवाला क़हक़हा बुलन्द किया : "सआदत, तुम कैसी बातें करते हो।"

मैंने जवाबन मिसेज़ गुल से कहा : "मुझे आपकी यह ख़ादिमा भा गयी है...मैं चाहता हूँ कि इसका क़ीमा बना के कोफ़्ते बनाऊँ, जिनमें काली मिर्च, धनिया और पुदीना ख़ूब रचा हो..."

मेरी बात काट दी गयी। रज़िया उचककर बोली : "जनाब, मैं ख़ुद बड़ी ततैया मिर्च हूँ...ये कोफ़्ते आपको हज़म नहीं होंगे। फ़साद मचा देंगे आपके मेदे के अन्दर।"

मिसेज़ गुल ने एक और झुर्रियोंवाला क़हक़हा बुलन्द किया : "सआदत, तुम बड़े शरीर (शरारती) हो, लेकिन यह रज़िया भी किसी तरह तुमसे कम नहीं।"

मुझे चूँकि रज़िया की बात का जवाब देना था, इसलिए मैंने मिसेज़ गुल के उस जुमले की तरफ़ कोई तवज्जोह न दी और कहा : "रज़िया, मेरा मेदा तुम-जैसी मिर्चों का बहुत देर का आदी है।"

यह सुनकर रज़िया ख़ामोश हो गयी। मालूम नहीं, क्यों...उसने मुझे अपनी धोई हुई, मगर सुरमई आँखों से कुछ ऐसे देखा कि एक लम्हे के लिए मुझे यूँ महसूस हुआ कि मेरी सारी ज़िन्दगी धोबनों के यहाँ चली गयी है।

मालूम नहीं क्यों, लेकिन उसको पहली मर्तबा देखते ही मेरे दिल में ख़्वाहिश पैदा हुई थी कि मैं उसे, जो एक छोटा-सा कंकड़ थी, सड़कें कूटनेवाला इंजन बनकर ऐसा दबाऊँ कि वह चकनाचूर हो जाये, बल्कि उसका सफ़ूफ़ (चूर्ण) बन जाये—या मैं उसके सारे वजूद को इस तरह तोड़ूँ-मरोड़ूँ और फिर इस भौंडे तरीक़े पर जोड़ूँ कि वह किसी क़दर निस्वानियत (औरतपन) इख़्तियार कर ले। मगर यह ख़्वाहिश सिर्फ़ उस वक़्त पैदा होती, जब मैं उसे देखता। इसके बाद यह ग़ायब हो जाती।

इन्सान की ख़्वाहिशें बिलकुल बुलबुलों की तरह होती हैं, जो मालूम नहीं क्यों पैदा होते हैं और क्यों फटकर हवा में तहलील (विलीन) हो जाते हैं।

मुझे रज़िया पर तरस भी आता था, इसलिए कि उसकी आँखों में ज्वाला दहकती रहती थी, और इसके मुक़ाबले में उसका जिस्म आतिश-फ़िशाँ (ज्वालामुखी) पहाड़ नहीं था—वह हड्डियों का ढाँचा थी, और उन हड्डियों को चबाने के लिए कुत्तों के दाँतों की ज़रूरत थी।

एक दिन उससे मेरी मुलाक़ात मिसेज़ गुल के फ़्लैट के बाहर हुई, जबकि मैं अन्दर ज़ा रहा था—वह हमारे मुहल्ले की जवान भंगन के साथ खड़ी बातें कर रही थी।

मैं जब वहाँ से गुज़रने लगा तो शरारत के तौर पर मैंने उसकी शरीर आँखों में अपनी आँखें—मालूम नहीं, मेरी आँखें किस क़िस्म की हैं—डालकर बड़े आशिक़ाना अन्दाज़ में पूछा : "कहो बादशाओ, क्या हो रहा है?"

भंगन की गोद में उसका पहलोठी का लड़का था। उसकी तरफ़ देखकर रज़िया ने मुझसे कहा : "कोई चीज़ खाने के लिए माँगता है।"

मैंने उससे कहा : "चन्द बोटियाँ तुम्हारे जिस्म पर अभी तक मौजूद हैं...दे दो इसे।"

मैंने पहली बार उसके धोए दीदों में दुख की अजीबोग़रीब किस्म की झलक देखी, जिसे मैं समझ न सका।

मिसेज़ गुल के यहाँ उन दिनों, जैसा कि मैं बयान कर चुका हूँ, एक नये नौजवान का आना-जाना था, इसलिए कि वह प्रोफ़ेसर साहब से तलाक़ ले चुकी थीं और नयी शादी के मरहले (चरण) तय कर रही थीं—ये साहब रेलवे में मुलाज़िम थे और इनका नाम शफ़ीक़ुल्लाह था। मिसेज़ गुल के बयान के मुताबिक़ आपको दमे की शिकायत थी, इसलिए वह हर वक़्त उनके इलाज-तीमारदारी में मसरूफ़ रहतीं। कभी उनको टिकिया देतीं, कभी इंजेक्शन लगवाने के लिए डॉक्टर के पास ले जातीं, और कभी उनके गले में दवाई लगाई जाती।

जहाँ तक मैं समझता हूँ, वे इस बीमारी में गिरफ़्तार नहीं थे। हो सकता है कि उनको कभी नज़ला-ज़ुकाम हुआ हो, या शायद खाँसी भी आयी हो, लेकिन यह मिसेज़ गुल का कमाल था कि वे ग़रीब यक़ीन कर बैठे थे कि उनको दमे की बीमारी है।

एक दिन मैंने उनसे कहा : "हज़रत, आपको यह मर्ज़ तो बहुत अच्छा लगा...इसलिए कि इस बात की ज़मानत है कि आप कभी मर नहीं सकते।"

यह सुनकर वे हैरान हो गये : "आप कैसे कहते हैं कि यह मर्ज़ अच्छा है?"

मैंने जवाब दिया : "डॉक्टरों का यह कहना है कि दमे का मरीज़ मरने का नाम ही नहीं लेता...मैं नहीं बता सकता, क्यों...आप डॉक्टरों से मशविरा कर सकते हैं।"

रज़िया मौजूद थी। उसने शरीर कनखियों से मुझे बहुत घूर के देखा। फिर उसकी निगाहें अपनी मालिका मिसेज़ गुल की तरफ़ मुड़ीं और उससे कुछ भी न कह सकीं।

शफ़ीक़ुल्लाह निरे-खरे चुग़द (उल्लू) बने बैठे थे। उन्होंने एक मर्तबा ज़ख़्मी आँखों से रज़िया की तरफ़ देखा और वह कुड़क मुर्गी की तरह एक तरफ़ दुबक के बैठ गयी। मैंने महसूस किया कि वह पहले से कहीं ज़्यादा दुबली हो गयी है, लेकिन उसकी आँखें बड़ी मुतहर्रिक थीं। उनमें सुरमे की क़ुदरती तहरीर ज़्यादा गहरी हो गयी थी।

शफ़ीक़ुल्लाह भी दिन-ब-दिन ज़र्द होते गये। उनको दमे के इलाज के लिए दवाएँ बराबर मिल रही थीं। एक दिन मैंने मिसेज़ गुल के हाथ से कैप्सूल की बोतल ली और चुपके से एक कैप्सूल निकालकर अपने पास रख लिया। शाम को अपने जाननेवाले एक डॉक्टर को दिखाया तो उसने एक घंटे के बाद, जाँच-परख करने के बाद बतलाया कि वह दवा दमे-वमे के लिए नहीं है, बल्कि कोई नश्शःआवर दवा है, यानी मारफ़ीन (अफ़ीम का सत) है।

मैंने दूसरे रोज़ शफ़ीक़ुल्लाह से, उस वक़्त जबकि वह मिसेज़ गुल से वही कैप्सूल लेकर पानी के साथ निगल रहे थे, कहा : "यह आप क्या खाते हैं?"

उन्होंने जवाब दिया : "दमे की दवा है।"

"यह तो मारफ़ीन है।"

मिसेज़ गुल के हाथ से पानी का गिलास, जो उन्होंने शफ़ीक़ुल्लाह के हाथ से वापस ले लिया था, गिरते-गिरते बचा। झुर्रियों भरे चेहरे से गुस्से में उन्होंने मेरी तरफ़ देखकर कहा : "क्या कह रहे हो सआदत?"

मैं उनसे मुख़ातिब न हुआ और शफ़ीक़ुल्लाह से अपना सिलसिला-ए-कलाम जारी रखते हुए मैंने कहा : "जनाब यह मारफ़ीन है...आपको अगर इसकी आदत हो गयी तो मुसीबत पड़ जायेगी।"

शफ़ीक़ुल्लाह ने बड़ी हैरत से पूछा : "मैं आपका मतलब नहीं समझा?"

मिसेज़ गुल के तेवरों से मुझे मालूम हुआ कि वे नाराज़ हो गयी हैं और मेरी यह गुफ़्तगू उन्हें पसन्द नहीं। रज़िया ख़ामोश एक कोने में मिसेज़ गुल के लिए हुक़्क़ा तैयार कर रही थी, लेकिन उसके कान हमारी गुफ़्तगू के साथ चिपके हुए थे, ऐसे कान जो बड़ी नाखुशगवार मौसीक़ी (संगीत) को सुनने के लिए मजबूर हों।

मिसेज़ गुल ने इस दौरान बड़ी तेज़ी से चार इलायचियाँ दाँतों के नीचे एक के बाद दूसरी दबाईं और उन्हें बड़ी बेरहमी से चबाते हुए मुझसे कहा : "सआदत, तुम कभी-कभी बड़ी बेहूदा बातें किया करते हो...ये कैप्सूल मारफ़ीन के कैसे हो सकते हैं?"

मैं ख़ामोश रहा। बाद में मुझे मालूम हुआ कि मारफ़ीन का इंजेक्शन दिया जाता है। मेरे डॉक्टर दोस्त की जाँच-परख ग़लत थी। वह कोई और दवा थी, लेकिन थी नश्शःआवर।

मैं फिर बीमार हुआ और रावलपिंडी के अस्पताल में दाख़िल हो गया। जब सेहत में कुछ सुधार हुआ तो मैंने इधर-उधर घूमना शुरू कर दिया। एक दिन मुझे मालूम हुआ कि एक आदमी शफ़ीक़ुल्लाह की हालत बहुत नाज़ुक है। मैं उसके वार्ड में पहुँचा मगर वे, वे शफ़ीक़ुल्लाह नहीं थे, जिन्हें मैं जानता था। उसने धतूरा खाया हुआ था।

चन्द रोज़ के बाद इत्तफ़ाक़न मुझे एक और वार्ड में जाना पड़ा, जहाँ मेरा एक दोस्त यरक़ान (पीलिया) में जकड़ा था। मैं जब उस वार्ड में दाख़िल हुआ तो मैंने देखा कि एक बिस्तर के इर्द-गिर्द कई डॉक्टर जमा हैं। क़रीब गया तो मुझे मालूम हुआ कि मर रहा मरीज़ शफ़ीक़ुल्लाह है।

उन्होंने मुझे अपनी बुझती हुई आँखों से देखा और बड़ी कमज़ोर आवाज़ में कहा : "सआदत साहब, ज़रा मेरे पास आइए...मैं आपसे कुछ कहना चाहता हूँ।"

मैंने अपने क़रीब-क़रीब बहरे कान उनकी आवाज़ सुनने के लिए तैयार कर दिए। वे कह रहे थे : "मैं...मैं मर रहा हूँ...आपसे एक बात कहना चाहता हूँ...हर...हर एक को ख़बरदार कर दीजिए कि वह मिसेज़ गुल से बचा रहे...बड़ी ख़तरनाक औरत है..."

इसके बाद वह चन्द लम्हात के लिए ख़ामोश हो गये। डॉक्टर नहीं चाहते थे कि वे कोई बात करें, लेकिन वे बोलते रहे। चुनांचे उन्होंने बड़ी मुश्किल से ये अल्फाज़ अदा किए : "रज़िया मर गयी है...बेचारी रज़िया...उस गरीब के सुपुर्द यही काम था कि वह आहिस्ता-आहिस्ता मरे...मिसेज़...मिसेज़ गुल उससे वही काम लेती थी, जो आदमी कोयलों से लेता है, मगर वह उनकी आग से दूसरों को गर्मी पहुँचाती थी, ताकि..."

वह अपना जुमला मुकम्मल न कर सके।

मौजदीन

रात की तारीकी में सेन्ट्रल जेल के दो वार्डन बन्दूक लिये चार क़ैदियों को दरिया की तरफ़ लिये जा रहे थे, जिनके हाथ में कुदालें और बेलचे थे। पुल पर पहुँचकर उन्होंने साथ के सिपाही से डिबिया लेकर लालटेन जलाई और तेज़-तेज़ कदम बढ़ाते दरिया के किनारे जा रहे थे।

किनारे पर पहुँचकर उन्होंने बारहदरी की बगल में कुदालें और बेलचे फेंके और लालटेन की मद्धिम रोशनी में इस तरह तलाश शुरू की जैसे वे किसी दबे ख़ज़ाने की खोज में आये हैं। एक क़ैदी ने लालटेन थामे वार्डन को दारोग़ा जी के नाम से मुख़ातिब करते हुए कहा : "दारोग़ा जी! यह जगह मुझे पसन्द है। अगर हुक्म हो तो ख़ुदाई शुरू कर दें।"

"देखना ज़मीन नीचे से पथरीली न हो वरना सारी रात खुदाई में गुज़र जायेगी। कमबख़्त को मरना रात ही को था," वार्डन ने आदेशपरक और बेज़ारी के लहज़े में कहा।

क़ैदियों ने कुदालें और बेलचे उठाए और खोदना शुरू किया। वार्डन बेज़ारी के मूड में बैठे सिगरेट पी रहे थे। क़ैदी ज़मीन खोदने में दिल-ओ-जान से लगे थे। धीरे-धीरे ज़मीन पर खुदी हुई मिट्टी का ढेर लग गया और वार्डन ने क़रीब आकर क़ब्र का मुआयना किया। ज़मीन चूँकि पथरीली नहीं थी, इसलिए वह बड़े इत्मीनान के साथ क़रीब ही एक पत्थर पर बैठा सिगरेट पीने लगा, जिसे सुलगाने के लिए उसने लालटेन मँगाई।

खुदाई क़रीब-क़रीब ख़त्म हो चुकी थी। वार्डन दो क़ैदियों को लिये जेल की तरफ़ चला गया और बीस मिनट के बाद कम्बल में लिपटी हुई क़ैदी की लाश लेकर वापस आया।

दूसरा वार्डन जब तक सिलें जमा करा के लाया था।

एक क़ैदी जो क़त्ल के जुर्म की पादाश में सज़ा काट रहा था। वह कुदालें और बेलचे उठाए क़ब्र के सिरहाने चन्द क़दम हटकर खड़ा हो गया।

वार्डन ने बहुत ही बरहम लहज़े में उसकी तरफ़ देखकर कहा :

"ओ उल्लू के पट्ठे अपने अब्बा को क़ब्र में उतारने में उनकी मदद कर।"

क़ैदी ने दबे लहज़े में कहा : "दारोग़ा जी! लालटेन पकड़ता हूँ..मैं नहीं चाहता कि उस मासूम और बेगुनाह को एक क़ातिल के हाथ छू जायें।"

वार्डन यह सुनकर गरजा : "बेगुनाह के बच्चे...जासूस को मासूम कहता है।"

क़ातिल ने कहा : "दारोग़ा जी। मैं क़ातिल हूँ..यही एहसास मुझे उस क़ैदी की लाश छूने से रोकता है।"

'जासूस' दफ़नाया जा चुका था...क़ैदी और वार्डन जा चुके थे। सुबह आठ बजे पुलिस की मौजूदगी में डिप्टी कमिश्नर क़ब्र पर आया। जेल के अफ़सरों के बयानात लिये गये और डिप्टी कमिश्नर साहब अदालत तशरीफ़ ले गये।

पेशी की पहली मस्ल जो उठाई गयी, उस पर 'सरकार बनाम मौजदीन' लिखा था।

अर्दली ने अदालत के कमरे से बाहर निकलकर बुलन्द आवाज़ में तीन मर्तबा पुकारा, बल्कि यूँ कहिए कि ललकारा : "सरकार बनाम मौजदीन...मौज दी...मौजदीन है?"...लेकिन यह आवाज़ बदक़िस्मती से उस 'जासूस' क़ैदी की क़ब्र तक न पहुँच सकी...या अगर पहुँची भी हो तो वह तामील के लिए न आया। शायद यह समझकर कि वह अब डिप्टी कमिश्नर के क़ानून की पहुँच से बहुत दूर जा चुका है। उस जगह जहाँ कोई और क़ानून चलता है। जहाँ डिप्टी कमिश्नर के समन की भी तामील नहीं हो सकती।

मुलज़िम (आरोपी) चूँकि ग़ैरहाज़िर था, इसलिए डिप्टी कमिश्नर साहब बहादुर ने ग़ैरहाज़िर-मुलज़िम कार्यवाही यकतरफ़ के लिए मस्ल उठाई और रीडर से जुर्म की नौअय्यत दरियाफ़्त की।

"जासूसी," मुन्शी ने नम्बरा की कार्यवाही लिखते हुए कहा...

"मुलज़िम रात को सेन्ट्रल जेल में फ़ौत हो चुका है। मस्ल दाख़िल-ए-दफ़्तर कर दी जाये," डिप्टी कमिश्नर ने हुक्म दिया।

'जासूस' की सेन्ट्रल जेल में मौत की ख़बर शहर भर में इसलिए मशहूर हो गयी कि ज़िले के डिप्टी कमिश्नर और पुलिस के अफ़सरों ने उसकी नमाज़-ए-जनाज़ा पढ़ी। आज़ाद कश्मीर हुकूमत के नेक सीरत अफ़सरों की हर तरफ़ से दाद-ओ-तहसीन दी जा रही थी। मुझे जब इस घटना का इल्म हुआ तो मुझे एक महीना पहले की एक शाम याद आयी जबकि मैं राजधानी के एक होटल में बैठा डाकगाड़ी का इन्तज़ार कर रहा था। जिसके ज़रिये से मेरे मरम्मतशुदा जूते रावलपिंडी से आने वाले थे। गाड़ी आने में देर हुई। मैं क़रीब-क़रीब उठने ही वाला था कि एक गहरे साँवले रंग के आदमी ने जिसकी उम्र तीस बरस के लगभग थी, मुझे अपनी तरफ़ आकर्षित किया।

"आप बूत टेम से बैठा किसी का इन्तज़ार करता है?" उसने मुस्कुराते हुए पूछा।

"भई अजीब मुसीबत है। जूता फट जाये मुज़फ़्फ़राबाद में, तो मरम्मत के लिए रावलपिंडी भेजना पड़ता है या अगर कोई ड्राइवर मेहरबान हो तो उसी के हाथ भेज देते हैं। आज मैं अपने मरम्मतशुदा जूतों के इन्तज़ार में तीन घंटे से बैठा हूँ और कमबख़्त डाकगाड़ी भी आज ही लेट हुई है। ख़ैर कल सही।"

मैं यह कहकर उठने लगा तो उसने मुझे चन्द मिनट और इन्तज़ार करने के लिए कहा। मैं उस अजनबी सूरत को देखता रहा जिसकी आँखों में बेचैनी थी और जिसके होंठ कुछ कहने के लिए बेताब थे।

वह बीड़ी पर बीड़ी पिए जा रहा था और मेरे सामनेवाली कुर्सी पर बैठा बार-बार बाहर खुले में देखता था। मैं डाकगाड़ी के इन्तज़ार में हर एक हॉर्न पर कान धरता, वक़्त गुज़ारने के लिए मैंने उससे पूछा : "आप यहाँ क्या कर रहे हैं?"

"हम बैठा है," उसने इन्तहाई सादगी से जवाब दिया।

"नहीं, मेरा मतलब है यहाँ आपका क्या कारोबार है।"

"कारोबार कुछ नहीं करता कश्मीर देखने का शौक़ था, चला आया।"

"आप कहाँ से आये हैं?"

"लाहौर से। लेकिन मैं पूर्वी पाकिस्तान का हूँ, लाहौर में दीनयात की तालीम लेता हूँ।"

मुझे गुफ़्तगू के दौरान उसने बताया कि वह जिस संस्था में पढ़ता है, धर्मार्थ संस्था है, जहाँ के अधिकारी रसीद बुक छापकर छात्रों को चन्दे की उगाही के लिए दूसरे शहरों में भेज देते हैं। वह चूँकि कम उम्र बच्चा न था। इसलिए उसको बड़ी मुश्किलों के बाद 'सफ़ीर' (प्रतिनिधि) बनकर आज़ाद कश्मीर में चन्दा जमा करने की इजाज़त मिल गयी। उसकी बातों में सादगी थी। महज़ कश्मीर देखने के शौक़ में उसने 'महारत' हासिल की थी। उसने यह भी बता दिया कि यतीमख़ानों के नाम पर 'भिखमंगों' का नाम संस्थाओं ने सफ़ीर रखा है। जमाशुदा चन्दा उनकी जेबों में जाता है। और 'सफ़ीर' का गुज़ारा चढ़ावे की देगों या मुहल्लेवालों की ख़ैरात पर होता है। दीनयात की तालीम मस्जिद में दी जाती है।

मुझे उसकी बातें सुनकर बहुत दुःख हुआ। वाक़ई वह हमदर्दी के क़ाबिल था। उसने मुझे बताया कि वह उस शहर में नया है और किसी मस्जिद का पता भी नहीं जानता, जहाँ वह रात बसर कर सके। मैंने मस्जिद का पता दिया और उसके लिए रोटी मँगवाई। वह चूँकि भूखा था, उसने निस्संकोच बजाय रोटी के सादा चावल के लिए बैरे से कहा।

"हम लाहौर की मस्जिद में भी लोगों का दिया खाता है। इसलिए इधर भी

हमने इनकार नहीं किया," उसने इन्तहाई सादगी से कहा।

वह खाना खा चुका था। मुझसे इजाज़त लेकर उसने जेब से लिखने के लिए पेन्सिल और काग़ज़ निकाला और अपने घरवालों को बाँग्ला ज़ुबान में ख़त लिखने लगा। मैं जब तक फ़रमायशी गाने सुनता रहा। ख़त लिखने के बाद उसने मुझसे माफ़ी माँगी और कहा, "मैंने घरवालों को लिखा कि मैं आज़ाद कश्मीर आया हूँ और अब यहीं रहूँगा। अगर पाकिस्तान ने हिन्दोस्तान के खिलाफ़ जिहाद शुरू किया तो मैं भी उसमें हिस्सा लूँगा और कश्मीर को आज़ाद कराऊँगा।"

मैंने जवाब में हिन्दी मक़बूज़ा कश्मीर की ख़ूबसूरती का ज़िक्र किया। कश्मीरी मुसलमानों पर भारतीय ज़ुल्म व दमन बयान किया, जिससे वह और ज़्यादा प्रभावित हुआ।

"फिर हम लाहौर वापस नहीं जायेगा। कल उनको भी ख़त लिखेगा। जिहाद शुरू होने तक इधर ही पान-बीड़ी की छाबड़ी लगाएगा," उसने फ़ैसलाकुन लहज़े में कहा।

इतनी देर में डाकगाड़ी आयी और मैं वहाँ से उठकर लॉरियों के अड्डे की तरफ़ गया और वह मेरे बताए हुए रास्ते से मस्जिद की तरफ़ गया। अपने जूते ड्राइवर से लेकर जब मैं घर की तरफ़ जा रहा था तो रास्ते में सी.आई.डी. के हेड कांस्टेबल ने मुझे आवाज़ दी जो मेरा परिचित था। मैंने रस्मी तौर पर उसकी ख़ैरियत पूछी। वह संदेह भरी नज़रों से मुझे देख रहा था।

रस्मी बातों के बाद उसने मुझे उस 'काले आदमी' के बारे में पूछा कि वह कौन है जो आपके साथ होटल में बैठा था।

मैंने मुख़्तसरन कहा : "भई बंगाली है, आज़ाद कश्मीर देखने का शौक़ था, चला आया। नाम मौजदीन है और आज रात जामा मस्जिद में गुज़ारने के लिए गया है।"

"लेकिन वह तो होटल में बैठा कुछ अजीब-ओ-ग़रीब ज़ुबान में ख़त लिख रहा था। मुझे उस पर कुछ शुबह भी हुआ," हेड कांस्टेबल ने राज़दाराना लहज़े में कहा।

"वह विचित्र भाषा नहीं। उसकी मातृभाषा बाँग्ला है। हाँ, तुम्हारे लिए अजनबी है।"

इतने में मेरा मकान क़रीब आया और मैं ख़ुदा हाफ़िज़ कहकर घर चला गया। मुझे यह मालूम न था कि सी.आई.डी. वालों को दिन की कारगुज़ारी की रिपोर्ट दूसरे रोज़ सुबह-सवेरे दफ़्तर में देनी पड़ती है और अगर रिपोर्ट न दी गयी तो जवाब तलबी होती है।

हेड कांस्टेबल साहब भी दिन की कारगुज़ारी में कुछ-न-कुछ दिखाना चाहते थे। इसलिए उन्होंने घर जाकर हुकूमत के 'मुख्यालय' में एक गैर मुल्की 'जासूस' आदमी

की रिपोर्ट इस तरह दी कि दूसरे रोज़ मौजदीन पान फ़रोशी के लिए चूना-कत्था ख़रीदता हुआ गिरफ़्तार किया गया। पान, चूना, कत्था वग़ैराह भी उसकी जासूसी की एक कड़ी बन गये और सी.आई.डी. वालों ने मज़ीद रिपोर्ट दे दी कि 'जासूस' चूँकि पान खाने का आदी है, इसलिए यह स्टॉक ख़रीदकर हमारी फ़ौजों की पिकटों की पोज़ीशन देखने पहाड़ी इलाकों में जा रहा है।

मौजदीन का चालान हुआ। डिप्टी कमिश्नर साहब बहादुर ने इल्ज़ामात की संगीनी के तहत 'जासूस' को पन्द्रह दिन के रिमांड पर पुलिस के हवाले कर दिया। जहाँ से वह स्पेशल स्टाफ़ में मुन्तक़िल हुआ। पन्द्रह दिन की मीआद गुज़र जाने पर डिप्टी कमिश्नर साहब ने मज़ीद एक हफ़्ते के रिमांड पर उसको ज्यूडीशियल (सेन्ट्रल जेल) भेज दिया। वह हफ़्ता भी गुज़र गया और 'जासूस' हथकड़ियाँ पहने डिप्टी कमिश्नर साहब की अदालत में पेश किया गया। जहाँ वह ज़ार-ओ-क़तार रोया। गिड़गिड़ाया, मिन्नत समाजत की, लेकिन डिप्टी कमिश्नर साहब ने मज़ीद एक हफ़्ते का रिमांड देकर सेन्ट्रल जेल भेज दिया।

सेन्ट्रल जेल में उसकी आख़िरी रात थी जबकि वह एक खम्भे से बँधा रो रहा था। वही क़ातिल क़ैदी जिसने उसको दफ़नाते वक़्त छूने से इनकार किया, उसके क़रीब आया और पूछा–

"जासूस! तुम हर रोज़ क्यों रोते हो। यह जगह बाहरवालों की बनिस्बत बहुत अच्छी है। यहाँ झूठ नहीं, मक्र नहीं, बेईमानी नहीं। रोटी मिलती है। इसके मुकाबले में बाहर देखो कौन लोग हैं जिन्होंने तुम जैसे बेगुनाह को भी यहाँ भेजा, जो इक़्तिदार (सत्ता) के लिए एक का नहीं हज़ारों का ख़ून बहाते हैं, जो दिनदहाड़े डाके डालते हैं जो अपने निजी फ़ायदे के लिए वह काम भी करते हैं जो शैतान भी करने से गुरेज़ करता है। मुझे देखो मैंने क़त्ल किया है महज़ एक बेबस औरत के नामूस (मर्यादा) के तहफ़्फ़ुज़ के लिए। बहरहाल मुझे तुमसे हमदर्दी है। अगर तुम बाहर जाकर खुश हो तो खुदा तुम्हें आज़ाद कराएगा।"

मौजदीन ने क़ैदी की बातें सुनीं और बिलकुल ख़ामोश बैठा रहा।

"सुना है बंगाली जादू जानते हैं। तुम भी जादू के ज़ोर से बाहर जाओ," क़ैदी ने मौजदीन को बहलाने के लिए मज़ाक में कहा...

"हाँ, मैं इस कैद से रिहाई का जादू जानता हूँ। मैं आज ही यहाँ से भाग जाऊँगा, बहुत दूर, जहाँ से दुनिया की कोई ताक़त मुझे वापस नहीं ला सकती।"

इतने में खाने की घंटी बजी। क़ैदी अपनी थाली लिये दाल-रोटी लेने गया। आधे घंटे के बाद अचानक जेल की घंटी बजनी शुरू हुई और लगातार बजती रही...दारोग़ा-ए-जेल कई वार्डनों के साथ जेल के अहाते में दाख़िल हुआ और 'जासूस' के गले से रस्सी का फन्दा खोला जो उसने खुदकुशी के लिए इस्तेमाल किया था।

'जासूस' भाग चुका था। उसको रिहाई मिल गयी थी...'बंगाल का जादू' काम आया था।

मौजदीन की लाश के इर्द-गिर्द क़ैदियों का हुजूम था। दारोग़ा-ए-जेल ने चन्द एक क़ैदियों को वहाँ ठहरने का हुक्म दे दिया और बाक़ी सारे क़ैदी बैरकों में चले गये। मौजदीन के चेहरे पर अब भी मुस्कुराहट थी। वह उस क़ानून पर मुस्कुरा रहा था जिसने उसको जासूस बनाकर महबूस (बंधित) किया था।

बीमार

अजीब बात है कि जब भी किसी लड़की या औरत ने मुझे ख़त लिखा है 'भाई' से मुख़ातिब किया, और बे-रब्त तहरीर में इस बात का ज़रूर ज़िक्र किया कि वह शदीद तौर पर बीमार है; मेरी तसानीफ़ (रचनाओं) की तारीफ़ें कीं; ज़मीनो-आसमान के क़ुलाबे मिला दिए।

मेरी समझ में नहीं आता था कि ये लड़कियाँ और औरतें, जो मुझे ख़त लिखती हैं, बीमार क्यों होती हैं—शायद इसलिए कि मैं ख़ुद अक्सर बीमार रहता हूँ। या कोई और वजह होगी, जो इसके सिवा और कोई नहीं हो सकती कि वे मेरी हमदर्दी चाहती हैं।

मैं ऐसी लड़कियों और औरतों के ख़तों का अमूमन जवाब नहीं दिया करता, लेकिन बाज़ औक़ात दे भी दिया करता हूँ...आख़िर इन्सान हूँ। ख़त अगर बहुत ही दर्दनाक हो तो उसका जवाब देना इन्सानी फ़र्ज़ में शामिल हो जाता है।

पिछले दिनों मुझे एक ख़त मौसूल हुआ, जो काफ़ी लम्बा था—उसमें भी एक ख़ातून ने, जिसका नाम मैं ज़ाहिर करना नहीं चाहता, यह लिखा था कि वह मेरी तह्रीरों की शैदाई है; वह एक अर्से से बीमार है; उसका ख़ाविन्द भी स्थायी रूप से मरीज़ है—और उसने अपना ख़याल ज़ाहिर किया था कि जो बीमारी उसे लगी है, उसके ख़ाविन्द की वजह से है।

मैंने उस ख़त का जवाब न दिया—लेकिन उसकी तरफ़ से दूसरा ख़त आया, जिसमें यह गिला था कि मैंने उसके पहले ख़त की रसीद तक नहीं भेजी है—चुनांचे मुझे मजबूरन उसको ख़त लिखना पड़ा, मगर बड़ी एहतियात के साथ।

मैंने अपने ख़त में उससे हमदर्दी का इज़हार किया—उसने लिखा था कि वह और भी ज़्यादा अलील हो गयी है और मरने के क़रीब है—यह पढ़कर मैं बहुत मुतास्सिर (प्रभावित) हुआ था। चुनांचे उसी के मातहत (कारण) मैंने बड़े जज़्बाती अन्दाज़ में उसे ख़त लिखा और उसको यह समझाने की कोशिश की कि ज़िन्दगी, ज़िन्दा रहने के लिए है; ज़िन्दगी से मायूस हो जाना मौत है; अगर वह ख़ुद में इतनी

क़ुव्वते-इरादी (इच्छाशक्ति) पैदा कर ले तो उसकी बीमारी का नामोनिशान तक न रहेगा—और कि मैं ख़ुद पिछले दिनों मौत के मुँह में था; सब डॉक्टर जवाब दे चुके थे, लेकिन मैंने मौत का ख़याल भी न किया था; नतीजा इसका यह निकला था कि डॉक्टर हैरत में गुम हो के रह गये थे और मैं अस्पताल से बाहर निकल आया था।

मैंने उसको यह भी लिखा कि क़ुव्वते-इरादी ही एक ऐसी चीज़ है, जो हर नामुमकिन चीज़ को मुमकिन बना देती है; वह अगर बीमार है तो ख़ुद को यह यक़ीन दिलाए कि नहीं, वह बीमार नहीं, अच्छी-भली तन्दुरुस्त है।

मेरे ख़त के जवाब में उसने जो कुछ लिखा, उससे मैंने यह नतीजा अख़्ज़ किया कि उस पर मेरी नसीहत का कोई असर नहीं हुआ है।

उसका ख़त बड़ा तवील (लम्बा) था, पाँच पृष्ठों पर आधारित—उसका तर्क और उसका फ़लसफ़ा (दर्शन) अजीब क़िस्म का था। वह इस बात पर अड़ी थी कि ख़ुदा को यह मंज़ूर नहीं कि वह ज़्यादा देर तक इस दुनिया में ज़िन्दा रहे—इसके अलावा उसने यह भी लिखा था कि मैं अपनी ताज़ा किताबें उसे भेज दूँ।

मैंने दो नयी किताबें उसको भेज दीं।

उनकी रसीद आ गयी—बहुत-बहुत शुक्रिया अदा किया गया था, और मेरी तारीफ़ें ही तारीफ़ें थीं।

मुझे बड़ी कोफ़्त हुई—जो किताबें मैंने उसको भेजी थीं, मेरी नज़र में उनकी वक़अत नहीं थी, इसलिए कि वह सिर्फ़ हर रोज़ कुछ कमाने के लिए लिखी गयी थीं—चुनांचे मैंने उसे लिखा : 'तुमने मेरी इन दो किताबों की जो इतनी तारीफ़ की है, ग़लत है। ये किताबें महज़ बकवास हैं...तुम मेरी पुरानी किताबें पढ़ो। उनमें तुम पूरी तरह मुझे जलवागर पाओगी।'

मैंने इस ख़त में अफ़सानानवीसी (कथा लेखन) के फ़न पर भी बहुत कुछ लिख दिया—बाद में मुझे अफ़सोस हुआ कि मैंने यह झक क्यों मारी। अगर लिखना ही था तो किसी रिसाले या परचे के लिए लिखता; यह क्या कि एक औरत को, जिसे मैं जानता भी नहीं इतना तवील (लम्बा) और पुर-मग़ज़ ख़त लिख दिया।

बहरहाल जब लिख दिया तो उसे पोस्ट करना ही था।

उसका जवाब तीसरे रोज़ आ गया—अब के मुझे 'प्यारे भाई जान' से मुख़ातिब किया गया था—उसने मेरी पुरानी तस्नीफ़ात मँगवा ली थीं और उन्हें पढ़ रही थी, लेकिन उसकी बीमारी रोज़-बरोज़ बढ़ रही थी—उसने मुझसे पूछा था कि वह किसी हकीम का इलाज क्यों न कराए, क्योंकि वह डॉक्टरों से बिलकुल नाउम्मीद हो चुकी है।

मैंने उसे जवाब में लिखा : 'इलाज तुम किसी से भी कराओ, चाहे वह डॉक्टर हो या हकीम, लेकिन याद रखो, सबसे अच्छा मुआलिज (चिकित्सक) ख़ुद आदमी

आप होता है...अगर तुम अपनी ज़ेहनी परेशानियाँ दूर कर दो तो चन्द रोज़ में तन्दुरुस्त हो जाओगी!'

मैंने इस मौज़ूअ(विषय) पर एक लैक्चर भी उसको लिखकर भेजा—एक महीने के बाद उसकी रसीद पहुँची, जिसमें यह लिखा था कि उसने मेरी नसीहत पर अमल किया, लेकिन खातिरख़्वाह नतीजा बरामद न हुआ, और यह कि वह मुझसे मिलने आ रही है—वह दो-तीन रोज़ में हैदराबाद से बम्बई पहुँच जाएगी और चन्द रोज़ मेरे यहाँ ठहरेगी।

मैं बहुत परेशान हुआ—छड़ा छटाँक था। एक फ़्लैट में रहता था, जिसमें दो कमरे थे—मैंने सोचा, 'अगर यह मोहतरमा आ गयीं तो मैं एक कमरा उनको दे दूँगा; उसमें वह चन्द दिन गुज़ारना चाहें तो गुज़ार लें; इलाज का बन्दोबस्त भी हो जायेगा,' इसलिए कि बम्बई का एक बहुत बड़ा हकीम मेरा बड़ा मेहरबान था।

छः रोज़ तक, आप यह समझिए कि मैं सूली पर लटका रहा—अख़बारवाले ने दरवाज़े पर दस्तक दी तो मैंने यह समझा कि वह मोहतरमा तशरीफ़ ले आयी हैं। बावर्चीख़ाने में नौकर ने अगर किसी बर्तन पर राख मलनी शुरू की तो मेरा दिल धक-धक करने लगा कि शायद वह आवाज़ मोहतरमा के सैंडिलों की है।

सातवें रोज़ सुबह मैंने इत्मीनान से *टाइम्स ऑफ़ इंडिया*पढ़ा, इसलिए कि मुझे यक़ीन हो गया कि अब वह नहीं आयेगी।

मैं हिन्दू-मुस्लिम फ़सादात की ख़बरें पढ़ रहा था कि दरवाज़े पर दस्तक हुई—मैं समझा कि दूधवाला है। चुनांचे मैंने नौकर को आवाज़ दी : "रहीम, देखो कौन है?"

रहीम चाय बना रहा था—वह उबलती हुई केतली को वहीं चूल्हे पर छोड़कर बाहर निकला और उसने दरवाज़ा खोला—थोड़ी देर के बाद वह मेरे कमरे में आया और उसने मुझसे मुख़ातिब होकर कहा : "एक औरत आयी है।"

मैं हैरतज़दा हो गया : "औरत!"

"जी हाँ...एक औरत बाहर खड़ी है...वह आपसे मिलना चाहती है।"

मैं समझ गया कि वह औरत वही होगी—बीमार, जो मुझे ख़त लिखती रही है—चुनांचे मैंने रहीम से कहा : "उसको अन्दर ले आओ और बड़े कमरे में बिठा दो, और कह दो कि साहब अभी आते हैं।"

"जी अच्छा," कहकर रहीम चला गया।

मैंने अख़बार एक तरफ़ रख दिया और सोचने लगा कि वह औरत किस क़िस्म की होगी—दिक़ (टी.बी.) की मारी हुई या मफ़्लूज (अपाहिज)। मेरे पास क्यों आयी है—नहीं, मुझसे मिलने आयी है—ग़ालिबन किसी डॉक्टर से अपना इलाज कराने आयी है।

मैं उठा और गुस्लख़ाने में चला गया—वहाँ देर तक नहाता रहा और सोचता

रहा कि वह औरत, जो मुझको इतने लम्बे-चौड़े ख़त लिखती रही है और जिसको कोई ख़तरनाक बीमारी चिमटी हुई है, किस शक्ल-सूरत की होगी।

बेशुमार शक्लें मेरे तसव्वुर (कल्पना) में आयीं। पहले मैंने सोचा, 'अपाहिज होगी और मुझे उसको कुछ देना पड़ेगा।' यह महज़ इत्तिफ़ाक़ की बात है कि जिस दिन वह आयी, उस दिन तीन तारीख़ थी, और इधर-उधर का बिल अदा करने के बाद तनख़्वाह के तीन सौ रुपये मेरे पास बच गये थे। इसलिए मेरी परेशानी में इज़ाफ़ा न हुआ—मैंने नहाते-नहाते यह फ़ैसला कर लिया कि अगर उसे मदद की ज़रूरत होगी तो मैं उसे एक सौ रुपये दे दूँगा।

फ़ौरन मुझे ख़याल आया कि शायद उसको दिक़ हो और मुझे उसको अस्पताल में दाख़िल कराना पड़े—दाख़िला कोई मुश्किल नहीं था, इसलिए कि मेरे कई डॉक्टर दोस्त जे.जे. अस्पताल में काम करते थे; मैं उनमें से किसी एक से भी कह देता कि उस माज़ूर (लाचार) औरत को दाख़िल कर लें तो वह कभी इनकार न करते।

मैं काफ़ी देर तक नहाता रहा और उस औरत के मुताल्लिक़ सोचता रहा।

औरतों से मिलते हुए मुझे बड़ी उलझन महसूस होती थी। यही वजह है कि मैंने एक जगह निकाह तो कर लिया था, लेकिन पिछले डेढ़ वर्ष से सोच रहा था कि अगर उसे अपने घर ले आऊँगा तो क्या होगा? जो होना होता, वह तो ख़ैर हो ही जाता, मगर सबसे बड़ा मसला, जो मुझे परेशान किए हुए था, यह था कि मैं, जिसने सारी ज़िन्दगी में किसी औरत की क़ुर्बत (समीपता) हासिल नहीं की, अपनी बीवी से किस तरह पेश आता।

अब एक औरत साथ वाले कमरे में बैठी मेरा इन्तज़ार कर रही थी और मैं डोंगे-पे-डोंगे पानी भरकर अपने बदन पर बेकार डाल रहा था—मैं असल में ख़ुद को उस औरत से मुलाक़ात करने के लिए तैयार कर रहा था।

काफ़ी देर नहाने के बाद मैं ग़ुस्लख़ाने से बाहर निकला। कमरे में जाकर कपड़े तब्दील किए, बालों में तेल लगाया, कंघी की और फिर सोचते-सोचते पलंग पर लेट गया।

चन्द लम्हात के बाद रहीम आया और उसने मुझसे कहा : "वह औरत पूछती है कि आप कब फ़ारिग़ होंगे?"

मैंने रहीम से कहा : "उनसे कह दो, बस पाँच मिनट में आते हैं, कपड़े तब्दील कर रहे हैं।"

रहीम "जी अच्छा," कहकर चला गया।

मैंने सोचा, 'अब और ज़्यादा सोचना फ़िज़ूल है; चलो अब उससे मिल ही लो; इतनी ख़तो-किताबत होती रही है, और फिर वह इतनी दूर से मिलने आयी है; बीमार है; इन्सानी शराफ़त का तक़ाज़ा है कि उसकी ख़ातिरदारी और दिलजोई की जाये।'

मैंने पलंग पर से उठकर स्लीपर पहने और दूसरे कमरे में जहाँ वह औरत थी, दाख़िल हुआ—वह बुर्क़ा पहने हुए थी—मैं सलाम करके एक तरफ़ बैठ गया।

मुझे उसके बुर्क़े के स्याह नक़ाब में सिर्फ़ उसकी नाक दिखाई दी, जो काफ़ी तीखी थी—मैं बहुत उलझन महसूस कर रहा था कि उससे क्या कहूँ—बहरहाल मैंने गुफ़्तुगू का आग़ाज किया : "मुझे बहुत अफ़सोस है कि आपको इतनी देर इन्तज़ार करना पड़ा...दरअसल मैं अपनी आदत की वजह से..."

उस औरत ने मेरी बात काटकर कहा : "जी कोई बात नहीं..आप ख़्वाहमख़्वाह तकल्लुफ़ कर रहे हैं...मैं तो इन्तज़ार की आदी हो चुकी हूँ।"

मेरी समझ में कुछ न आया कि मैं क्या कहूँ—बस जो लफ़्ज़ ज़ुबान पर आये, मैंने उगल दिये : "आप किसका इन्तज़ार करती रही हैं?"

उसने अपने चेहरे से नक़ाब थोड़ा-सा उठाया, इसलिए कि वह अपने नन्हे-से रुमाल से अपने आँसू पोंछना चाहती थी—आँसू पोंछने के बाद उसने मुझसे पूछा : "आपने क्या कहा था मुझसे?"

उसकी ठोड़ी बड़ी प्यारी थी, जैसे बनारसी आम की कैरी—जब उसकी नक़ाब उठी थी तो मैंने उसकी एक झलक देख ली थी।

मैं उसके सवाल का जवाब न दे सका, इसलिए कि मैं उसकी ठोड़ी में गुम हो गया था—आख़िर उसे ही बोलना पड़ा : "आपने पूछा था, मैं किसका इन्तज़ार करती रही हूँ...जवाब सुनना चाहते हैं आप?"

"जी हाँ...फ़रमाइए...लेकिन देखिए, कोई ऐसी बात न हो जिससे क़ुनूतियत (निराशा) का इज़हार हो।"

उस औरत ने अपनी नक़ाब पलट दी—मुझे ऐसा महसूस हुआ कि काली बदलियों में चाँद निकल आया है।

उसने नीची निगाहों से मुझसे कहा : "जानते हैं आप, मैं कौन हूँ?"

मैंने जवाब दिया : "जी नहीं।"

उसने कहा : "मैं आपकी बीवी हूँ, जिससे आपने आज से डेढ़ वर्ष पहले निकाह किया था...मैं आपको लिखती रही हूँ कि मैं बीमार हूँ...मैं बीमार नहीं हूँ...लेकिन अगर आपने इस तरह मुझे इन्तज़ार में रखा तो मैं यक़ीनन बीमार हो जाऊँगी और मर भी जाऊँगी..."

मैं दूसरे रोज़ ही उसको घर ले आया, बड़े ठाट से—अब मैं बहुत ख़ुश हूँ।

यह वाक़िआ मुझे मेरे एक दोस्त ने, जो अफ़सानानिगार और शायर है, सुनाया था, जिसे मैंने अपने अन्दाज़ में रक़म (लिपिबद्ध) किया है।

एक भाई, एक वाइज़

गाने लिखनेवाला 'अज़ीम' गोविन्दपुरी जब ए. बी. सी. प्रोडक्शंस में मुलाज़िम हुआ तो उसने फ़ौरन अपने दोस्त म्यूज़िक डायरेक्टर भटसावे के मुताल्लिक़ सोचा जो मराठा था। 'अज़ीम' के साथ कई फ़िल्मों में काम कर चुका था। वह उसकी क्षमताओं को जानता था। स्टंट फ़िल्मों में आदमी अपने जौहर क्या दिखा सकता है, बेचारा गुमनामी के गोशे में पड़ा था।

अतः 'अज़ीम' ने अपने सेठ से बात की, कुछ इस अन्दाज़ में की कि उसने भटसावे को बुलाया और उसके साथ एक फ़िल्म का कॉन्ट्रेक्ट तीन हज़ार रुपयों में कर लिया। कॉन्ट्रेक्ट पर दस्तख़त करते ही उसे पाँच सौ रुपये मिले, जो उसने अपने कर्ज़ख़्वाहों को अदा कर दिए। 'अज़ीम' गोविन्दपुरी का वह बड़ा शुक्रगुज़ार था। चाहता था कि उसकी कोई ख़िदमत करे मगर उसने सोचा कि आदमी बेहद शरीफ़ है और बेग़र्ज़। कोई बात नहीं आइन्दा महीने सही। क्योंकि हर माह उसे पाँच सौ रुपये कॉन्ट्रेक्ट के मिलते थे। उसने 'अज़ीम' से कुछ न कहा, दोनों अपने-अपने काम में मशग़ूल थे।

'अज़ीम' ने दस गाने लिखे। जिनमें से सेठ ने चार पसन्द किए। भटसावे ने मौसीक़ी (संगीत) के लिहाज़ से सिर्फ़ दो। उनकी उसने 'अज़ीम' के सहयोग से धुनें तैयार कीं जो बहुत पसन्द की गयीं।

पन्द्रह-बीस रोज़ तक रिहर्सलें होती रहीं। फ़िल्म का पहला गाना कोरस था। उसके लिए कम-से-कम दस गवैया लड़कियाँ दरकार थीं। प्रोडक्शन मैनेजर से कहा गया। मगर जब वह इन्तज़ाम न कर सका तो भटसावे ने मिस माला को बुलाया। जिसकी अच्छी आवाज़ थी। उसके अलावा वह पाँच-छह और लड़कियों को जानती थी, जो सुर में गा लेती थीं। मिस माला खांडेकर जैसा कि उसके नाम से ज़ाहिर है, कोल्हापुर की मराठा थी। दूसरों के मुक़ाबले में उसका उर्दू का तलफ़्फ़ुज (उच्चारण) ज़्यादा साफ़ था। उसको यह ज़ुबान बोलने का शौक़ था। उम्र की ज़्यादा बड़ी नहीं थी, लेकिन उसके चेहरे का हर ख़द-ओ-खाल अपनी जगह पर पुख़्ता। बातें भी इस

अन्दाज़ में करती कि मालूम होती अच्छी ख़ासी उम्र की है। ज़िन्दगी के उतार-चढ़ाव से बाख़बर है। स्टूडियो के हर कारकुन को भाई जान कहती और हर आने-जाने वाले से बहुत जल्द घुल-मिल जाती थी।

उसको जब भटसावे ने बुलाया तो वह बहुत खुश हुई। उसके ज़िम्मे यह काम सुपुर्द किया गया कि वह फ़ौरन कोरस के लिए दस गाने वाली लड़कियाँ मुहय्या करा दे। वह दूसरे रोज़ ही बारह लड़कियाँ ले आयी। भटसावे ने उनका टेस्ट लिया। सात काम की निकलीं, बाक़ी रुख़्सत कर दी गयीं। उसने सोचा कि चलो ठीक है सात ही काफ़ी हैं। जगताप साउंड रिकॉर्डिस्ट से मशूवरा किया। उसने कहा, "मैं सब ठीक कर लूँगा। ऐसी रिकॉर्डिंग करूँगा कि लोगों को ऐसा मालूम होगा कि बीस लड़कियाँ गा रही हैं।"

जगताप अपने फ़न को समझता था, चुनांचे उसने रिकॉर्डिंग के लिए साउंड प्रूफ़ कमरे की बजाय साज़िन्दों और गानेवालियों को एक ऐसे कमरे में बैठाया, जिसकी दीवारें सख़्त थीं, जिन पर ऐसा कोई ग़िलाफ़ चढ़ा हुआ नहीं था कि आवाज़ दब जाये। फ़िल्म 'बेवफ़ा' का मुहूर्त उसी कोरस से हुआ। सैकड़ों आदमी आये। उनमें बड़े-बड़े फ़िल्मी सेठ और डिस्ट्रीब्यूटर्स थे। ए. बी. सी. प्रोडक्शंस के मालिक ने बड़ा एहतिमाम किया हुआ था।

पहले गाने की दो-चार रिहर्सलें हुईं। मिस माला खांडेकर ने भटसावे के साथ पूरा सहयोग किया। सात लड़कियों को अलग-अलग आगाह किया कि ख़बरदार रहें और कोई बाधा पैदा न होने दें। भटसावे पहली ही रिहर्सल से मुत्मइन था। लेकिन उसने मज़ीद इत्मीनान की ख़ातिर चन्द और रिहर्सलें कराईं। उसके बाद जगताप से कहा कि वह अपना इत्मीनान कर ले। उसने जब साउंड ट्रेक में यह कोरस पहली बार हेड फ़ोन लगाकर सुना तो उसने खुश होकर बहुत ऊँचा 'ओ के' कह दिया। हर साज़ और हर आवाज़ अपने सही क़याम पर थी।

मेहमानों के लिए माइक्रोफ़ोन का इन्तज़ाम कर दिया गया था। रिकॉर्डिंग शुरू हुई तो उसे ऑन कर दिया गया। भटसावे की आवाज़ भोंपू से निकली, "सॉन्ग नम्बर, टेक फ़र्स्ट रेडी, वन.टू.।"

और कोरस शुरू हो गया।

बहुत अच्छी कम्पोज़ीशन थी। सात लड़कियों में से किसी एक ने भी कहीं ग़लत सुर न लगाया। मेहमान बहुत महज़ूज़ (आनन्दित) हुए। सेठ, जो मौसीक़ी क्या होती है? उससे भी क़त्अन नाआशना था, बहुत ख़ुश हुआ। इसलिए कि सारे मेहमान उस कोरस की तारीफ़ कर रहे थे। भटसावे ने साज़िन्दों और गानेवालियों को शाबाशियाँ दीं। ख़ास तौर पर उसने मिस माला का शुक्रिया अदा किया। जिसने उसको इतनी जल्दी गानेवालियाँ फ़राहम कर दीं। इसके बाद वह जगताप साउंड

रिकॉर्डिस्ट से गले मिल रहा था कि ए. बी. सी. प्रोडक्शंस के मालिक सेठ रंछोड़ दास का आदमी आया कि वह उसे बुला रहे हैं, 'अज़ीम' गोविन्दपुरी को भी।

दोनों भागे, स्टूडियो के उस सिरे पर गये, जहाँ महफ़िल जमी थी। सेठ साहब ने सब मेहमानों के सामने एक सौ रुपये का सब्ज़ नोट इनाम के तौर पर पहले भटसावे को दिया फिर दूसरा 'अज़ीम' गोविन्दपुरी को। वह मुख़्तसर-सा बाग़ीचा जिसमें मेहमान बैठे थे, तालियों की आवाज़ से गूँज उठा।

जब मुहूर्त की यह महफ़िल बरख़्वास्त हुई तो भटसावे ने 'अज़ीम' से कहा, "माल पानी है, चलो आउट डोर चलें।"

'अज़ीम' उसका मतलब न समझा, "आउट डोर कहाँ?"

भटसावे मुस्कुराया : "माज़े मलगे (मेरे लड़के) मौज़ शोक (मौज-मस्ती) करने जायेंगे। सौ रुपया तुम्हारे पास है सौ हमारे पास...चलो।"

'अज़ीम' समझ गया, लेकिन वह उसके 'मौज-मस्ती' से डरता था, उसकी बीवी थी, दो छोटे-छोटे बच्चे भी। उसने कभी अय्याशी नहीं की थी। मगर इस वक़्त वह ख़ुश था। उसने अपने दिल से कहा..."चलो रे...देखेंगे क्या होता है?"

भटसावे ने फ़ौरन टैक्सी मँगवाई। दोनों उसमें बैठे और ग्रांट रोड पहुँचे। 'अज़ीम' ने पूछा : "हम कहाँ जा रहे हैं, भटसावे?"

वह मुस्कुराया : "अपनी मौसी के घर।"

और जब वह अपनी मौसी के घर पहुँचा तो वह मिस माला खांडेकर का घर था। वह उन दोनों से बड़े तपाक के साथ मिली, उन्हें अन्दर अपने कमरे में ले गयी। होटल से चाय मँगवा कर पिलाई। भटसावे ने उससे चाय पीने के बाद कहा : "हम मौज-मस्ती के लिए निकले हैं, तुम्हारे पास...तुम हमारा कोई बन्दोबस्त करो।"

माला समझ गयी। वह भटसावे की एहसानमन्द थी। इसलिए उसने फ़ौरन मराठी ज़ुबान में कहा। जिसका यह मतलब था कि मैं हर ख़िदमत के लिए तैयार हूँ।

दरअसल भटसावे 'अज़ीम' को खुश करना चाहता था। इसलिए कि उसने उसको मुलाज़िमत दिलवाई थी। चुनांचे भटसावे ने मिस माला से कहा कि वह एक लड़की मुहय्या करा दे।

मिस माला ने अपना मेकअप जल्दी-जल्दी ठीक किया और तैयार हो गयी..सब टैक्सी में बैठे। पहले मिस माला प्ले बैक सिंगर शान्ता करूणा किरन के घर गयी। मगर वह किसी और के साथ बाहर जा चुकी थी। फिर वह अंसवया के यहाँ गयी, मगर वह उस क़ाबिल नहीं थी कि उनके साथ ऐसी मुहिम पर जा सके।

मिस माला को बहुत अफ़सोस था कि उसे दो जगह नाउम्मीदी का सामना करना पड़ा। लेकिन उसको उम्मीद थी कि मामला हो जायेगा। चुनांचे टैक्सी गोल पैठा की तरफ़ चली। वहाँ कृष्णा थी। पन्द्रह-सोलह बरस की गुजराती लड़की, बड़ी

नर्म-ओ-नाजुक सुर में गाती थी। माला उसके घर में दाखिल हुई और चन्द लम्हात के बाद उसको साथ लिये बाहर निकल आयी। भटसावे को उसने हाथ जोड़ के नमस्कार किया और 'अज़ीम' को भी। माला ने ठेठ दलालों के से अन्दाज़ में 'अज़ीम' को आँख मारी और गोया ख़ामोश जुबान में उससे कहा : "यह आपके लिए है।"

भटसावे ने उस पर निगाहों ही निगाहों में 'साद' कर दिया। 'कृष्णा' 'अज़ीम' गोविन्दपुरी के पास बैठ गयी। चूँकि उसको माला ने सब कुछ बता दिया था। इसलिए वह उससे चुहलें करने लगी। 'अज़ीम' लड़कियों का-सा हिजाब महसूस कर रहा था। भटसावे को उसकी तबियत का इल्म था। इसलिए उसने टैक्सी एक बार के सामने ठहराई, सिर्फ़ 'अज़ीम' को अपने साथ अन्दर ले गया।

नग़मा-निगार (गीतकार) ने सिर्फ़ एक-दो बार पी थी, वह भी कारोबारी सिलसिले में। यह भी कारोबारी सिलसिला था। चुनांचे उसने भटसावे के इस्रार पर दो पैग रम के पिये और उसको नशा हो गया। भटसावे ने एक बोतल ख़रीद के अपने साथ रख ली। अब वे फिर टैक्सी में थे।

'अज़ीम' को बाद में मालूम हुआ कि भटसावे प्ले बैक सिंगर कृष्णा की माँ से यह कह आया था कि जो कोरस दिन में लिया गया था, उसके जितने टेक थे सब ख़राब निकले हैं। इसलिए रात को फिर रिकॉर्डिंग होगी। उसकी माँ वैसे कृष्णा को बाहर जाने की इजाज़त कभी न देती। मगर जब भटसावे ने कहा कि उसे और रुपये मिलेंगे तो उसने अपनी बेटी से कहा कि जल्दी जाओ और फ़ारिग होकर सीधा यहाँ आओ। वहाँ स्टूडियो में न बैठी रहना।

टैक्सी वर्ली पहुँची, यानी साहिल-ए-समुद्र के पास। यह वह जगह थी जहाँ ऐशपरस्त किसी-न-किसी औरत को बग़ल में दबाए आया करते। एक पहाड़ी-सी थी, मालूम नहीं मस्नूई (कृत्रिम) या कुदरती...उस पर चढ़ते...वह काफ़ी वसी-ओ-अरीज़ सतह-ए-मुरतफ़ा (विस्तृत एवं विहंगम) क़िस्म की जगह थी।

उसमें लम्बे फ़ासलों पर बैचें रखी हुई थीं, जिन पर सिर्फ़ एक-एक जोड़ा बैठता। सबके दरमियान अनलिखा समझौता था कि वे एक-दूसरे के मामले में विघ्न न डालेंगे। भटसावे ने जो कि 'अज़ीम' की दावत करना चाहता था वर्ली की पहाड़ी पर कृष्णा को उसके सिपुर्द कर दिया और खुद माला के साथ टहलता-टहलता एक तरफ़ चला गया।

'अज़ीम' और भटसावे में डेढ़ सौ गज़ का फ़ासला होगा। 'अज़ीम' जिसने ग़ैर औरत के दरमियान हज़ारों मील का फ़ासला महसूस किया था, ने जब कृष्णा को अपने साथ लगे देखा तो उसका ईमान मुतज़लज़ल (शिथिल) हो गया। कृष्णा ठेठ मराठा लड़की थी, साँवली-सलोनी, बड़ी मज़बूत, शदीद तौर पर जवान और उसमें वे तमाम दावतें थीं जो किसी खुलकर खेलने वाली में हो सकती हैं। 'अज़ीम' चूँकि नशे

में था, इसलिए वह अपनी बीवी को भूल गया और उसके दिल में ख़्वाहिश पैदा हुई कि कृष्णा को थोड़े अर्से के लिए बीवी बना ले।

उसके दिमाग़ में मुख़्तलिफ़ शरारतें पैदा हो रही थीं। कुछ रम के बायस और कुछ कृष्णा की क़ुरबत (समीपता) की वजह से। आमतौर पर वह बहुत संजीदा रहता था। बड़ा कम-गो (अल्पभाषी)। लेकिन इस वक़्त उसने कृष्णा के गुदगुदी की। उसको कई लतीफ़े अपनी टूटी-फूटी गुजराती में सुनाए। फिर जाने उसे क्या ख़याल आया कि ज़ोर से भटसावे को आवाज़ दी और कहा : ''पुलिस आ रही है। पुलिस आ रही है।''

भटसावे माला के साथ आया। 'अज़ीम' को मोटी-सी गाली दी और हँसने लगा। वह समझ गया था कि 'अज़ीम' ने उससे मज़ाक किया है। लेकिन उसने सोचा, 'बेहतर यही है किसी होटल में चलें, जहाँ पुलिस का ख़तरा न हो।' चारों उठ रहे थे कि पीली पगड़ी वाला नमूदार हुआ। उसने ठेठ सिपाहियाना अन्दाज़ में पूछा : "तुम लोग रात के ग्यारह बजे यहाँ क्या कर रहा है? मालूम नहीं, दस बजे के बाद यहाँ बैठना ठीक नहीं है, क़ानून है।"

'अज़ीम' ने संतरी से कहा : "जनाब अपन फ़िल्म का आदमी है। यह छोकरी, उसने कृष्णा की तरफ़ देखा, यह भी फ़िल्म में काम करती है। हम लोग किसी बुरे ख़याल से यहाँ नहीं आये। यहाँ पास ही जो स्टूडियो है, उसमें काम करते हैं। थक जाते हैं तो यहाँ चले आते हैं कि थोड़ी-सी तफ़रीह हो गयी। बारह बजे हमारी शूटिंग फिर शुरू होने वाली है।"

पीली पगड़ी वाला मुत्मइन हो गया, फिर वह भटसावे से मुख़ातिब हुआ : "तुम इधर क्यों बैठा है।"

भटसावे पहले घबराया, लेकिन फ़ौरन सँभलकर उसने माला का हाथ अपने हाथ में लिया और संतरी से कहा : "यह हमारा वाइफ़ है, हमारी टैक्सी नीचे खड़ी है।"

थोड़ी-सी और गुफ़्तगू हुई और चारों की ख़लासी हो गयी। इसके बाद उन्होंने टैक्सी में बैठकर सोचा कि किस होटल में चलें। 'अज़ीम' को ऐसे होटलों के बारे में कोई इल्म नहीं था, जहाँ आदमी चन्द घंटों के लिए किसी ग़ैर औरत के साथ ख़लवत (एकांत) इख़्तियार कर सके। भटसावे ने बेकार उससे मश्वरा किया। चुनांचे उसको फ़ौरन डोक यार्ड का सी देव होटल याद आया और उसने टैक्सीवाले से कहा कि वहाँ ले चलो। सी देव होटल में भटसावे ने दो कमरे लिये। एक में 'अज़ीम' और कृष्णा चले गये, दूसरे में भटसावे और मिस माला खांडेकर। कृष्णा बदस्तूर मुजस्सम (साक्षात) दावत थी, लेकिन 'अज़ीम' जिसने दो पैग और पी लिये थे, फ़लसफ़ी (दार्शनिक) रंग इख़्तियार कर गया था। उसने कृष्णा को ग़ौर से देखा और सोचा कि इतनी कम उम्र की लड़की ने गुनाह का यह भयानक रास्ता क्यों इख़्तियार किया?

ख़ून की कमी के बायस उसमें इतनी तपिश क्यों है? कब तक यह नर्म-ओ-नाज़ुक लड़की जो गोश्त नहीं खाती अपना गोश्त-पोस्त बेचती रहेगी? 'अज़ीम' को उस पर बड़ा तरस आया। अतः उसने वाइज़ (उपदेशक) बनकर उससे कहना शुरू किया : "कृष्णा पाप की ज़िन्दगी से हट जाओ ख़ुदा के लिए। उस रास्ते से जिस पर कि तुम चल रही हो, अपने क़दम हटा लो, यह तुम्हें ऐसी गहरी खाई में ले जायेगा, जहाँ से तुम निकल नहीं सकोगी। इस्मत फ़रोशी इन्सान का बदतरीन फ़े'ल है। यह रात अपनी ज़िन्दगी की रौशन रात समझो, इसलिए कि मैंने तुम्हें नेक-ओ-बद समझा दिया है।"

कृष्णा ने इसका जो मतलब समझा वह यह था कि 'अज़ीम' उससे मुहब्बत कर रहा है। अतः वह उसके साथ लिपट गयी और 'अज़ीम' अपने पाप व पुण्य का मसला भूल गया।

बाद में वह बड़ा शर्मिंदा हुआ। कमरे से बाहर निकला तो भटसावे बरामदे में टहल रहा था। कुछ इस अन्दाज़ से जैसे उसको बर्रे के पूरे छत्ते ने काट लिया है और डंक उसके जिस्म में चुभो दिए हैं। 'अज़ीम' को देखकर वह रुक गया, मुत्मइन (संतुष्ट) कृष्णा की तरफ़ एक निगाह डाली और पेच-ओ-ताब खाकर 'अज़ीम' से कहा : "वह साली चली गयी।"

अज़ीम जो अपनी शर्मिंदगी में डूबा था, चौंका : "कौन?"

"वही माला।"

"क्यों?"

भटसावे के लहज़े में अजीब-ओ-ग़रीब एहतिजाज (प्रतिरोध) था। "हम उसको इतना वक़्त चूमते रहे। जब बोला कि आओ, तो साली कहने लगी : 'तुम हमारा भाई है। हमने किसी से शादी कर ली है'...और बाहर निकल गयी कि वह साला घर में आ गया होगा।"

खुदफ़रेब

हम न्यू पैरेस स्टोर के प्राइवेट कमरे में बैठे थे। बाहर टेलीफ़ोन की घंटी बजी तो उसका मालिक ग़यास उठकर दौड़ा। मेरे साथ मसूद बैठा था। उससे कुछ दूर हटकर जलील दाँतों से अपनी छोटी-छोटी उँगलियों के नाखून काट रहा था। उसके कान बड़े ग़ौर से ग़यास की बातें सुन रहे थे, वह टेलीफ़ोन पर किसी से कह रहा था..

"तुम झूठ बोलती हो...अच्छा ख़ैर आज देख लेंगे...लो, यह क्या, तुम्हारे लिए तो हमारी जान हाज़िर है...अच्छा तो ठीक पाँच बजे...खुदा हाफ़िज़...क्या कहा? भई कह तो दिया कि तुम्हें मिल जायेगी..."

जलील ने मेरी तरफ़ देखा, "मंटो साहब ऐश करता है ये ग़यास।"

मैं जवाब में मुस्कुरा दिया।

जलील उँगलियों के नाख़ून अब तेज़ी से काटने लगा, "कई लड़कियों के साथ उसका टाँका भिड़ा हुआ है...मैं तो सोचता हूँ एक स्टोर खोल लूँ...लेडीज़ स्टोर...ख़्वाहमख़्वाह प्रेस के चक्कर में पड़ा हूँ...औरत का साया तक भी वहाँ नहीं आता। सारा दिन गड़गड़ाहटें सुनो। उल्लू के पट्ठे क़िस्म के ग्राहकों से मग़ज़-मारी करो...यह ज़िन्दगी है?"

मैं फिर मुस्कुरा दिया। इतने में ग़यास आ गया। जलील ने ज़ोर से उसकी हिप पर धप्पा मारा और कहा, "सुना, कौन थी यह जिसके लिए तू अपनी जान हाज़िर कर रहा था।"

ग़यास बैठ गया और कहने लगा, "मंटो साहब के सामने ऐसी बातें न किया करो।"

जलील ने अपनी ऐनक के मोटे शीशों में से घूरकर ग़यास की तरफ़ देखा और कहा, "मंटो साहब को सब मालूम है...तुम बताओ कौन थी?"

ग़यास ने अपनी नीले शीशे वाली ऐनक उतारकर उसकी कमानी ठीक करनी शुरू की, "एक नयी है...परसों आयी थी टेलीफ़ोन करने...किसी से हँस-हँस के बातें कर रही थी। फ़ोन कर चुकी तो मैंने उससे कहा, 'जनाब फ़ीस अदा कीजिए।' यह

सुनकर मुस्कुराने लगी। पर्स में हाथ डालकर उसने दस रुपये का नोट निकाला और कहा, 'हाज़िर है'...एक घंटे तक यहाँ बैठी रही, जाते हुए दस रूमाल ले गयी।"

मसूद जो बिलकुल ख़ामोश बैठा ग़ालिबन अपनी बेकारी के मुताल्लिक़ सोच रहा था। उठा, "बकवास है...महज़ खुदफ़रेबी है।" यह कहकर उसने मुझे सलाम किया और चला गया।

ग़यास अपनी बातों से बहुत खुश था। मसूद जब अचानक बोला तो उसका चेहरा किसी क़दर मुरझा गया। जलील थोड़ी देर के बाद ग़यास से मुख़ातिब हुआ, "क्या माँग रही थी?"

ग़यास चौंका, "क्या कहा?"

जलील ने फिर पूछा, "क्या माँग रही थी?"

ग़यास ने कुछ रुकने के बाद कहा, "ब्रेजर्स"

जलील की आँखें ऐनक के मोटे शीशों के पीछे से चमकीं, "साइज़ क्या है?"

ग़यास ने जवाब दिया, "थर्टी फ़ोर।"

जलील मुझसे मुख़ातिब हुआ, "मंटो साहब यह क्या बात है, अँगिया देखते ही मेरे अन्दर हैजान-सा (अशान्ति) पैदा हो जाता है।"

मैंने मुस्कुराकर उससे कहा, "आपकी क़ुव्वत-ए-मुतख़य्यला (कल्पना-शक्ति) बहुत तेज़ है।"

जलील कुछ न समझा और न वह समझना चाहता था। उसके दिमाग़ में खुदबुद हो रही थी। वह उस लड़की के मुताल्लिक़ बातें करना चाहता था जिसके साथ ग़यास ने टेलीफ़ोन पर बातें की थीं। चुनांचे मेरा जवाब सुनकर उसने ग़यास से कहा, "यार हमसे भी मिलाओ उसे।"

ग़यास ने कमानी ठीक करके ऐनक लगा ली, "कभी यहाँ आयेगी तो मिल लेना।"

"कुछ नहीं यार, तुम हमेशा यही ग़च्चा देते रहते हो...पिछले दिनों जब वह यहाँ आयी थी...क्या नाम था उसका?...जमीला...मैंने आगे बढ़कर उससे बात करनी चाही तो तुमने हाथ जोड़कर मुझे मना कर दिया...मैं उसे खा तो न जाता," यह कहकर जलील ने ऐनक के मोटे शीशों के पीछे अपनी आँखें सिकोड़ लीं।

जलील और ग़यास दोनों में बचपना था। दोनों हर वक़्त लड़कियों के मुताल्लिक़ सोचते रहते थे। ख़ूबसूरत, मोटी, दुबली लड़कियों के मुताल्लिक़...ताँगे में बैठी हुई लड़कियों के मुताल्लिक़...पैदल चलती और साइकिल सवार लड़कियों के मुताल्लिक़। जलील इस मामले में ग़यास से बाज़ी ले गया था। दफ़्तर से किसी ज़रूरी काम पर मोटर में निकलता। रास्ते में कोई ताँगे में बैठी या मोटर में सवार लड़की नज़र आ जाती तो उसके पीछे अपनी मोटर लगा देता। यह उसका महबूबतरीन शग़ल

था, लेकिन उसने कभी बदतमीज़ी न की थी। छेड़छाड़ से उसे डर लगता था। जहाँ तक गुफ़्तार (चरित्र) का ताल्लुक है, उसे ग़ाज़ी कहना चाहिए। बड़े-बड़े मज़बूत किले सर कर चुका था।

प्राइवेट कमरे में जब बाहर स्टोर से कोई निस्वानी (ज़नाना) आवाज़ आती तो ग़यास उछल पड़ता और पर्दा हटाकर एकदम बाहर निकल जाता। मर्द ग्राहकों से उसे कोई दिलचस्पी नहीं थी। उनसे उसका मुलाज़िम निपटता था।

दोनों अपने काम में होशियार थे। स्टोर किस तरह चलाया जाता है, उसको क्योंकर मक़्बूल (सर्वप्रिय) बनाया जाता है; इसका ग़यास को बड़ा अच्छा सलीक़ा था। इसी तरह जलील को प्रेस के तमाम शो'बो (विभागों) पर महारत हासिल थी। लेकिन फ़ुर्सत के औक़ात में वे सिर्फ़ लड़कियों के मुताल्लिक़ सोचते थे। ख़याली और असली लड़कियों के मुताल्लिक़।

स्टोर में किसी दिन जब कोई भी लड़की न आती तो ग़यास उदास हो जाता। यह उदासी वह जलील से टेलीफ़ोन पर उन लड़कियों के मुताल्लिक़ बातें करके दूर करता जो बक़ौल उसके जाल में फँसी हुई थीं। जलील उसे अपने किस्से सुनाता। दोनों कुछ देर बातें करते। स्टोर में कोई ग्राहक आता या उधर प्रेस में किसी को जलील की ज़रूरत होती तो यह दिलचस्प सिलसिला, गुफ़्तगू टूट जाती।

इस लिहाज़ से 'न्यू पैरेस स्टोर' बड़ी दिलचस्प जगह थी। जलील दिन में दो-तीन मर्तबा ज़रूर आता। प्रेस से किसी काम के लिए निकलता तो चन्द मिनटों ही के लिए स्टोर से हो आता। ग़यास से किसी लड़की के बारे में छेड़छाड़ करता और उँगली में मोटर की चाभी घुमाता चला जाता।

जलील को ग़यास से यह गिला था कि वह 'अपनी लड़कियों' के मुताल्लिक़ इन्तिहाई राज़दारी से काम लेता है उनका नाम तक नहीं बताता। छुप-छुप कर उनसे मिलता है, उनको तोहफ़े देता है और अकेले-अकेले ऐश करता है। यही गिला ग़यास को जलील से था। लेकिन दोनों के दोस्ताना ताल्लुक़ात वैसे-के-वैसे क़ायम थे।

एक रोज़ स्टोर में एक स्याह बुर्क़ेवाली औरत आयी। नक़ाब उलटा हुआ था। चेहरा पसीने से सराबोर था, आते ही स्टूल पर बैठ गयी। ग़यास जब उसकी तरफ़ बढ़ा तो उसने बुर्क़े से पसीना पोंछकर उससे कहा, "पानी पिलाइए एक गिलास।"

ग़यास ने फ़ौरन नौकर को भेजा कि एक ठंडा लेमन ले आये। औरत ने छत के रुके हुए पंखों को देखा और ग़यास से पूछा, "पंखा क्यों नहीं चलाते आप?"

ग़यास ने सिर के ऊपर देखकर विवशता दिखाते हुए, "दोनों ख़राब हो गये हैं। मालूम नहीं क्या हुआ...मैंने आदमी भेजा हुआ है।"

औरत स्टूल पर से उठी, "मैं तो यहाँ एक मिनट नहीं बैठ सकती," यह कहकर वह शो-केसों को देखने लगी, "आदमी ख़ाक शॉपिंग कर सकता है दोज़ख़ में।"

ग़यास ने अटक-अटक कर कहा, "मुझे अफ़सोस है...आप...आप अन्दर तशरीफ़ ले चलिए...जिस चीज़ की आपको ज़रूरत होगी मैं लाकर दूँगा।"

ग़यास तेज़ क़दमी से आगे बढ़ा। पर्दा हटाया और उस औरत से कहा, "तशरीफ़ लाइए।"

औरत अन्दर कमरे में दाख़िल हो गयी और एक कुर्सी पर बैठ गयी। ग़यास ने पर्दा छोड़ दिया। दोनों मेरी नज़रों से ओझल हो गये। चन्द लम्हात के बाद ग़यास निकला। मेरे पास आकर उसने हौले से कहा, "मंटो साहब क्या ख़याल है आपका इस लड़की के बारे में?"

मैं मुस्कुरा दिया।

ग़यास ने एक ख़ाने से नयी क़िस्म की कुछ लिपिस्टक निकालीं और अन्दर कमरे में ले गया। इतने में जलील की मोटर का हॉर्न बजा और वह उँगली पर चाभी घुमाता नमूदार हुआ। आते ही उसने पुकारा, "ग़यास, आओ भई, सुनो, वह कल वाला मामला मैंने सब ठीक कर दिया है," फिर उसने मेरी तरफ़ देखा, "ओह! मंटो साहब, आदाब अर्ज़...ग़यास कहाँ है?"

मैंने जवाब दिया, "अन्दर कमरे में"

"वह मैंने सब ठीक कर दिया मंटो साहब...अभी-अभी पेट्रोल पम्प के पास मिली, पैदल जा रही थी। मैंने मोटर रोकी और कहा, 'जनाब यह मोटर आख़िर किस मर्ज़ की दवा है।' उसे छोड़कर आ रहा हूँ..." फिर उसने कमरे के पर्दे की तरफ़ मुँह करके आवाज़ दी..."ग़यास बाहर निकल बे।"

जलील ने उँगली पर ज़ोर से चाभी घुमाई "मसरूफ़ (व्यस्त) है...। अब उसने अन्दर मसरूफ़ होना शुरू कर दिया है," कहकर उसने आगे बढ़कर पर्दा उठाया। एकदम उसके जैसे ब्रेक-सा लग गया। पर्दा उसके हाथ से छूट गया। "सॉरी," कहकर वह उल्टे क़दम वापस आया और घबराए हुए लहज़े में उसने मुझसे पूछा, "मंटो साहब कौन है?"

मैंने सवाल किया, "कहाँ कौन?"

"यह...यह जो अन्दर बैठी होंठों पर लिपस्टिक लगा रही है।"

मैंने जवाब दिया, "मालूम नहीं ग्राहक है।"

जलील ने ऐनक के मोटे शीशों के पीछे आँखें सिकोड़ीं और पर्दे की तरफ़ देखने लगा। ग़यास बाहर निकला। जलील से "हैलो जलील," कहा और आइना उठा कर वापस कमरे में चला गया। दोनों दफ़ा जब पर्दा उठा तो जलील को उस औरत की हल्की-सी झलक नज़र आयी। मेरी तरफ़ मुड़कर उसने कहा, "ऐश करता है पट्ठा," फिर इज़तिराब (बेचैनी) की हालत में इधर-उधर टहलने लगा। थोड़ी देर के बाद पर्दा उठा। औरत होंठों को चूसती हुई निकली। जलील की निगाहों ने उसको स्टोर के

बाहर तक पहुँचाया। फिर उसने पलटकर कमरे का रुख़ किया। ग़यास बाहर निकला रूमाल से होंठ साफ़ करता। दोनों एक-दूसरे से क़रीब-क़रीब टकरा गये। जलील ने तेज़ लहज़े में उससे पूछा, "यह क्या क़िस्सा था भई?"

ग़यास मुस्कुराया, "कुछ नहीं," यह कहकर उसने रूमाल से होंठ साफ़ किए।

जलील ने ग़यास के चुटकी भरी, "कौन थी?"

"यार तुम ऐसी बातें न पूछा करो," ग़यास ने अपना रूमाल हवा में लहराया। जलील ने छीन लिया, ग़यास ने झपट्टा मारकर वापस लेना चाहा।

जलील पैंतरा बदलकर एक तरफ़ हट गया। रूमाल खोलकर उसने ग़ौर से देखा जगह-जगह सुर्ख़ निशान थे। ऐनक के मोटे शीशों के पीछे अपनी आँखें सिकोड़ कर उसने ग़यास को घूरा, "यह बात है।"

ग़यास ऐसा चोर बन गया, जिसको किसी ने चोरी करते हुए पकड़ लिया है, "जाने दो यार...इधर लाओ रूमाल।"

जलील ने रूमाल वापस कर दिया, "बताओ तो सही कौन थी?"

इतने में नौकर लैमन लेकर आ गया। ग़यास ने उसको इतनी देर लगाने पर झिड़का, "कोई मेहमान आये तो तुम हमेशा ऐसा ही किया करते हो।"

जलील ने ग़यास से पूछा, "यह लैमन उसी के लिए मँगवाया गया था।"

"हाँ यार...इतनी देर में आया है कमबख़्त...दिल में कहती होगी प्यासा ही भेज दिया," ग़यास ने रूमाल जेब में रख लिया।

जलील ने शो-केस पर से लैमन का गिलास उठाया और ग़टाग़ट पी गया, "हमारी प्यास तो बुझ गयी...लेकिन यार बताओ ना थी कौन? ...पहली ही मुलाक़ात में तुमने हाथ साफ़ कर लिया।"

ग़यास ने रूमाल निकालकर अपने होंठ साफ़ किए और आँखें चमकाकर कहा, "चिमट ही गयी...मैंने कहा देखो ठीक नहीं...दुकान है...ज़बर्दस्ती मेरे होंठों का चुम्मा ले गयी।"

एकदम मसूद की आवाज़ आयी, "सब बकवास है...महज़ खुदफ़रेबी (अपने आपको धोखा देना) है।"

ग़यास चौंक पड़ा। मसूद स्टोर के बाहर खड़ा था। उसने मुझे सलाम किया और चल दिया। जलील फ़ौरन ही ग़यास से मुख़ातिब हुआ, "छोड़ो यार, तुम यह बताओ फिर क्या हुआ? ...यार चीज़ अच्छी थी...क्या नाम है?"

ग़यास ने जवाब न दिया। मसूद की आवाज़ के अचानक हमले से वह बौखला सा गया था। जलील को एकदम याद आया कि वह तो एक बहुत ही ज़रूरी काम पर निकला है। उँगली पर चाभी घुमाकर उसने ग़यास से कहा, "लड़की के मुताल्लिक़ फिर पूछूँगा...अच्छा मंटो साहब अस्सलाम अलैकुम," और चला गया।

मैंने मुस्कुराकर ग़यास से पूछा, "ग़यास साहब इतनी जल्दी पहली ही मुलाक़ात में आपने..."

ग़यास झेंप गया। मेरी बात काटकर उसने कहा, "छोड़िए मंटो साहब...आप हमारे बुज़ुर्ग हैं...चलिए अन्दर बैठें। यहाँ गर्मी है।"

हम अन्दर कमरे की तरफ़ चलने लगे तो स्टोर के बाहर जलील की मोटर रुकी। उसने ज़ोर-ज़ोर से हॉर्न बजाया। ग़यास न गया तो वह ख़ुद दौड़ा अन्दर आया। "ग़यास बाहर आओ...बस स्टैंड के पास एक बड़ी ख़ूबसूरत लड़की खड़ी है..."

ग़यास उसके साथ चला गया। मैं मुस्कुराने लगा।

इस दौरान जलील ने बड़ी मुश्किलों से अपने बाप को राज़ी करके एक क्रिश्चियन लड़की मुलाज़िम रख ली। उसको वह अपनी स्टेनो कहता था। कई बार मोटर में उसको अपने साथ लाया, लेकिन उसको मोटर ही में बिठाए रखा। ग़यास को इस बात का बहुत गुस्सा था। एक बार उस स्टेनो के सामने ग़यास ने जलील से मज़ाक़ किया तो वह बहुत सिटपिटाया, उसके कान की लवें सुर्ख़ हो गयीं। नज़रें झुका कर उसने गाड़ी स्टार्ट की और यह जा वह जा।

बक़ौल जलील के यह स्टेनो शुरू-शुरू में तो बड़ी रिज़र्व रही। लेकिन आख़िर उससे खुल ही गयी। "बस अब चन्द दिनों में ही मामला पटा समझो।"

ग़यास अब ज़्यादातर जलील से उस स्टेनो की बातें करता। जलील उससे उस लड़की के मुताल्लिक़ पूछता जिसने चिमटकर उसको चूम लिया था तो ग़यास अमूमन यह कहता, "कल उसका टेलीफ़ोन आया। पूछने लगी आऊँ. ...मैंने कहा यहाँ नहीं। तुम वक़्त निकालो तो मैं किसी और जगह का इन्तज़ाम कर लूँगा।"

जलील उससे पूछता, "क्या कहा उसने?"

ग़यास जवाब देता, "तुम अपनी स्टेनो की सुनाओ।"

स्टेनो की बातें शुरू हो जातीं।

एक दिन मैं और ग़यास दोनों जलील की प्रेस गये। मुझे अपनी किताब के कवर के डिज़ाइन के बारे में दरियाफ़्त करना था। दफ़्तर में स्टेनो एक कोने में बैठी थी लेकिन जलील नहीं था। स्टेनो से पूछा तो मालूम हुआ कि वह अभी-अभी बाहर निकला है। मैंने नौकर को भेजा कि उसको हमारी आमद की इत्तिला दे। थोड़ी ही देर के बाद जलील आ गया। चिक उठाकर उसने मुझे सलाम किया और ग़यास से कहा, "इधर आओ ग़यास।"

हम दोनों बाहर निकले। ग़यास को एक कोने में ले जाकर जलील ने उछलकर ग़यास से कहा, "मैदान मार लिया...अभी-अभी तुम्हारे आने से थोड़ी देर पहले," यह कहकर वह रुक गया और मुझसे मुख़ातिब हुआ, "माफ़ कीजिएगा मंटो साहब," फिर

उसने ग़यास को ज़ोर से अपने साथ भींच लिया, "बस मैंने आज उसको पकड़ लिया...बिलकुल उसी तरह...और उसी जगह...उस ट्रेडल के पास।"

ग़यास ने पूछा, "किसे?"

जलील झुँझला गया, "अबे अपनी स्टेनो को...क़सम खुदा की मज़ा आ गया...यह देखो।" उसने अपना रूमाल पतलून की जेब से निकालकर हवा में लहराया...उस पर सुर्ख़ी के धब्बे थे।

एकदम मसूद की आवाज़ आयी, "बकवास है...महज़ खुदफ़रेबी है।"

जलील और ग़यास चौंक उठे...मैं मुस्कुराया। ट्रेडल पर सुर्ख़ रोग़न की पतली-सी हमवार (समतल) तह फैली हुई थी। एक जगह पोंछने की वजह से कुछ लाइनें पड़ गयी थीं।

नारा

उसे यों महसूस हुआ कि पत्थर की उस इमारत की सातों मंज़िलें उसके कन्धों पर धर दी गयी हैं।

वह सातवीं मंज़िल से एक-एक सीढ़ी करके उतरा और उन तमाम मंज़िलों का बोझ उसके चौड़े, लेकिन दुबले कन्धे पर सवार हो गया। जब वह मकान-मालिक से मिलने के लिए ऊपर चढ़ रहा था तो उसे ऐसा लगा था कि उसका बोझ कुछ हल्का हो गया है और कुछ हल्का हो जायेगा। इसलिए कि उसने अपने मन में सोचा था कि मकान-मालिक, जिसे सब 'से' के नाम से पुकारते हैं, उसकी विपदा ज़रूर सुनेगा और किराया चुकाने के लिए उसे एक महीने की और मोहलत बख़्श देगा।

बख़्श देगा—यह सोचते हुए उसके अभिमान को ठेस लगी थी, लेकिन फ़ौरन ही उसको असलियत भी मालूम हो गयी थी।...

वह भीख माँगने ही तो जा रहा था और भीख हाथ फैलाकर, आँखों में आँसू भर कर, अपने दुःख-दर्द सुनाकर और अपने घाव दिखाकर ही माँगी जाती है।

उसने यही कुछ किया। जब वह उस इमारत के बड़े दरवाज़े में दाखिल होने लगा तो उसने अपने गुरूर को—उस चीज़ को, जो भीख माँगने में आम तौर पर रुकावट पैदा किया करती है दिल से निकालकर फ़ुटपाथ पर डाल दिया था।

वह अपना दीया बुझाकर और अपने आप को अँधेरे में लपेटकर, मकान-मालिक के उस जगमगाते कमरे में दाखिल हुआ, जहाँ 'से' अपनी दो बिल्डिंगों का किराया वसूल करता था, और हाथ जोड़कर एक तरफ़ खड़ा हो गया। 'से' के तिलक लगे माथे पर कई सिलवटें पड़ गयीं। उसका बालों-भरा हाथ एक मोटी-सी कॉपी की ओर बढ़ा। दो बड़ी-बड़ी आँखों ने उस कॉपी पर कुछ अक्षर पढ़े और एक भारी-सी आवाज़ गूँजी—

"केशव लाल... पाँचवीं खोली, दूसरा माला...दो महीने का किराया...ले आये हो क्या?"

यह सुनकर उसने अपना दिल, जिसके सारे पुराने और नये घाव सीढ़ियाँ चढ़ते

हुए, वह कुरेद-कुरेद कर हरे कर चुका था, 'से' को दिखाने चाहे। उसे पूरा विश्वास था कि उसे देखकर उसके मन में ज़रूर हमदर्दी पैदा हो जायेगी। पर.. 'से' जी ने कुछ न सुनना चाहा और उसके सीने में एक हुल्लड़-सा मच गया।

'से' के मन में सहानुभूति जगाने के लिए उसने अपने वे सारे दुःख, जो बीत चुके थे, बीते दिनों की गहरी खाई से निकालकर अपने मन में भर लिये थे और अर्सा पहले मिट चुके उन तमाम घावों की जलन, उसने बड़ी मुश्किल से इकट्ठी करके अपनी छाती में जमा की थी। अब उसकी समझ में नहीं आता था कि इतनी चीज़ों को कैसे सँभाले?

उसके घर में बिन-बुलाये मेहमान आ गये होते तो वह उनसे बड़े रूखेपन के साथ कह सकता था—जाओ भई, जाओ। मेरे पास इतनी जगह नहीं है कि तुम्हें रुका सकूँ और न मेरे पास रुपया है कि तुम सबकी ख़ातिर-तवाज़ो कर सकूँ । पर यहाँ तो मामला ही दूसरा था। उसने तो अपने भूले-भटके दुःखों को इधर-उधर से पकड़ कर, ख़ुद ही अपने सीने में जमा किया था। अब भला वे बाहर निकल सकते थे?

हड़बड़ाहट में उसे कुछ पता न चला था कि उसकी छाती में कितनी चीज़ें भर गयी हैं। पर जैसे-जैसे उसने सोचना शुरू किया, वह पहचानने लगा कि अमुक दुःख, अमुक समय का है और अमुक दर्द उसे अमुक वक़्त पर हुआ था। अब, जब यह सोच-विचार शुरू हुआ तो याद ने बढ़कर वह धुँध हटा दी, जो इनमें लिपटी हुई थी और कल के तमाम दुःख-दर्द, आज की तकलीफ़ें बन गये और उसने अपनी ज़िन्दगी की बासी रोटियाँ फिर अंगारों पर सेंकनी शुरू कर दीं। थोड़े-से समय में बहुत कुछ सोचा। उसके घर का अन्धा लैम्प कई बार बिजली के उस बल्ब से टकराया, जो मकान-मालिक के गंजे सिर के ऊपर मुस्कुरा रहा था। कई बार उसके पैबन्द-लगे कपड़े उन खूँटियों पर, जो दीवार में गड़ी चमक रही थीं, लटककर फिर उसके मैले बदन से चिमट गये। कई बार उसे अन्नदाता भगवान का ध्यान आया, जो बहुत दूर न जाने कहाँ बैठा, अपने बन्दों का ख़याल रखता है। पर अपने सामने 'से' को कुर्सी पर बैठा देखकर, जिसके क़लम की एक जुम्बिश कुछ-का-कुछ कर सकती थी, वह उस बारे में कुछ भी न सोच सका। कई बार उसे ख़याल आया और वह सोचने लगा कि उसे क्या ख़याल आया, पर वह उसके पीछे भाग-दौड़ न कर सका। वह बेहद घबरा गया था। उसने आज तक अपने सीने में इतनी खलबली पहले कभी महसूस नहीं की थी।

वह खलबली पर अभी ताज्जुब ही कर रहा था कि मकान-मालिक ने गुस्से में आकर उसे गाली दी—गाली...यों समझिए कि कानों के रास्ते पिघला हुआ सीसा साँय-साँय करता, उसके दिल में उतर गया और उसके सीने के अन्दर जो हुल्लड़ मच गया, उसका तो कुछ कहना ही नहीं था। जिस तरह किसी गरमा-गरम जलसे में किसी

की शरारत से भगदड़ मच जाया करती है, ठीक उसी तरह, उसके मन में हलचल पैदा हो गयी। उसने बहुत जतन किये कि उसके वे दुःख-दर्द, जो उसने 'से' को दिखाने के लिए इकट्ठे किये थे, चुपचाप रहें; पर कुछ न हो सका। 'से' के मुँह से गाली का निकलना था कि सबके सब बेचैन हो गये और अँधाधुँध एक-दूसरे के साथ टकराने लगे। अब वह इस नयी तकलीफ़ को न सह सका और उसकी आँखों में, जो पहले ही से तप रही थीं, आँसू आ गये, जिससे उनकी गर्मी और भी बढ़ गयी और उनसे धुआँ निकलने लगा।

उसके मन में आया कि उस गाली को, जिसे वह बड़ी हद तक निगल चुका था, 'से' के झुर्रियों-पड़े चेहरे पर कै की तरह उगल दे, पर वह इस ख़याल से बाज़ आ गया, क्योंकि उसका अभिमान तो बाहर फ़ुटपाथ पर पड़ा था। अपोलो बन्दर पर नमक-लगी मूँगफली बेचनेवाले का अभिमान...उसकी आँखें हँस रही थीं और उनके आगे नमक-लगी मूँगफली के वे सारे दाने, जो उसके घर में एक थैले के अन्दर, बरखा की वजह से गीले हो रहे थे, नाचने लगे।

उसकी आँखें हँसीं, उसका दिल भी हँसा। यह सब कुछ हुआ, पर वह कड़वाहट दूर न हुई, जो उसके गले में 'से' की गाली ने पैदा कर दी थी। वह कड़वाहट अगर सिर्फ़ ज़ुबान पर होती तो वह उसे थूक देता, पर वह तो बहुत बुरी तरह उसके गले में अटक गयी थी और निकाले न निकलती थी। फिर एक अजीब किस्म का दुःख, जो उस गाली ने पैदा कर दिया था, उसकी घबराहट को और भी बढ़ा रहा था। उसे यूँ महसूस होता था कि उसकी आँखें, जो 'से' के सामने रोना बेकार समझती थीं, उसके सीने के अन्दर उतरकर आँसू बहा रही हैं, जहाँ हर चीज़ पहले ही से दुःख में डूबी हुई थी।

सेठ ने उसे फिर गाली दी। उतनी ही मोटी, जितनी 'से' की चर्बी-भरी गर्दन थी। और उसे ऐसा लगा कि किसी ने ऊपर से उस पर कूड़ा-कर्कट फेंक दिया है। चुनांचे उसका एक हाथ अपने आप चेहरे की हिफ़ाज़त के लिए बढ़ा। पर उस गाली की सारी गर्द उस पर फैल चुकी थी।...अब उसने वहाँ ठहरना अच्छा न समझा, क्योंकि क्या पता था...उसे कुछ पता न था...वह सिर्फ़ इतना जानता था कि ऐसे हालात में किसी बात की सुध-बुध नहीं रहा करती।

वह जब नीचे उतरा तो उसे ऐसा महसूस हुआ कि पत्थर की उस इमारत की सातों मंज़िलें उसके कन्धों पर धर दी गयी हैं। एक नहीं, दो गालियाँ... बार-बार ये दो गालियाँ, जो 'से' ने बिलकुल पान की पीक की तरह अपने मुँह से उगल दी थीं, उसके कानों के पास ज़हरीली बर्रों की तरह भनभनाना शुरू कर देती थीं और वह सख्त बेचैन हो जाता था। वह कैसे उस...उस...उसकी समझ में नहीं आता था कि इस गड़बड़ का नाम क्या रखे, जो उसके दिल और दिमाग़ में उन गालियों ने मचा रखी

थी—वह कैसे उस ताप को दूर कर सकता था, जिसमें वह फुँका जा रहा था। कैसे?... पर वह सोचविचार के क़ाबिल भी तो नहीं रहा था। उसका दिमाग़ तो इस समय एक ऐसा अखाड़ा बना हुआ था, जिसमें बहुत-से पहलवान कुश्ती लड़ रहे हों। जो भी विचार वहाँ पैदा होता, किसी दूसरे विचार से, जो पहले ही से वहाँ मौजूद होता भिड़ जाता और वह कुछ सोच न सकता।

चलते-चलते, जब एकाएक उसके दुःख उल्टी के रूप में बाहर निकलने को थे, उसके मन में आया। मन में क्या आया, मजबूरी की हालत में वह उस आदमी को रोककर, जो लम्बे-लम्बे डग भरता उसके पास से गुज़र रहा था, यह कहने ही वाला था—"भैया, मैं बीमार हूँ।" पर जब उसने उस राह-चलते आदमी की शक्ल देखी तो बिजली का वह खम्भा, जो उसके पास ही ज़मीन में गड़ा था, उसे उस आदमी से कहीं ज़्यादा रहम-दिल दिखाई दिया और जो कुछ वह अपने अन्दर से बाहर निकालने वाला था, एक-एक घूँट करके फिर निगल गया।

फ़ुटपाथ में चौकोर पत्थर एक तरतीब के साथ जड़े हुए थे। वह उन पत्थरों पर चल रहा था। आज तक कभी उसने उनकी सख़्ती महसूस न की थी, पर आज उनकी कठोरता उसके दिल तक पहुँच रही थी। फ़ुटपाथ का हर पत्थर, जिस पर उसके क़दम पड़ रहे थे, उसके दिल के साथ टकरा रहा था।...'से' के मकान से निकलकर, अभी वह थोड़ी ही दूर गया होगा कि उसका जोड़-जोड़ ढीला हो गया।

चलते-चलते, उसकी टक्कर एक लड़के से हुई और उसे ऐसा लगा, मानो वह टूट गया है। इसलिए उसने झट उस आदमी की तरह, जिसकी झोली से बेर गिर रहे हों, इधर-उधर अपने हाथ फैलाये और अपने आपको इकट्ठा करके हौले-हौले चलना शुरू किया।

उसका दिमाग़ उसकी टाँगों के मुक़ाबिले में ज़्यादा तेज़ी के साथ चल रहा था। चुनांचे कभी-कभी चलते-चलते उसे यह महसूस होता था कि उसका निचला धड़ सारे-का-सारा बहुत पीछे रह गया है और दिमाग़ बहुत आगे निकल गया है। कई बार उसे इस ख़याल से गुज़रना पड़ा कि दोनों चीज़ें एक-दूसरे के साथ-साथ हो जायें।

वह फ़ुटपाथ पर चल रहा था, जिसके दूसरी तरफ़, सड़क पर, पों-पों करती मोटरों का ताँता बँधा हुआ था। घोड़ा-गाड़ियाँ, ट्रामें, भारी-भरकम ट्रक़, लॉरियाँ—ये सब सड़क की काली छाती पर दनदनाती हुई चल रही थीं। एक शोर मचा हुआ था, पर उसके कानों को कुछ सुनाई न देता था। वे तो पहले ही से साँय-साँय कर रहे थे, जैसे रेलगाड़ी का इंजन फ़ालतू भाप बाहर निकाल रहा हो।

चलते-चलते, एक लँगड़े कुत्ते से उसकी टक्कर हुई। कुत्ते ने, इस ख़याल से कि शायद उसका घायल पैर कुचल दिया गया है, 'चाँव' किया और परे हट गया। वह समझा कि 'से' ने उसे फिर गाली दी है।...गाली...गाली ठीक इसी तरह उससे उलझ

कर रह गयी थी, जैसे झड़बेरी के काँटों में कोई कपड़ा। वह अपने आपको छुड़ाने की जितनी कोशिश करता था, उतनी ही ज़्यादा उसकी आत्मा घायल होती जा रही थी।

उसे उस नमक-लगी मूँगफली का ख़याल नहीं था, जो उसके घर में बारिश की वजह से गीली हो रही थी और न उसे रोटी-कपड़े का ख़याल था। उसकी उम्र तीस बरस के क़रीब थी और इन तीस बरसों में, जिनमें भगवान जाने कितने दिन होते हैं, वह कभी भूखा न सोया था, न कभी नंगा ही फिरा था। उसे सिर्फ़ इस बात का दुख था कि उसे हर महीने किराया देना पड़ता था। वह अपना और अपने बाल-बच्चों का पेट भरे, उस बकरे जैसी दाढ़ीवाले हकीम की दवाइयों के दाम दे, शाम को ताड़ी की एक बोतल के लिए दुअन्नी पैदा करे या उस गंजे 'से' के मकान के एक कमरे का किराया अदा करे! मकानों और किरायों की फ़िलॉसफ़ी उसकी समझ में सदा ऊँची रही। वह जब भी दस रुपये गिनकर 'से' या उसके मुनीम की हथेली पर रखता तो समझता था कि उससे यह रक़म ज़बर्दस्ती छीन ली गयी है और अब अगर वह पाँच बरस तक बराबर किराया देते रहने के बाद सिर्फ़ दो महीने का किराया चुकता न कर सका तो क्या 'से' को इस बात का हक़ हासिल हो गया कि वह उसे गाली दे? सबसे बड़ी बात तो यही थी, जो उसे खाये जा रही थी। उसे इन बीस रुपयों की परवाह नहीं थी, जो उसे आज नहीं तो कल चुका देने थे। वह उन दो गालियों के बारे में सोच रहा था, जो उन बीस रुपयों के बीच में 'से' निकली थीं। न वह बीस रुपयों का क़र्ज़दार होता और न 'से' के कुठाली-जैसे मुँह से यह गन्दगी बाहर निकलती।

मान लिया, वह धनवान था। उसके पास दो बिल्डिंगें थीं, जिनके एक सौ चौबीस कमरों का किराया उसको आता था। पर उन एक सौ चौबीस कमरों में जितने लोग रहते हैं, वे उसके गुलाम तो नहीं? और अगर गुलाम भी हैं तो वह उन्हें गाली कैसे दे सकता है?

ठीक है, उसे किराया चाहिए; पर मैं कहाँ से लाऊँ? पाँच बरस तक उसको देता ही रहा हूँ। जब होगा, दे दूँगा। पिछले बरस, बरसात का सारा पानी हम पर टपकता रहा, पर मैंने उसे कभी गाली न दी, हालाँकि मुझे उससे कहीं ज़्यादा भयानक गालियाँ याद हैं। मैंने 'से' जी से हज़ार बार कहा कि मेरी सीढ़ी का डण्डा टूट गया है, उसे बनवा दीजिए, पर मेरी एक न सुनी गयी। मेरी फूल-सी बच्ची गिरी। उसका दाहिना हाथ हमेशा के लिए बेकार हो गया। मैं गालियों की जगह, उसे कोस सकता था, पर मुझे इसका ध्यान ही नहीं आया।...और दो महीने का किराया न चुकाने पर मैं गालियों के क़ाबिल हो गया। उसको यह ध्यान तक न आया कि उसके बच्चे अपोलो बन्दर पर मेरे थैले से मुट्ठियाँ भर-भर के मूँगफली खाते हैं।

इसमें कोई शक नहीं कि उसके पास इतनी दौलत नहीं थी, जितनी कि दो बिल्डिंगों वाले उस 'से' के पास थी और ऐसे लोग भी होंगे, जिनके पास उससे भी

ज़्यादा दौलत होगी। पर वह ग़रीब कैसे हो गया?...उसे ग़रीब समझकर ही तो गाली दी गयी थी। नहीं तो उस गंजे 'से' की क्या मजाल थी कि कुर्सी पर बड़े इत्मीनान से बैठकर उसे दो गालियाँ सुना देता। जैसे किसी के पास दौलत का न होना बहुत बुरी बात है। अब यह उसका क़ुसूर नहीं था कि उसके पास दौलत की कमी थी। सच पूछिए तो उसने कभी धन-दौलत के सपने देखे ही न थे। वह अपने हाल में मस्त था। उसकी ज़िन्दगी बड़े मज़े में गुज़र रही थी। पर पिछले महीने एकाएक उसकी बीवी बीमार पड़ गयी और उसकी दवा-दारु पर वे तमाम रुपये ख़र्च हो गये, जो किराये में जाने वाले थे। अगर वह खुद बीमार होता तो सम्भव था कि वह दवाओं पर रुपया ख़र्च न करता। लेकिन यहाँ तो उसके होनेवाले बच्चे की बात थी, जो अपनी माँ के पेट ही में था। उसको सन्तान बहुत प्यारी थीं—जो पैदा हो चुकी थी और जो पैदा होने वाली थी—सब-की-सब उसे प्यारी थीं। वह कैसे अपनी बीवी का इलाज न कराता? क्या वह उस बच्चे का बाप न था?—बाप का दिल—यह तो सिर्फ़ दो महीने के किराये की बात थी। अगर उसे अपने बच्चे के लिए चोरी भी करनी पड़ती तो वह कभी न चूकता...

चोरी! नहीं-नहीं, वह चोरी कभी न करता—यों समझिए कि वह अपने बच्चे के लिए बड़े-से-बड़ा बलिदान करने के लिए तैयार था, पर वह चोर कभी न बनता—वह अपनी छिनी हुई चीज़ वापस लेने के लिए लड़ने-मरने को तैयार था, पर वह चोरी नहीं कर सकता था।

अगर वह चाहता तो उस समय, जब 'से' ने उसे गाली दी थी, आगे बढ़कर उसका टेंटुआ दबा देता और उस तिजोरी में से वे तमाम नीले और हरे नोट निकाल कर भाग जाता, जिनको वह आज तक लाजवन्ती के पत्ते समझा करता था... नहीं-नहीं, वह ऐसा कभी न करता। लेकिन फिर उस 'से' ने उसे गाली क्यों दी?...पिछले बरस, चौपाटी पर एक ग्राहक ने उसे गाली दी थी, इसलिए कि दो पैसे की मूँगफली में चार दाने कड़वे चले गये थे और उसके जवाब में उसने उसकी गर्दन पर ऐसी धौल जमाई थी कि दूर बैंच पर बैठे आदमियों ने भी उसकी आवाज़ सुन ली थी। पर 'से' ने उसे दो गालियाँ दीं और वह चुप रहा। खामोश सुनता रहा। केशव लाल, जिसके बारे में मशहूर था कि वह नाक पर मक्खी भी नहीं बैठने देता।...'से' ने एक गाली दी और वह कुछ न बोला...दूसरी गाली दी, तब भी वह चुप रहा, जैसे वह मिट्टी का पुतला है...पर वह मिट्टी का पुतला कैसे हुआ? उसने उन दो गालियों को 'से' के थूक-भरे मुँह से निकलते देखा, जैसे बड़े-बड़े चूहे मोरियों से बाहर निकलते हैं। वह जान-बूझ कर चुप रहा, इसलिए कि वह अपना घमण्ड नीचे छोड़ आया था।... पर उसने अपना घमण्ड अपने से क्यों अलग किया—'से' से गालियाँ खाने के लिए?

यह सोचते हुए उसे एकाएक ख़याल आया कि शायद 'से' ने उसे नहीं, किसी

और को गालियाँ दी थीं...नहीं-नहीं, गालियाँ उसे ही दी गयी थीं। इसलिए कि दो महीने का किराया उसी की तरफ़ निकलता था। अगर उसे गालियाँ न दी गयी होतीं तो इस सोचविचार की ज़रूरत ही क्या थी? और यह जो उसके सीने में हुल्लड़-सा मच रहा था, क्या बेवजह उसे दुःख दे रहा था? उसी को वे गालियाँ दी गयी थीं। जब उसके सामने एक मोटर ने अपने माथे की बत्तियाँ रौशन कीं तो उसे ऐसा लगा कि वे दो गालियाँ पिघलकर, उसकी आँखों में धँस गयी हैं।...गालियाँ...गालियाँ...वह झुँझला गया।...वह जितनी कोशिश करता था कि उन गालियों के बारे में न सोचे, उतनी ही शिद्दत से उसे उनके बारे में सोचना पड़ता था और यह मजबूरी उसे बहुत चिड़चिड़ा बना रही थी, चुनांचे इस चिड़चिड़ेपन में उसने अकारण दो-तीन आदमियों को, जो उसके पास से गुज़र रहे थे, मन-ही-मन गालियाँ दीं—'यों अकड़ के चल रहे हैं, जैसे इनके बाबा का राज है।'

अगर उसका राज होता तो वह उस 'से' को मज़ा चखा देता, जो उसे—यूँ ही दो गालियाँ सुनाकर अपने घर में यों आराम से बैठा था, जैसे उसने अपनी गद्देदार कुर्सी में से दो खटमल निकालकर बाहर फेंक दिये हैं। सचमुच अगर उसका अपना राज होता तो वह चौक में बहुत-से लोगों को इकट्ठा करके 'से' को बीच में खड़ा कर देता और उसकी गंजी चँदिया पर इस ज़ोर से धप्पा मारता कि 'से' बिलबिला उठता। फिर वह सब लोगों से कहता कि हँसो, जी भर के हँसो और खुद इतना हँसता कि हँसते-हँसते उसका पेट दुखने लगता।...पर उस समय उसे बिलकुल हँसी नहीं आ रही थी।...क्यों?...अपना राज न होने पर भी तो वह 'से' के गंजे सिर पर धप्पा मार सकता था। उसे किस बात की रुकावट थी?...रुकावट थी...रुकावट थी—तभी तो वह गालियाँ सुनकर चुप ही रहा।

उसके क़दम रुक गये। उसका दिमाग़ भी एक-दो पल के लिए सुस्ताया और उसने सोचा कि चलो, अभी इस झंझट का फ़ैसला ही कर दूँ।...भागा हुआ जाऊँ और एक ही झटके में 'से' की गर्दन मरोड़कर उस तिजोरी पर रख दूँ, जिसका ढकना मगरमच्छ के मुँह की तरह खुलता है।...लेकिन वह खम्भे की तरह ज़मीन में क्यों गड़ गया था? 'से' के घर की तरफ़ पलटा क्यों नहीं था?...क्या उसमें साहस न था?

उसमें साहस न था।...कितने दुःख की बात है कि उसकी सारी ताक़त ठण्डी पड़ गयी थी। ये गालियाँ...वह उन गालियों को क्या कहता?...उन गालियों ने उसकी चौड़ी छाती पर रोलर-सा फेर दिया था...सिर्फ़ दो गालियों ने...हालाँकि पिछले हिन्दू-मुस्लिम दंगे में एक हिन्दू ने उसे मुसलमान समझ कर लाठियों से बहुत पीटा था और अधमुआ कर दिया था, लेकिन उसे इतनी कमज़ोरी महसूस न हुई थी।...केशव लाल, खारी सींग वाला, जो अपने दोस्तों को बड़े गर्व के साथ कहा करता था कि वह कभी बीमार नहीं पड़ा, आज यों चल रहा था, जैसे बरसों का रोगी हो।...और यह रोग

किसने पैदा किया था?...दो गालियों ने।

गालियाँ...गालियाँ...कहाँ थीं वे दो गालियाँ? उसके मन में आया कि अपने सीने के अन्दर हाथ डालकर, वह उन दो पत्थरों को, जो किसी तरह गलते ही न थे, बाहर निकाल ले और जो कोई भी उसके सामने आये, उसके सिर पर दे मारे; पर यह कैसे हो सकता था।...उसका सीना मुरब्बे का मर्तबान थोड़े ही था।

ठीक है, लेकिन फिर कोई और तरकीब भी तो समझ में आये, जिससे ये गालियाँ दफ़ा हो जायें। क्यों...क्यों नहीं कोई आदमी बढ़कर उसे इस दुःख से छुटकारा दिलाने की कोशिश करता? क्या वह हमदर्दी के क़ाबिल न था?...होगा, पर किसी को उसके दिल के हाल का क्या पता था? वह खुली किताब थोड़े ही था और न उसने अपना दिल बाहर लटका रखा था। अन्दर की बात किसी को क्या मालूम?

न मालूम हो!...भगवान करे किसी को मालूम न हो।...अगर किसी को अन्दर की बात का पता चल गया तो केशव लाल, खारी सींग वाले के लिए डूब मरने की बात थी।...गालियाँ सुनकर चुप रहना, मामूली बात थी क्या?

मामूली बात नहीं, बहुत बड़ी बात है...हिमालय पहाड़ जितनी बड़ी बात है। उससे भी बड़ी बात है। उसका घमण्ड मिट्टी में मिल गया है, उसकी ज़िल्लत हुई है, उसकी नाक कट गयी है...उसका सब कुछ लुट गया है। चलो भई, छुट्टी हुई। अब तो ये गालियाँ उसका पीछा छोड़ दें।...वह कमीना था, ज़लील था, नीच था, गन्दगी साफ़ करने वाला भंगी था, कुत्ता था...उसको गालियाँ मिलनी ही चाहिए थीं।

नहीं, नहीं, किसी की क्या मजाल थी कि उसे गालियाँ दे और फिर बिना किसी क़ुसूर के! वह उसे कच्चा न चबा जाता...यार हटाओ, ये सब कहने की बातें हैं।... तुमने तो 'से' से यूँ गालियाँ सुनीं, जैसे मीठी-मीठी बोलियाँ थीं।

मीठी-मीठी बोलियाँ थीं, बड़े मज़ेदार घूँट थे—चलो, यही सही!...अब तो मेरा पीछा छोड़ दो; वरना सच कहता हूँ, पागल हो जाऊँगा।...ये लोग, जो बड़े आराम से इधर-उधर चल-फिर रहे हैं, मैं इनमें से हर एक का सिर फोड़ दूँगा। भगवान की कसम, मुझमें अब ज़्यादा ताब नहीं रही। मैं ज़रूर पागल कुत्ते की तरह सबको काटना शुरू कर दूँगा। लोग मुझे पागलखाने में बन्द कर देंगे और मैं दीवारों के साथ अपना सिर टकराकर मर जाऊँगा...मर जाऊँगा, सच कहता हूँ, मर जाऊँगा और मेरी राधा, विधवा और मेरे बच्चे अनाथ हो जायेंगे। यह सब कुछ इसलिए होगा कि मैंने 'से' से दो गालियाँ सुनीं और चुप रहा। जैसे मेरे मुँह पर ताला लगा हुआ था। मैं लूला, लँगड़ा, अपंग था।...भगवान करे, मेरी टाँगें उस मोटर के नीचे आकर टूट जायें, मेरे हाथ कट जायें...मैं मर जाऊँ, ताकि यह बक-बक तो ख़त्म हो...छिः...कोई ठिकाना है इस दुःख का...कपड़े फाड़ कर नंगा नाचना शुरू कर दूँ...उस ट्राम के नीचे सिर दे दूँ, ज़ोर-ज़ोर से चिल्लाना शुरू कर दूँ...क्या करूँ?

यह सोचते हुए, उसे एकाएक ख़याल आया कि बाज़ार के बीच खड़ा हो जाये और सारे ट्रैफ़िक को रोककर, जो उसके मुँह में आये, बकता चला जाये, यहाँ तक कि उसका सीना सारा-का-सारा ख़ाली हो जाये, या फिर उसके मन में आये कि खड़े-खड़े यहीं से चिल्लाना शुरू कर दे—'मुझे बचाओ... मुझे बचाओ!'

इतने में एक आग बुझानेवाला इंजन सड़क पर 'टन-टन' करता आया और उधर, उस मोड़ में गुम हो गया। उसे देखकर वह ऊँची आवाज़ में कहने ही वाला था—'ठहरो! ... मेरी आग बुझाते जाओ!' पर न जाने क्यों रुक गया।

सहसा उसने अपने कदम तेज़ कर दिये। उसे ऐसा महसूस हुआ था कि उसकी साँस रुकने लगी है और अगर तेज़ न चलेगा तो बहुत मुमकिन है कि वह फट जाये। लेकिन जैसे ही उसकी रफ़्तार बढ़ी, उसका दिमाग़ आग का एक चक्कर-सा बन गया। उस चक्कर में उसके सारे पुराने और नये ख़याल एक हार की तरह गुँथ गये। दो महीने का किराया, पत्थर की बिल्डिंग में उसका दरख़्वास्त लेकर जाना...सात मंज़िलों की एक सौ बारह सीढ़ियाँ, 'से' की भद्दी आवाज़, उसके गंजे सिर पर मुस्कुराता हुआ बिजली का लैम्प और...यह मोटी गाली...फिर दूसरी...और उसकी ख़ामोशी...यहाँ पहुँचकर आग के उस चक्कर में से तड़-तड़ गोलियाँ-सी निकलनी शुरू हो जातीं और उसे ऐसा महसूस होता कि उसका सीना छलनी हो गया है।

उसने अपने क़दम और तेज़ किये और आग का यह चक्कर इतनी तेज़ी से घूमना शुरू हुआ कि शोलों की एक बहुत बड़ी गेंद-सी बन गयी, जो उसके आगे-आगे ज़मीन पर उछलने-कूदने लगी। वह अब दौड़ने लगा। लेकिन फ़ौरन ही ख़यालों की भीड़-भाड़ में एक नया ख़याल ऊँची आवाज़ में चिल्लाया—"तुम क्यों भाग रहे हो? किससे भाग रहे हो? तुम कायर हो!" उसके क़दम धीरे-धीरे उठने लगे, फिर ब्रेक-सी लग गयी और वह हौले-हौले चलने लगा।...वह सचमुच कायर था...भाग क्यों रहा था...उसे तो बदला लेना था...ब...द...ला...यह सोचते हुए उसे अपनी जीभ पर ख़ून का नमकीन स्वाद महसूस हुआ और उसके बदन में एक झुरझुरी-सी पैदा हुई। ख़ून.. ख़ून...उसे आसमान-ज़मीन—सब ख़ून में ही रंगे हुए नज़र आने लगे।...ख़ून...उस समय उसमें इतनी ताक़त थी कि पत्थर की रगों में से भी ख़ून निचोड़ सकता था।

उसकी आँखों में लाल डोरे उभर आये। मुट्ठियाँ भिंच गयीं और क़दमों में मज़बूती आ गयी।...अब वह बदला लेने पर तुल गया था।

वह बढ़ा।

आने-जाने वाले लोगों में से तीर की तरह अपना रास्ता बनाता, आगे बढ़ता रहा—आगे...और आगे!

जिस तरह तेज़ चलने वाली रेलगाड़ी, छोटे-छोटे स्टेशनों को छोड़ जाया करती है, उसी तरह वह बिजली के खम्भों, दुकानों और लम्बे-लम्बे बाज़ारों को अपने पीछे

छोड़ता, आगे बढ़ रहा था। आगे...आगे...बहुत आगे।

रास्ते में सिनेमा की एक रंगीन बिल्डिंग आयी। उसने उसकी तरफ़ आँख उठा कर भी न देखा और उसके पास से बेपरवाह, हवा की तरह बढ़ गया।

वह बढ़ता गया।

भीतर-ही-भीतर उसने अपने हर ज़र्रे को एक बम बना लिया था, ताकि वक़्त पर काम आये।

कई बाज़ारों से, ज़हरीले साँप की तरह फुँफकारता हुआ वह अपोलो बन्दर पहुँचा।...अपोलो बन्दर..गेटवे ऑफ़ इण्डिया के सामने, अनगिनत मोटरें क़तार-दर-क़तार खड़ी थीं। उनको देखकर उसने यह समझा कि बहुत-से गिद्ध पंख जोड़कर, किसी लाश के इर्द-गिर्द बैठे हैं। जब उसने ख़ामोश समुद्र की तरफ़ देखा तो उसे वह एक लम्बी-चौड़ी लाश मालूम हुई।...उस समुद्र के इस तरफ़ एक कोने में लाल-लाल रौशनी की लकीरें हौले-हौले बल खा रही थीं। यह एक आलीशान होटल के माथे पर, बिजली की ट्यूबों में लिखा हुआ नाम था, जिसकी लाल रौशनी समुद्र के पानी में गुदगुदी पैदा कर रही थी।

केशव लाल, खारी सींग वाला, उस आलीशान होटल के नीचे खड़ा हो गया।... उस बिजली के बोर्ड के ठीक नीचे क़दम गाड़कर उसने ऊपर देखा।...पत्थर की इमारत की तरफ़, जिसके रौशन कमरे चमक रहे थे और...उसके गले से एक नारा... कानों के पर्दे फाड़ देने वाला नारा, पिघले हुए गर्म-गर्म लावे की तरह निकला—"हत तेरी...।"

जितने कबूतर होटल की मुँडेरों पर ऊँघ रहे थे, बेतरह डर गये और पंख फड़फड़ाने लगे।

नारा लगाकर, जब उसने अपने क़दम ज़मीन से बड़ी मुश्किल के साथ अलग किये और वापस मुड़ा तो उसे इस बात का पूरा विश्वास था कि होटल की इमारत भरभरा कर नीचे गिर गयी है। और यह नारा सुनकर एक आदमी ने अपनी पत्नी से, जो यह नारा सुनकर डर गयी थी, कहा—"पागल है!"

फ़ोभा बाई

हैदराबाद से शहाब आया तो उसने बॉम्बे सेन्ट्रल स्टेशन के प्लेटफ़ॉर्म पर पहला क़दम रखते ही हनीफ़ से कहा, "देखो भाई, आज शाम को वह मामला ज़रूर होगा वरना याद रखो मैं वापस चला जाऊँगा।"

हनीफ़ को मालूम था कि 'वह मामला' क्या है। चुनांचे शाम को उसने टैक्सी ली। शहाब को साथ लिया। ग्रांट रोड के नाके पर एक दलाल को बुलाया और उससे कहा, "मेरे दोस्त हैदराबाद से आये हैं। उनके लिए एक अच्छी छोकरी चाहिए।"

दलाल ने अपने कान से अड़सी हुई बीड़ी निकाली और उसको होंठों में दबा कर कहा, "दक्कनी चलेगी?"

हनीफ़ ने शहाब की तरफ़ सवालिया नज़रों से देखा। शहाब ने कहा, "नहीं भाई...मुझे कोई मुसलमान चाहिए।"

"मुसलमान?" दलाल ने बीड़ी को चूसा, "चलिए" और यह कहकर वह टैक्सी की अगली सीट पर बैठ गया। ड्राइवर से उसने कुछ कहा, टैक्सी स्टार्ट हुई और मुख़्तलिफ़ बाज़ारों से होती हुई फ़ोर्जेट स्ट्रीट के साथ वाली गली में दाख़िल हुई। यह गली एक पहाड़ी पर थी। बहुत ऊँचान थी। ड्राइवर ने गाड़ी को फ़र्स्ट गेयर में डाला। हनीफ़ को ऐसा महसूस हुआ कि रास्ते में टैक्सी रुककर वापस चलना शुरू कर देगी। मगर ऐसा न हुआ। दलाल ने ड्राइवर को ऊँचान के ऐन आख़िरी सिरे पर जहाँ चौक-सा बना था रुकने के लिए कहा।

हनीफ़ कभी उस तरफ़ नहीं आया था। ऊँची पहाड़ी थी जिसके दाएँ तरफ़ एकदम ढलान थी। जिस बिल्डिंगें में दलाल दाख़िल हुआ उसकी सिर्फ़ दो मंज़िलें थीं। हालाँकि दूसरी तरफ़ की बिल्डिंगें सब-की-सब चार मंज़िला थीं। हनीफ़ को बाद में मालूम हुआ कि ढलान के बायस उस बिल्डिंग की तीन मंज़िलें नीचे थीं जहाँ लिफ़्ट जाती थी।

शहाब और हनीफ़ दोनों ख़ामोश बैठे रहे। उन्होंने कोई बात न की। रास्ते में दलाल ने उस लड़की की बहुत तारीफ़ की थी जिसको लाने वह उस बिल्डिंग में गया

था। उसने कहा था, "बड़े अच्छे ख़ानदान की लड़की है। स्पेशल तौर पर आपके लिए निकाल रहा हूँ।"

दोनों सोच रहे थे कि यह लड़की कैसी होगी जो स्पेशल तौर पर निकाली जा रही है।

थोड़ी देर के बाद दलाल नमूदार हुआ। वह अकेला था। ड्राइवर से उसने कहा, "गाड़ी वापस करो" यह कहकर वह अगली सीट पर बैठ गया। गाड़ी एक चक्कर लेकर मुड़ी। तीन-चार बिल्डिंगें छोड़कर दलाल ने ड्राइवर से कहा, "रोक लो" फिर हनीफ़ से मुख़ातिब हुआ, "आ रही है...पूछ रही थी 'कैसे आदमी हैं,' मैंने कहा 'नम्बर वन'।"

दस-पन्द्रह मिनट के बाद एकदम टैक्सी का दरवाज़ा खुला। और एक औरत हनीफ़ के साथ बैठ गयी। रात का वक़्त था। गली में रौशनी कम थी। इसलिए शहाब और हनीफ़ दोनों उसको अच्छी तरह न देख सके। सीट पर बैठते ही उसने कहा, "चलो।"

टैक्सी तेज़ी से नीचे उतरने लगी।

हनीफ़ के पास कोई ऐसी जगह न थी जहाँ कोई मामला हो सके। अतः जैसा तय पाया था, वे डॉक्टर ख़ान साहब के यहाँ चले गये। वह मिलिट्री हॉस्पिटल में नियुक्त था और उसको वहीं दो कमरे मिले हुए थे। शहाब ने बम्बई आते ही उसको फ़ोन कर दिया था कि वह हनीफ़ के साथ रात को उसके पास आयेगा और मामला साथ होगा, चुनांचे टैक्सी मिलिट्री हॉस्पिटल में पहुँची। दलाल सौ रुपया लेकर ग्रांट रोड पर उतर गया।

रास्ते में भी शहाब और हनीफ़ उस औरत को अच्छी तरह न देख सके। कोई ख़ास बातें भी न हुईं। शहाब ने जब उससे अपने ठेठ हैदराबादी लहज़े में पूछा, "आपका इस्म-ए-ग्रामी" तो उस औरत ने कहा, "फ़ोभा बाई।"

"फ़ोभा बाई?" हनीफ़ सोचता रह गया कि यह कैसा नाम है।

डॉक्टर ख़ान उनका इन्तज़ार कर रहा था। सबसे पहले शहाब कमरे में दाख़िल हुआ। दोनों गले मिले और एक-दूसरे को खूब गालियाँ दीं।

डॉक्टर खान ने जब एक जवान औरत को दरवाज़े पर देखा तो एकदम ख़ामोश हो गया। "आइए-आइए" उसने अपने सीने पर हाथ रखा। "डॉक्टर ख़ान...आप?" उसने शहाब की तरफ़ देखा।

शहाब ने उस औरत की तरफ़ देखा। औरत ने कहा, "फ़ोभा बाई"

डॉक्टर ख़ान ने बढ़कर उससे हाथ मिलाया, "आपसे मिलकर बहुत खुशी हुई।"

फ़ोभा बाई मुस्कुराई फ़ी "मुझे भी खुशी हुई।"

शहाब और हनीफ़ ने एक-दूसरे की तरफ़ देखा, डॉक्टर खान ने दरवाज़ा बन्द

कर दिया और अपने दोस्तों से कहा, "आप दूसरे कमरे में चले जाइए...मुझे कुछ काम करना है।"

शहाब ने जब फ़ोभा बाई से कहा, "चलिए।" तो उसने डॉक्टर ख़ान का हाथ पकड़ लिया, "नहीं आप भी तफ़रीफ़ (तशरीफ़) लाइए।"

"आप तशरीफ़ ले चलिए, मैं आता हूँ," यह कहकर डॉक्टर ख़ान ने अपना हाथ छुड़ा लिया।

शहाब और हनीफ़ फ़ोभा बाई को अन्दर ले गये। थोड़ी देर गुफ़्तगू हुई तो उनको मालूम हुआ कि उसकी ज़ुबान मोटी थी। वह श और स अदा नहीं कर सकती थी। इसके बदले उसके मुँह से फ़ निकलता था। उसका नाम इस लिहाज़ से शोभा बाई था। लेकिन कुछ देर और बातें करने के बाद उनको पता चला कि शोभा उसका असली नाम नहीं था। वह मुसलमान थी। जयपुर उसका असली वतन था जहाँ से वह चार साल हुए भागकर बम्बई चली आयी थी। इससे ज़्यादा उसने अपने हालात न बताए।

मामूली शक्ल-ओ-सूरत थी। आँखें बड़ी नहीं थीं। नाक भी ख़ुश वज़अ थी। बालाई होंठ के ऐन दरमियान एक छोटे-से ज़ख़्म का निशान था। जब वह बात करती तो यह निशान थोड़ा-सा फैल जाता। गले में उसने जड़ाऊ नेकलेस पहना हुआ था। दोनों हाथों में सोने की चूड़ियाँ थीं।

बहुत ही बातूनी औरत थी। बैठते ही उसने इधर-उधर की बातें शुरू कर दीं। हनीफ़ और शहाब सिर्फ़ हूँ-हाँ करते रहे। फिर उसने उनके बारे में पूछना शुरू किया कि वे क्या करते हैं, कहाँ रहते हैं, क्या उम्र है। फ़ादीफुदा हैं या ग़ैर फ़ादीफुदा? हनीफ़ इतना दुबला क्यों है। फ़हाब ने दो नक़ली दाँत क्यों लगवाए हैं। गोफ़्तख़ोरा था तो उसका इलाज डॉक्टर ख़ान से क्यों न कराया। फ़रमाता क्यों है। फे'र क्यों नहीं गाता।

शहाब ने उसे कुछ शे'र सुनाए। शोभा ने बड़े ज़ोरों की दाद दी। जब शहाब ने यह शे'र सुनाया...

"खेतों को दे लो पानी अब बह रही है गंगा
कुछ कर लो नौजवानों उठती जवानियाँ हैं"

तो शोभा उछल पड़ी, "वाह जनाब फ़ाहब वाह...बहुत अच्छा फ़े'र है...उठती जवानियाँ हैं। वाह-वा!"

इसके बाद शोभा ने बेशुमार शे'र सुनाए, बिलकुल बेजोड़, बेतुके। जिनका सिर था न पैर। शे'र सुनाकर उसने शहाब से कहा, "फ़हाब फ़ाहब...मज़ा आया आपको।"

शहाब ने जवाब दिया, "बहुत।"

शोभा ने शरमाकर कहा, "ये फ़े'र मेरे थे...मुझे फ़ायरी का बहुत फ़ौक़ है।"

शहाब और हनीफ़ दोनों ने एक-दूसरे की तरफ़ देखा और मुस्कुरा दिए..इसके बाद सिर्फ़ एक सही शे'र शोभा ने सुनाया—

"कभी तो मेरे दर्द-ए-दिल की ख़बर ले
मेरे दर्द से आफ़ना होने वाले"

यह शे'र हनीफ़ कई बार सुन चुका था और शायद पढ़ भी चुका था। मगर शोभा ने कहा, "हनीफ़ फ़ाहब यह फ़े'र भी मेरा है।"

हनीफ़ ने ख़ूब दाद दी, "माफ़ाअल्लाह आप तो कमाल करती हैं।"

"शोभा चौंकी, "माफ़ कीजिएगा, मेरी ज़ुबान में तो कुछ ख़राबी है लेकिन आपने क्यों माफ़ाअल्लाह के बदले माफ़ाअल्लाह कहा।"

हनीफ़ और शहाब दोनों बेइख़्तियार हँस पड़े। शोभा भी हँसने लगी। इतने में डॉक्टर ख़ान आ गया। उसने अन्दर दाख़िल होते ही शोभा से कहा, "क्यों जनाब इतनी हँसी किस बात पर आ रही है?"

ज़्यादा हँसने के बायस शोभा की आँखों में आँसू आ गये थे। उसने रूमाल से उनको पोंछा और डॉक्टर ख़ान से कहा, "एक बात ऐफ़ी हुई कि हम फ़ब हँफ़ पड़े।"

डॉक्टर ख़ान ने भी हँसना शुरू कर दिया।

शोभा ने उससे कहा, "आइए बैठिए" चारपाई के एक तरफ़ सरककर उसने डॉक्टर ख़ान का हाथ पकड़ा और उसे अपने पास बिठा लिया।

फिर शे'र-ओ-शायरी शुरू हो गयी। शोभा ने लम्बी-लम्बी चार बेतुकी ग़ज़लें सुनाईं। सबने दाद दी। शहाब उकता गया...वह मुआमलः चाहता था। हनीफ़ उसके बदले हुए तेवर देखकर भाँप गया। चुनांचे उसने शहाब से कहा, "अच्छा भई मैं रुख़्सत चाहता हूँ। इन्शाअल्लाह कल सुबह मुलाक़ात होगी।"

वह यह कहकर कुर्सी पर से उठा मगर शोभा ने उसका हाथ पकड़ लिया, "नहीं, आप नहीं जा फ़कते।"

हनीफ़ ने जवाब दिया, "मैं माज़रत (माफ़ी) चाहता हूँ। बीवी मेरा इन्तज़ार कर रही होगी"

"ओह! ...लेकिन नहीं। आप थोड़ी देर और ज़रूर बैठें। अभी तो फिर्फ़ ग्यारह बजे हैं," शोभा ने इसरार किया।

शहाब ने एक जम्हाई ली, "बहुत वक़्त हो गया है।"

शोभा ने मुस्कुराकर शहाब की तरफ़ देखा, "मैं फ़ारी रात आपके पाफ़ हूँ।"

शहाब का संकोच दूर हो गया।

हनीफ़ थोड़ी देर बैठा, फिर रुख़्सत ली और चला गया...दूसरे रोज़ सुबह नौ बजे क़रीब शहाब आया और रात की बात सुनाने लगा, "अजीब-ओ-ग़रीब औरत थी यह शोभा बाई...पेट पर बालिश्त भर ऑपरेशन का निशान था...कहती थी कि वह

एक लकड़ीवाले सेठ की दाशिता (रखैल) थी। उसने एक फ़िल्म कम्पनी खोल दी थी। उसके चेकों पर दस्तख़त शोभा ही के होते थे। मोटर थी जो अब तक मौजूद है। नौकर-चाकर थे। लकड़ीवाला सेठ उससे बेहद मुहब्बत करता था। उसके पेट का ऑपरेशन हुआ तो उसने एक हज़ार रुपये यतीमख़ाने को दिये।"

हनीफ़ ने पूछा, "यह लकड़ीवाला सेठ अब कहाँ है?"

शहाब ने जवाब दिया, "दूसरी दुनिया में टाल खोले बैठा है,"...औरत ख़ूब थी यह शोभा बाई...मैं दूसरे कमरे में सो गया। तो वह डॉक्टर ख़ान के साथ लेट गयी। सुबह पाँच बजे ख़ान ने उससे कहा कि अब जाओ। शोभा ने कहा, "अच्छा, मैं जाती हूँ, लेकिन ये मेरे ज़ेवर तुम अपने पाफ़ रख लो। मैं अकेली इनके फ़ाथ बाहर नहीं निकलती।"

हनीफ़ ने पूछा, "डॉक्टर ने ज़ेवर रख लिये?"

शहाब ने सिर हिलाया, "हाँ...पहले तो उसका ख़याल था कि नक़ली हैं। मगर दिन की रौशनी में जब उसने देखा तो असली थे।"

"और वह चली गयी।"

"हाँ चली गयी...यह कहकर कि वह किसी रोज़ आकर अपने ज़ेवर वापस ले जायेगी।"

"यह तुमने बड़े अचम्भे की बात सुनाई।"

"ख़ुदा की क़सम हक़ीक़त है," शहाब ने सिगरेट सुलगाई, "इसीलिए तो मैंने कहा यह फ़ोभा बाई अजीब-ओ-ग़रीब औरत है।"

हनीफ़ ने पूछा, "वैसे कैसी औरत थी?"

शहाब झेंप-सा गया, "भई मुझे ऐसे मामलों का कुछ पता नहीं...यह तुम ख़ान से पूछना। वह एक्सपर्ट है।"

शाम को दोनों ख़ान से मिले। ज़ेवर उसके पास महफ़ूज़ थे। शोभा लेने नहीं आयी थी। ख़ान ने बताया, "मेरा ख़याल है शोभा, किसी दिमाग़ी सदमे का शिकार है।"

शहाब ने पूछा, "तुम्हारा मतलब है पागल है?"

ख़ान ने कहा, "नहीं...पागल नहीं है, लेकिन उसका दिमाग़ यक़ीनन नॉर्मल नहीं। बेहद मुख़लिस (निष्ठावान) औरत है। एक लड़का है उसका जयपुर में। उसको बराबर दो सौ रुपये माहवार भेजती है। हर तीसरे महीने उससे मिलने जाती है। जयपुर पहुँचते ही बुर्क़ा ओढ़ लेती है, वहाँ उसे पर्दा करना पड़ता है।"

हनीफ़ ने कहा, "यह तुमने कैसे समझा कि उसका दिमाग़ नॉर्मल नहीं?"

ख़ान ने जवाब दिया, "भई मेरा ख़याल है...नॉर्मल औरत होती तो अपने डेढ़-दो हज़ार के ज़ेवर एक अजनबी के पास क्यों छोड़ जाती...इसके अलावा मार्फ़िया के इंजेक्शन लेने की आदत है।"

शहाब ने पूछा, "नशा होता है किसी क़िस्म का?"

ख़ान ने जवाब दिया, "बहुत ही ख़तरनाक क़िस्म का...शराब से भी बदतर।"

"इसकी आदत कैसे पड़ी उसे?" शहाब ने मेज़ पर से पेपर-वेट उठाकर दवात पर रख दिया।

"ऑपरेशन हुआ तो बिगड़ गया। दर्द शिद्दत का था। इसका एहसास कम करने के लिए डॉक्टर मार्फ़िया के इंजेक्शन देते रहे। तक़रीबन दो महीने तक...बस आदत हो गयी।" डॉक्टर खान ने मार्फ़िया और उसके ख़तरनाक असरात पर एक लेक्चर-सा शुरू कर दिया।

एक हफ़्ता हो गया। शोभा न आयी। शहाब वापस हैदराबाद चला गया था। डॉ. ख़ान ज़ेवर लेकर हनीफ़ के पास आया कि चलो दे आयें। दोनों ने ग्रांट के नाके पर उस दलाल को बहुत तलाश किया जो शहाब और हनीफ़ को शोभा के मकान के पास ले गया था, मगर वह न मिला। हनीफ़ को इतना मालूम था कि गली कौन-सी है और बिल्डिंग कौन-सी है...डॉक्टर ख़ान ने कहा, "ठीक है, हम पता लगा लेंगे...ये ज़ेवर मैं अपने पास नहीं रखना चाहता। चोरी हो गये तो क्या करूँगा। वह तो अजीब बेपरवाह औरत है।"

दोनों टैक्सी में वहाँ पहुँच गये। डॉक्टर ख़ान को हनीफ़ ने बिल्डिंग बता दी और कहा, "मैं नहीं जाऊँगा भाई। तुम तलाश करो उसे।"

डॉक्टर ख़ान अकेला उस बिल्डिंग में दाख़िल हुआ। एक-दो आदमियों से पूछा मगर शोभा का कुछ पता न चला। नीचे से लिफ़्ट ऊपर को आयी तो होटल का छोकरा प्यालियाँ उठाए बाहर निकला। ख़ान ने उससे पूछा तो उसने बताया कि सबसे निचली मंज़िल के आख़िरी फ़्लैट पर चले जाओ। लिफ़्ट के ज़रिये से खान नीचे पहुँचा। आखिरी फ़्लैट की घंटी बजाई। थोड़ी देर के बाद एक बुढ़िया औरत ने दरवाज़ा खोला। खान ने उससे पूछा, "शोभा बाई हैं?"

बुढ़िया ने जवाब दिया, "हाँ हैं।"

ख़ान ने कहा, "जाओ उनसे कहो डॉक्टर ख़ान आये हैं।"

अन्दर से शोभा की आवाज़ आयी, "आइए डॉक्टर फ़ाहब आइए।"

डॉक्टर ख़ान अन्दर दाखिल हुआ। छोटा-सा ड्रॉइंगरूम था चमकीले फ़र्नीचर से भरा हुआ। फ़र्श पर क़ालीन बिछे हुए थे। बुढ़िया दूसरे कमरे में चली गयी। फ़ौरन ही शोभा की आवाज़ आयी, "डॉक्टर फ़ाहब अन्दर आ जाइए...मैं बाहर नहीं आ फ़कती।"

डॉक्टर ख़ान दूसरे कमरे में दाख़िल हुआ। शोभा चादर ओढ़े लेटी थी। ख़ान ने उससे पूछा, "क्या बात है?"

शोभा मुस्कुराई, "कुछ नहीं डॉक्टर फ़ाहब, तेल मालिफ़ करा रही थी।"

डॉक्टर पलंग के पास कुर्सी पर बैठ गया। जेब से रूमाल निकाला जिसमें ज़ेवर बँधे थे, खोलकर उसे पलंग पर रख दिया, "कब तक मैं तुम्हारे इन ज़ेवरों की हिफ़ाज़त करता रहूँगा। तुम ऐसी गयीं कि फिर उधर का रुख़ तक न किया।"

शोभा हँसी, "मुझे बहुत काम थे...लेकिन आपने क्यों तकलीफ़ की। मैं ख़ुद आ के ले जाती।" फिर उसने बुढ़िया से कहा, "चाय मँगाओ, डॉक्टर फ़ाहब के लिए।"

डॉक्टर ने कहा, "नहीं मुझे अब जाना है।"

"कहाँ?"

"अस्पताल।"

"टैक्फ़ी में आये हैं आप?"

"हाँ"

"बाहर खड़ी है।" डॉक्टर ने सिर के इशारे से कहा।

"तो आप चलिए मैं आती हूँ," यह कहकर उसने ज़ेवर तकिये के नीचे रख दिए और रूमाल डॉक्टर ख़ान को दे दिया। डॉक्टर ख़ान हनीफ़ के पास पहुँचा तो उसने पूछा, "मिल गयी?"

डॉक्टर मुस्कुराया, "मिल गयी...आ रही है।"

पन्द्रह-बीस मिनट के बाद शोभा ने तेज़ी से टैक्सी का दरवाज़ा खोला और अन्दर बैठ गयी।

डॉक्टर ख़ान के कमरे में देर तक फ़िज़ूल किस्म की शे'र बाज़ी होती रही। हिज्र-ओ-विसाल और इश्क-ओ-मुहब्बत के बेशुमार साधारण से अशआर शोभा ने सुनाए और उन्हें अपने नाम से मंसूब किया। डॉक्टर ख़ान और हनीफ़ ने ख़ूब दाद दी। शोभा बहुत खुश हुई और कहने लगी, "याकूब फ़ेठ घंटों मुझफ़े फ़े'र फ़ुना करते थे।"

याकूब फ़ेठ वह लकड़ीवाला सेठ था जिसने शोभा के लिए एक फ़िल्म कम्पनी खोली थी। डॉक्टर ख़ान और हनीफ़ हँस पड़े। शोभा भी हँसने लगी।

डॉक्टर ख़ान और शोभा की दोस्ती हो गयी। शुरू-शुरू में तो वह हफ़्ते में दो बार आती थी। अब क़रीब-क़रीब हर रोज़ आने लगी। रात आती, सुबह-सबेरे चली जाती। शाम को बिला नाग़ा मार्फ़िया का इंजेक्शन लेती। डॉक्टर इंजेक्शन लगाने से पहले उसके बाज़ू पर सुन्न करने वाली दवा लगा देता था। यह ठंडी-ठंडी चीज़ उसे पसन्द थी।

तीन महीने गुज़रे तो शोभा जयपुर जाने के लिए तैयार हुई। अपनी मोटर डॉक्टर ख़ान के हवाले कर दी कि वह उसका ध्यान रखे। डॉक्टर उसे स्टेशन पर छोड़ने गया। देर तक गाड़ी में एक-दूसरे से बातें करते रहे। जब गाड़ी चलने लगी तो शोभा ने एकदम डॉक्टर का हाथ पकड़कर कहा, "मुझे क्यों एकदम ऐफ़ा लगा है कि कुछ होने वाला है।"

डॉक्टर ख़ान ने कहा, "क्या होने वाला है?"

शोभा के चेहरे से वहशत बरसने लगी, "मालूम नहीं मेरा दिल बैठा जा रहा है।"

डॉक्टर ख़ान ने उसे दम दिलासा दिया। गाड़ी चल दी। दूर तक शोभा का हाथ हिलता रहा।

जयपुर से शोभा के दो ख़त आये जिनसे सिर्फ़ इतना पता चलता था कि वह ख़ैरियत से पहुँच गयी है। जब वापस आयेगी तो उसके लिए बहुत-से तोहफ़े लायेगी। इसके बाद एक कार्ड आया जिसमें लिखा था, "मेरी अँधेरी ज़िन्दगी में सिर्फ़ एक दीया था वह कल ख़ुदा ने बुझा दिया...भला हो उसका!"

हनीफ़ ने ये अल्फ़ाज़ पढ़े तो उसकी आँखों में आँसू आ गये। 'भला हो उसका' में बेपनाह ग़म था।

बहुत अरसा गुज़र गया शोभा का कोई ख़त न आया। पूरा एक बरस बीत गया। डॉक्टर ख़ान को उसका कोई पता न चला। शोभा अपनी मोटर उसके हवाले कर गयी थी। उस बिल्डिंग में गया जिसकी सबसे निचली मंज़िल में वह रहा करती थी। फ़्लैट पर कोई और ही क़ाबिज़ था एक दलाल क़िस्म का आदमी। डॉक्टर ख़ान आख़िर थक-हार कर ख़ामोश हो गया। मोटर उसने एक गैरेज में रखवा दी।

एक दिन हनीफ़ घबराया हुआ अस्पताल आया। उसका चेहरा ज़र्द था। डॉक्टर ख़ान को ड्यूटी से हटाकर वह एक तरफ़ ले गया और उससे कहा, "मैंने आज शोभा को देखा।"

डॉक्टर ख़ान ने हनीफ़ का बाज़ू पकड़कर एकदम पूछा, "कहाँ?"

"चौपाटी पर...मैं उसे बिलकुल न पहचानता क्योंकि वह महज़ हड्डियों का ढाँचा थी।"

डॉक्टर ख़ान खोखली आवाज़ में बोला, "हड्डियों का ढाँचा?"

हनीफ़ ने सर्द आह भरी, "शोभा नहीं थी उसका साया था। आँखें अन्दर को धँसी हुईं। बाल परेशान और गर्द आलूद। यूँ चलती थी कि अपने आपको घसीट रही है। मेरे पास आयी और कहा, 'मुझे पाँच रुपये दो'...मैंने उसको न पहचाना। पूछा, 'क्या करोगी पाँच रुपये लेकर।' बोली 'मार्फ़िया का टीका लूँगी,'...एकदम मैंने ग़ौर से उसकी तरफ़ देखा...उसके बालाई होंठ पर ज़ख़्म का निशान मौजूद था...मैं चिल्लाया, 'शोभा'...उसने थकी हुई वीरान आँखों से मुझे देखा और पूछा, 'कौन हो तुम'...मैंने कहा, 'हनीफ़'...उसने जवाब दिया, 'मैं किसी हनीफ़ को नहीं जानती।' मैंने तुम्हारा ज़िक्र किया कि तुमने उसे बहुत तलाश किया, बहुत ढूँढा। यह सुनकर उसके होंठों पर हल्की-सी मुस्कुराहट पैदा हुई और कहने लगी, 'उससे कहना मत ढूँढे मुझे। मेरी तरफ़ देखो, मैं इतनी मुद्दत से अपना खोया हुआ लाल ढूँढती फिर रही

हूँ...यह ढूँढना बिलकुल बेकार है।...कुछ नहीं मिलता...लाओ पाँच रुपये दो मुझे'...मैंने उसे पाँच रुपये दिए और कहा, अपनी मोटर तो ले जाओ डॉक्टर ख़ान से। वह क़हक़हे लगाती हुई चली गयी।"

ख़ान ने पूछा, "कहाँ?"

हनीफ़ ने जवाब दिया, "मालूम नहीं...किसी डॉक्टर के पास गयी होगी।"

डॉक्टर ख़ान ने बहुत तलाश किया मगर शोभा का कुछ पता न चला।

12 जून 1950

अबजी गुड्डू

"मुझे मत सताइए...खुदा की क़सम मैं आप से कहती हूँ, मुझे मत सताइए।"

"तुम बहुत ज़ुल्म कर रही हो आजकल!"

"जी हाँ बहुत ज़ुल्म कर रही हूँ।"

"यह तो कोई जवाब नहीं।"

"मेरी तरफ़ से साफ़ जवाब है, और यह मैं आपसे कई दफ़ा कह चुकी हूँ।"

"आज मैं कुछ नहीं सुनूँगा।"

"मुझे मत सताइए। ख़ुदा की क़सम, मैं आपसे सच कहती हूँ, मुझे मत सताइए मैं चिल्लाना शुरू कर दूँगी।"

"आहिस्ता बोलो। बच्चियाँ जाग पड़ेंगी।"

"आप तो बच्चियों के ढेर लगाना चाहते हैं।"

"तुम हमेशा मुझे यही ताना देती हो।"

"आपको कुछ ख़याल तो होना चाहिए...मैं तंग आ चुकी हूँ।"

"दुरुस्त है...लेकिन..."

"लेकिन वेकिन कुछ नहीं।"

"तुम्हें मेरा कुछ ख़याल नहीं..असल में अब तुम मुझसे मुहब्बत नहीं करती..आज से आठ बरस पहले जो बात थी वह अब नहीं रही...तुम्हें अब मेरी ज़ात से कोई दिलचस्पी ही नहीं रही।"

"जी हाँ।"

"वे क्या दिन थे जब हमारी शादी हुई थी। तुम्हें मेरी हर बात का कितना ख़याल रहता था। हम आपस में किस क़दर शीर-ओ-शकर (समीप) थे...मगर अब तुम कभी सोने का बहाना कर देती हो। कभी थकावट का उज़्र पेश कर देती हो और कभी दोनों कान बन्द कर लेती हो। कुछ सुनती ही नहीं।"

"मैं कुछ सुनने के लिए तैयार नहीं।"

"तुम ज़ुल्म की आख़िरी हद तक पहुँच गयी हो।"

"मुझे सोने दीजिए।"

"सो जाओ...मगर मैं सारी रात करवटें बदलता रहूँगा...तुम्हारी बला से।"

"आहिस्ता बोलिए...साथ हमसाए (पड़ोसी) भी हैं।"

"हुआ करें।"

"आपको तो कुछ ख़याल ही नहीं...सुनेंगे तो क्या कहेंगे।"

"कहेंगे कि इस ग़रीब आदमी को कैसी बीवी मिली है।"

"ओह हो।"

"आहिस्ता बोलो...देखो बच्ची जाग पड़ी।"

"अल्लाह-अल्लाह...अल्लाह जी अल्लाह...अल्लाह अल्लाह...अल्लाह जी अल्लाह...सो जाओ बेटे सो जाओ...अल्लाह अल्लाह...अल्लाह जी अल्लाह...खुदा की क़सम आप बहुत तंग करते हैं। दिन भर की थकी-माँदी को सोने तो दीजिए।"

"अल्लाह अल्लाह...अल्लाह जी अल्लाह...अल्लाह अल्लाह...अल्लाह जी अल्लाह...तुम्हें अच्छी तरह सुलाना भी नहीं आता..."

"आपको तो आता है ना...सारा दिन आप घर में रहकर यही तो करते रहते हैं।"

"भई मैं सारा दिन घर में कैसे रह सकता हूँ...जब फ़ुर्सत मिलती है आ जाता हूँ और तुम्हारा हाथ बँटा देता हूँ।"

"मेरा हाथ बँटाने की आपको कोई ज़रूरत नहीं। आप मेहरबानी करके घर से बाहर अपने दोस्तों ही के साथ गुलछर्रे उड़ाया करें।"

"गुलछर्रे?"

"मैं ज़्यादा बातें नहीं करना चाहती।"

"अच्छा देखो, मेरी एक बात का जवाब दो..."

"खुदा के लिए मुझे तंग न कीजिए।"

"कमाल है, मैं कहाँ जाऊँ?"

"जहाँ आपके सींग समाएँ चले जाइए।"

"लो अब हमारे सींग भी हो गये।"

"आप चुप नहीं करेंगे।"

"नहीं...मैं आज बोलता ही रहूँगा। न खुद सोऊँगा न तुम्हें सोने दूँगा।"

"सच कहती हूँ, मैं पागल हो जाऊँगी...लोगो यह कैसा आदमी है...कुछ समझता ही नहीं है...बस हर वक़्त। हर वक़्त..."

"तुम ज़रूर तमाम बच्चियों को जगाकर रहोगी।"

"न पैदा की होतीं इतनी।"

"पैदा करनेवाला मैं तो नहीं हूँ...ये तो अल्लाह की देन है...अल्लाह,
अल्लाह...अल्लाह जी, अल्लाह अल्लाह...अल्लाह जी, अल्लाह।"

"बच्ची को अब मैंने जगाया था?"

"मुझे अफ़सोस है।"

"अफ़सोस है, कह दिया...चलो छुट्टी हुई...गला फाड़-फाड़ कर चिल्लाए चले जा रहे हैं। पड़ोस का कुछ ख़याल ही नहीं, लोग क्या कहेंगे इसकी कोई परवाह ही नहीं...ख़ुदा की क़सम मैं अनक़रीब (जल्दी ही) दीवानी हो जाऊँगी।"

"दीवाने होंगे तुम्हारे दुश्मन।"

"मेरी जान के दुश्मन तो आप हैं।"

"तो ख़ुदा मुझे दीवाना करे।"

"वह तो आप हैं।"

"मैं दीवाना हूँ, मगर तुम्हारा।"

"अब चोंचले न बघारिए।"

"तुम तो न यूँ मानती हो न वूँ।"

"मैं सोना चाहती हूँ।"

"सो जाओ, मैं पड़ा बकवास करता रहूँगा।"

"यह बकवास क्या बहुत ज़रूरी है।"

"है तो सही...ज़रा इधर देखो..."

"मैं कहती हूँ, मुझे तंग न कीजिए। मैं रोऊँगी।"

"तुम्हारे दिल में इतनी नफ़रत क्यों पैदा हो गयी..मेरी सारी ज़िन्दगी तुम्हारे लिए है। समझ में नहीं आता तुम्हें क्या हो गया है..मुझसे कोई ख़ता हुई हो तो बता दो।"

"आपकी तीन ख़ताएँ ये सामने पलंग पर पड़ी हैं।"

"ये तुम्हारे कोसने से कभी ख़त्म नहीं होंगी।"

"आपकी हठ कब ख़त्म होगी?"

"लो बाबा मैं तुमसे कुछ नहीं कहता। सो जाओ...मैं नीचे चला जाता हूँ।"

"कहाँ?"

"जहन्नुम में।"

"यह क्या पागलपन है...नीचे इतने मच्छर हैं। पंखा भी नहीं...सच कहती हूँ, आप बिलकुल पागल हैं...मैं नहीं जाने दूँगी आपको।"

"मैं यहाँ क्या करूँगा...मच्छर हैं, पंखा है, ठीक है। मैंने ज़िन्दगी के बुरे दिन भी गुज़ारे हैं। तन आसान (आरामतलब) नहीं हूँ...सो जाऊँगा सोफ़े पर।"

"सारा वक़्त जागते रहेंगे।"

"तुम्हारी बला से।"

"मैं नहीं जाने दूँगी आपको...बात का बतंगड़ बना देते हैं।"

"मैं मर नहीं जाऊँगा...मुझे जाने दो।"

"कैसी बातें मुँह से निकालते हैं। ...ख़बरदार जो आप गये।"

"मुझे यहाँ नींद नहीं आयेगी।"

"न आये।"

"ये अजीब मंतक़ है...मैं कोई लड़-झगड़ कर तो नहीं जा रहा।"

"लड़ाई-झगड़ा क्या अभी बाक़ी है...ख़ुदा की क़सम आप कभी-कभी बिलकुल बच्चों की-सी बातें करते हैं। अब यह ख़ब्त सर में समाई है कि मैं नीचे गर्मी और मच्छरों में जाकर सोऊँगा...कोई और होती तो पागल हो जाती।"

"तुम्हें मेरा बड़ा ख़याल है?"

"अच्छा बाबा नहीं है...आप चाहते क्या हैं?"

"अब सीधे रास्ते पर आयी हो।"

"चलिए हटिए...मैं कोई रास्ता-वास्ता नहीं जानती। मुँह धो के रखिए अपना।"

"मुँह सुबह धोया जाता है...लो, अब मान जाओ।"

"तौबा!"

"साड़ी पर वह बॉर्डर लगकर आ गया?"

"नहीं!"

"अजीब उल्लू का पट्ठा दर्ज़ी है...कह रहा था आज ज़रूर पहुँचा देगा।"

"लेकर आया था, मगर मैंने वापस कर दी..."

"क्यों?"

"एक-दो जगह झोल थे।"

"ओह...अच्छा, मैंने कहा, कल 'बरसात' देखने चलेंगे। मैंने पास का बन्दोबस्त कर लिया है।"

"कितने आदमियों का?"

"दो का...क्यों?"

"बाजी भी जाना चाहती थीं।"

"हटाओ बाजी को, पहले हम देखेंगे फिर उसको दिखा देंग़े.पहले हफ़्ते में पास बड़ी मुश्किल से मिलते हैं...चाँदनी रात में तुम्हारा बदन कितना चमक रहा है।"

"मुझे तो इस चाँदनी से नफ़रत है। कमबख़्त आँखों में घुसती है सोने नहीं देती।"

"तुम्हें तो बस हर वक़्त सोने ही की पड़ी रहती है।"

"आपको बच्चियों की देखभाल करनी पड़े तो फिर पता चले। आटे-दाल का भाव मालूम हो जाये। एक के कपड़े बदलो, तो दूसरी के मैले हो जाते हैं। एक को सुलाओ दूसरी जाग पड़ती है, तीसरी नियामत ख़ाने की ग़ारतगरी में मसरूफ़ होती है।"

"दो नौकर घर में मौजूद हैं।"

"नौकर कुछ नहीं करते।"

"तो उन्हें निकाल बाहर करो।"

"आहिस्ता बोलिए...देखिए छोटी कैसे चौंकी है।"

"माफ़ कर देना...ज़रा हाथ से थपका दो!"

"मझली भी तड़प रही है।"

"पेशाब करा दिया था इसे।"

"जी हाँ!"

"फिर क्या वजह है?"

"गर्मी आज कुछ ज़्यादा है...आप परे हट जाइए।"

"नहीं-नहीं।"

"आख़िर हार मुझे ही माननी पड़ती है।"

"तुम्हारी हार हार नहीं जीत होती है...अल्लाह बेहतर जानता है मुझे तुमसे कितनी मुहब्बत है।"

"अपनी मुहब्बत आप इसी वक़्त जताया करते हैं।"

"लो भई, और क्या सर-ए-बाज़ार तुमसे मुहब्बत किया करूँ...इधर देखो मेरी तरफ़।"

"आप अपनी करके रहेंगे।"

"मेरी जान जो हुईं तुम।"

"मैंने कहा हटिए..."

"क्या हुआ?"

"देखते नहीं बड़ी उठकर बैठी हुई है।"

"ओह!"

"सुना नहीं आपने?"

"क्या?"

"कह रही है अबजी गुड्डू!"

"हाँ-हाँ सुना है...दे इसे दूध।"

"मैं नीचे भूल आयी हूँ।"

"नीचे?"

"हाँ, नियामत ख़ाने में...जाइए ले आइए।"

"ले आऊँ, नीचे से?"

"जल्दी जाइए वरना रोना शुरू कर देगी।"

"जाता हूँ।"

"मैंने कहा, सुनिए...आग जलाकर ज़रा कुनकुना कर दीजिएगा दूध।"

"अच्छा, अच्छा...सुन लिया है!"

स्वराज के लिए

मुझे सन् याद नहीं रहा, लेकिन वही दिन थे, जब अमृतसर में हर तरफ़, 'इन्कलाब ज़िन्दाबाद' के नारे गूँजते थे। उन नारों में, मुझे अच्छी तरह याद है, एक अजीब क़िस्म का जोश था—एक जवानी—एक अजीब क़िस्म की जवानी, बिलकुल अमृतसर की गूज़रियों की-सी, जो सिर पर उपलों के टोकरे उठाये, बाज़ारों को जैसे काटती हुई चलती हैं। ख़ूब दिन थे। फ़ज़ा में, वह जो जलियाँवाला बाग़ के ख़ूनी हादसे का उदास डर समाया रहता था, उस वक़्त ग़ायब था। अब उसकी जगह एक निर्भीक तड़प ने ले ली थी—एक अँधाधुँध छलाँग ने, जो अपनी मंज़िल से नावाकिफ़ थी।

लोग नारे लगाते थे, जुलूस निकालते थे और सैकड़ों की तादाद में धड़ाधड़ क़ैद हो रहे थे। गिरफ़्तार होना एक दिलचस्प शग़ल बन गया था। सुबह क़ैद हुए, शाम को छोड़ दिये गये। मुक़दमा चला, चन्द महीनों की क़ैद हुई; वापस आये, एक नारा लगाया, फिर क़ैद हो गये।

ज़िन्दगी से भरपूर दिन थे। एक नन्हा-सा बुलबुला फटने पर भी, एक बहुत बड़ा भँवर बन जाता था। किसी ने चौक में खड़े होकर भाषण दिया और कहा, 'हड़ताल होनी चाहिए।' चलिए, हड़ताल हो गयी। एक लहर उठी कि हर आदमी को खादी पहननी चाहिए ताकि लंकाशायर के सारे कारखाने बन्द हो जायें। लीजिए, विदेशी कपड़ों का बायकाट शुरू हो गया और हर चौक में अलाव जलने लगे। लोग जोश में आकर वहीं खड़े-खड़े कपड़े उतारते और अलाव में फेंक देते। कोई औरत अपने मकान के बारजे से अपनी नापसन्दीदा साड़ी उछालती तो भीड़ तालियाँ पीट-पीट कर अपने हाथ लाल कर लेती।

मुझे याद है, कोतवाली के सामने, टाउन हॉल के पास, एक अलाव जल रहा था। शेखू ने, जो मेरा सहपाठी था, जोश में आकर अपना रेशमी कोट उतारा और विदेशी कपड़ों की चिता में डाल दिया। तालियों का समुद्र बहने लगा तो उस बेचारे का जोश और भी ज़्यादा बढ़ गया। अपनी बोस्की की कमीज़ उतारकर उसे भी उसने शोलों की भेंट चढ़ा दिया, लेकिन बाद में उसे ख़याल आया कि उसके साथ सोने के बटन थे।

मैं शेखू का मज़ाक नहीं उड़ाता। मेरा हाल भी उन दिनों कुछ वैसा ही था। जी चाहता था, कहीं से पिस्तौल हाथ आ जाये तो एक क्रान्तिकारी पार्टी बनाई जाये। बाप सरकारी पेन्शनर था, इसका मुझे कभी ख़याल न आया। बस दिलो-दिमाग़ में एक अजीब-सी खलबली रहती थी। बिलकुल वैसी ही, जैसी फ्लाश खेलने के दौरान रहा करती है। स्कूल से तो मुझे वैसे ही दिलचस्पी न थी, पर उन दिनों तो मुझे ख़ास तौर पर पढ़ाई से नफ़रत हो गयी...घर से किताबें लेकर निकलता और जलियाँवाला बाग़ चला जाता। स्कूल का वक़्त ख़त्म होने तक, वहाँ की सरगर्मियाँ देखता रहता या किसी पेड़ के साये-तले बैठकर, दूर मकानों की खिड़कियों में औरतों को देखता और सोचता कि ज़रूर इनमें से किसी को मुझसे प्रेम हो जायेगा।

यह ख़याल दिमाग़ में क्यों आता, मैं इसके बारे में कुछ नहीं कह सकता।

जलियाँवाला बाग़ में ख़ूब रौनक थी। चारों तरफ़ तम्बू और क़नातें फैली हुई थीं। जो ख़ेमा सबसे बड़ा था, उसमें हर दूसरे-तीसरे दिन एक डिक्टेटर बनाकर बैठा दिया जाता था, जिसको सारे स्वयं-सेवक सलामी देते थे। दो-तीन दिन, या ज़्यादा-से-ज़्यादा दस-पन्द्रह दिन तक, यह डिक्टेटर खादी-पोश औरतों और मर्दों का 'नमस्कार' एक बनावटी गम्भीरता के साथ वसूल करता; शहर के बनियों से लंगर-खाने के लिए आटा-चावल इकट्ठा करता और दही की लस्सी पी-पी कर, जो ख़ुदा जाने, जलियाँवाला बाग़ में क्यों इतनी आम थी, एक दिन अचानक गिरफ़्तार हो जाता और किसी क़ैदख़ाने में चला जाता।

मेरा एक पुराना सहपाठी था—शहज़ादा ग़ुलाम अली। उससे मेरी दोस्ती का अन्दाज़ा आपको इन बातों से हो सकता है कि हम इकट्ठे दो बार मैट्रिक के इम्तहान में फेल हो चुके थे और एक बार हम दोनों घर से भागकर बम्बई गये थे; ख़याल था कि रूस जायेंगे; मगर पैसे ख़त्म होने पर, जब फ़ुटपाथों पर सोना पड़ा तो घर ख़त लिखे, माफ़ियाँ माँगीं और वापस चले आये।

शहज़ादा गुलाम अली ख़ूबसूरत जवान था। लम्बा क़द; गोरा रंग, जो कश्मीरियों का होता है; तीखी नाक; खिलंदरी आँखें; चाल-ढाल में एक ख़ास शान थी, जिसमें पेशेवर गुण्डों की अकड़ की हल्की-सी झलक भी थी।

जब वह मेरे साथ पढ़ता तो शहज़ादा नहीं था, लेकिन जब शहर में इन्क़लाबी हलचल बढ़ी और उसने दस-पन्द्रह जलसों और जुलूसों में भाग लिया तो नारों, गेंदे के हारों, जोशीले गीतों और स्वयं-सेविकाओं से खुली बातचीत ने उसे एक अधपका इन्क़लाबी बना दिया। एक दिन उसने अपना पहला भाषण दिया। दूसरे दिन मैंने अखबार देखे तो मालूम हुआ कि गुलाम अली 'शहज़ादा' बन गया है।

शहज़ादा बनते ही गुलाम अली सारे अमृतसर में मशहूर हो गया। छोटा-सा शहर है; वहाँ नेकनाम या बदनाम होते देर नहीं लगती। यूँ तो अमृतसरी, आम

आदमियों के मामले में, सख़्त क़िस्म के आलोचक हैं। यानी हर आदमी दूसरों के ऐब टटोलने और चरित्रों में सुराख़ ढूँढने की कोशिश करता रहता है, लेकिन राजनीतिक और धार्मिक नेताओं के मामले में अमृतसरी एकदम आँखें फिरा लेते हैं। उनको दरअसल हर वक़्त एक भाषण या आन्दोलन की ज़रूरत रहती है। आप उन्हें नीली-पोश बना दीजिए या स्याह-पोश। एक ही नेता, चोले बदल-बदल कर, अमृतसर में काफ़ी देर तक ज़िन्दा रह सकता है।

लेकिन वह ज़माना कुछ और था। सभी बड़े-बड़े नेता जेलों में थे और उनकी गद्दियाँ ख़ाली थीं। उस समय लोगों को नेताओं की कोई उतनी ज़्यादा ज़रूरत न थी। लेकिन वह आन्दोलन, जो कि अब शुरू हुआ था, उसको ऐसे आदमियों की बड़ी ज़रूरत थी, जो एक दिन खादी पहनकर जलियाँवाला बाग़ के बड़े तम्बू में बैठें, एक-दो भाषण दें और गिरफ़्तार हो जायें।

उन दिनों यूरोप में नयी-नयी डिक्टेटरशिप शुरू हुई थी। हिटलर और मुसोलिनी का बड़ा प्रचार हो रहा था। ग़ालिबन इसी असर के तहत कांग्रेस ने डिक्टेटर बनाने शुरू कर दिये थे। जब शहज़ादा गुलाम अली की बारी आयी तो उससे पहले चालीस डिक्टेटर गिरफ़्तार हो चुके थे।

ज्यों ही मुझे मालूम हुआ कि गुलाम अली डिक्टेटर बन गया है तो मैं फ़ौरन जलियाँवाला बाग़ में पहुँचा। बड़े ख़ेमे के बाहर स्वयं-सेवकों का पहरा था। लेकिन गुलाम अली ने जब मुझे अन्दर से देखा तो बुला लिया--ज़मीन पर एक गदेला था, जिस पर खादी की चाँदनी बिछी थी। उस पर गाव-तकियों का सहारा लिये, शहज़ादा गुलाम अली, चन्द खादी-पोश बनियों से बातचीत कर रहा था, जो शायद तरकारियों के बारे में थी। चन्द मिनटों में ही उसने यह बातचीत ख़त्म की और कुछ स्वयं-सेवकों को आदेश देकर, वह मेरी तरफ़ पलटा। उसकी यह असाधारण गम्भीरता देखकर, मुझे गुदगुदी-सी हो रही थी। जब स्वयं-सेवक चले गये तो मैं हँस पड़ा, "सुना बे शहज़ादे।"

मैं देर तक उससे मज़ाक करता रहा, लेकिन मैंने महसूस किया कि गुलाम अली में भारी तब्दीली आ गयी है। ऐसी तब्दीली, जिससे वह वाकिफ़ है। चुनांचे उसने कई बार मुझसे यही कहा--"नहीं सआदत! मज़ाक न उड़ाओ। मैं जानता हूँ, मेरा सिर छोटा है और यह इज़्ज़त, जो मुझे मिली है, बड़ी है--लेकिन मैं यह खुली टोपी ही पहने रहना चाहता हूँ।"

कुछ देर बाद उसने मुझे दही की लस्सी का एक बहुत बड़ा गिलास पिलाया और मैं उससे यह वादा करके घर चला गया कि शाम को उसका भाषण सुनने ज़रूर आऊँगा।

शाम को जलियाँवाला बाग़ खचाखच भरा था। मैं चूँकि जल्दी आया था, इसलिए मुझे स्टेज के पास ही जगह मिल गयी।--गुलाम अली तालियों के शोर के

साथ प्रकट हुआ—सफ़ेद, बेदाग़ खादी के कपड़े पहने, वह सुन्दर और आकर्षक लग रहा था। उस अकड़ की झलक, जिसका मैं इससे पहले ज़िक्र कर चुका हूँ, उसके इस आकर्षण को बढ़ा रही थी।

लगभग एक घंटे तक वह बोलता रहा—इस बीच कई बार मेरे रोंगटे खड़े हुए और एक-दो बार तो मेरे जिस्म में बड़ी शिद्दत से यह इच्छा पैदा हुई कि मैं बम की तरह फट जाऊँ। उस समय मैंने शायद यही ख़याल किया था कि यूँ फट जाने से हिन्दुस्तान आज़ाद हो जायेगा।

ख़ुदा जाने कितने बरस बीत चुके हैं! बहती हुई भावनाओं और घटनाओं की नोकपलक, जो उस समय थी, अब बिलकुल उसी तरह बता पाना लगभग नामुमकिन है। लेकिन यह कहानी लिखते समय, जब मैं गुलाम अली के भाषण की कल्पना करता हूँ तो मुझे सिर्फ़ एक जवानी बोलती दिखाई पड़ती है, जो राजनीति से बिलकुल पाक थी—उसमें एक ऐसे नौजवान की सच्ची निर्भीकता थी, जो एकदम किसी राह-चलती औरत को पकड़ ले और कहे, 'देखो, मैं तुम्हें चाहता हूँ।' और दूसरे ही पल, क़ानून के पंजे में गिरफ़्तार हो जाये। उस भाषण के बाद मुझे कई भाषण सुनने का मौका मिला; लेकिन वह अधपकी दीवानगी, वह सिरफिरी जवानी, वह अल्हड़ जज़्बा, वह दाढ़ी-मूँछ-रहित ललकार, जो मैंने शहज़ादा गुलाम अली की आवाज़ में सुनी—उसकी हल्की-सी गूँज भी मुझे अब कहीं सुनाई नहीं देती। अब जो भाषण सुनने में आते हैं, वे ठण्डी गम्भीरता, बूढ़ी राजनीति और शायराना होशमन्दी में लिपटे होते हैं।

उस समय दरअसल दोनों पार्टियाँ कच्ची थीं। सरकार भी और जज़्बा भी। दोनों, नतीजों की परवाह किये बिना, एक-दूसरे से उलझी हुई थीं। सरकार, क़ैद की अहमियत समझे बिना, लोगों को क़ैद कर रही थी और जो कैद होते थे, उनको भी क़ैदखाने में जाने से पहले क़ैद का मक़सद मालूम नहीं होता था।

एक धाँधली थी, मगर उस धाँधली में एक आग जैसी बेचैनी थी। लोग शोलों की तरह भड़कते थे, बुझते थे, फिर भड़कते थे। चुनांचे उस भड़कने और बुझने, बुझने और भड़कने ने, गुलामी की उदास और जँभाइयों-भरी फ़ज़ा में गर्म कँपकँपी पैदा कर दी थी।

शहज़ादा गुलाम अली ने भाषण ख़त्म किया तो सारा जलियाँवाला बाग़ तालियों और नारों का दहकता हुआ अलाव बन गया। उसका चेहरा दमक रहा था। जब मैं उससे अलग जाकर मिला और बधाई देने के लिए मैंने उसका हाथ अपने हाथ में दबाया तो वह काँप रहा था। यह गर्म कँपकँपाहट उसके चमकते हुए चेहरे से भी नुमायाँ थी। वह कुछ-कुछ हाँफ रहा था। उसकी आँखों में जोश-भरी भावनाओं की दमक के अलावा, मुझे एक थकी हुई तलाश नज़र आयी—वो किसी को ढूँढ रही थीं।

एकदम उसने अपना हाथ मेरे हाथ से अलग किया और सामने चमेली की झाड़ी की तरफ़ बढ़ा।

वहाँ एक लड़की थी। खादी की बेदाग़ साड़ी पहने हुए।

दूसरे दिन मुझे मालूम हुआ कि शहज़ादा गुलाम अली इश्क में गिरफ़्तार है। वह उस लड़की से, जिसे मैंने चमेली की झाड़ी के पास बड़े अदब से खड़े देखा था, प्रेम करता था। यह प्रेम इकतरफ़ा नहीं था, क्योंकि निगार को भी उससे बेहद लगाव था। निगार, जैसा कि नाम से ज़ाहिर है, एक मुसलमान लड़की थी। अनाथ। ज़नाना अस्पताल में नर्स थी और शायद पहली मुसलमान लड़की थी, जिसने अमृतसर में बेपर्दा होकर कांग्रेस के आन्दोलन में भाग लिया। कुछ खादी के लिबास ने, कुछ कांग्रेस की सरगर्मियों में हिस्सा लेने की वजह से और कुछ अस्पताल की फ़ज़ा ने, निगार की इस्लामी प्रकृति को—उस तीखी चीज़ को, जो मुसलमान औरत के स्वभाव में नुमायाँ होती है, कुछ थोड़ा-सा घिस दिया था, जिससे वह तनिक मुलायम हो गयी थी।

वह सुन्दर न थी, पर अपनी जगह स्त्रीत्व का एक निहायत ही अनोखा और बेमिसाल नमूना थी। विनम्रता, आदर और श्रद्धा का वह मेल, जो आदर्श हिन्दू औरत की ख़ासियत है, निगार में भी अपनी हल्की-सी झलक के साथ दिखाई देता था, जिसने उसके व्यक्तित्व में रूह को गर्मी देने वाले रंग भर दिये थे। उस समय तो शायद यह कभी मेरे मन में न आता, लेकिन अब यह लिखते समय, मैं निगार की कल्पना करता हूँ तो वह मुझे नमाज़ और आरती का दिल-फ़रेब संगम दिखाई देती है।

वह शहज़ादा गुलाम अली पर मोहित थी और वह भी उस पर जान देता था। जब निगार के बारे में उससे बातचीत हुई तो पता चला कि कांग्रेस-आन्दोलन के दौरान, उन दोनों की मुलाक़ात हुई और थोड़े ही दिनों के मेल-जोल के बाद वे एक-दूसरे के हो गये।

गुलाम अली का इरादा था कि क़ैद होने से पहले-पहले वह निगार को अपनी बीवी बना ले। मुझे याद नहीं, वह ऐसा क्यों करना चाहता था; क्योंकि क़ैद से वापस आने पर भी वह उससे शादी कर सकता था। उन दिनों कोई इतनी लम्बी क़ैद तो होती न थी। कम-से-कम तीन महीने और ज़्यादा-से-ज़्यादा एक बरस। कुछेक को तो पन्द्रह-बीस दिनों के बाद ही रिहा कर दिया जाता था, ताकि दूसरे क़ैदियों के लिए जगह बन जाये। बहरहाल, वह अपने इरादे को निगार पर भी ज़ाहिर कर चुका था और वह बिलकुल तैयार थी। अब सिर्फ़ दोनों को बाबा जी के पास जाकर उनका आशीर्वाद लेना था।

बाबा जी, जैसा कि आप जानते होंगे, बड़ी भारी हस्ती के मालिक थे। शहर से बाहर, लखपति सर्राफ़, हरिराम की शानदार कोठी में वे ठहरे हुए थे। यूँ तो वे अक्सर

अपने आश्रम में रहते थे, जो उन्होंने पास के एक गाँव में बना रखा था, पर जब कभी वे अमृतसर आते तो हरिराम सर्राफ़ ही की कोठी में उतरते और उनके आते ही, यह कोठी बाबा जी के भक्तों के लिए पवित्र स्थान बन जाती। दिन भर उनके दर्शन करने वालों का ताँता बँधा रहता। दिन-ढले, वे कोठी से बाहर कुछ फ़ासले पर आम के पेड़ों के झुरमुट में एक तख़्त पर बैठकर लोगों को आम दर्शन देते; अपने आश्रम के लिए चन्दा इकट्ठा करते; और आखिर में भजन, आदि सुनकर, हर रोज़ शाम को यह सभा, उनकी इजाज़त से, बर्ख़ास्त हो जाती।

बाबा जी बहुत सज्जन, आस्तिक, विद्वान और प्रतिभाशाली व्यक्ति थे। यही वजह है कि हिन्दू, मुसलमान, सिख और अछूत—सब उनको बहुत मानते थे और उन्हें अपना नेता स्वीकार करते थे।

राजनीति से हालाँकि ज़ाहिरा तौर पर बाबा जी को कोई दिलचस्पी न थी, लेकिन यह एक खुला हुआ भेद है कि पंजाब का हर राजनीतिक आन्दोलन उन्हीं के इशारे पर शुरू और उन्हीं के इशारे पर ख़त्म हुआ।

सरकार की निगाह में वे एक न-समझ-में-आने-वाला भेद थे। एक ऐसी राजनीतिक पहेली, जिसे ब्रिटिश सरकार के बड़े-बड़े राजनीतिज्ञ भी हल न कर सके थे। बाबा जी के पतले-पतले होंठों की एक हल्की-सी मुस्कान के हज़ार मतलब निकाले जाते थे। लेकिन जब वे खुद इस मुस्कान के एकदम नये अर्थ सुझाते तो उनकी भक्त-जनता और भी अधिक प्रभावित होती।

यह जो अमृतसर में असहयोग आन्दोलन चल रहा था और लोग धड़ाधड़ क़ैद हो रहे थे, उसके पीछे, जैसा कि ज़ाहिर है, बाबा जी का ही असर काम कर रहा था। हर शाम, लोगों को आम दर्शन देते समय, वे सारे पंजाब के आन्दोलन और सरकार की नित-नयी सख़्तियों के बारे में, अपने पोपले मुँह से एक छोटा-सा, एक मासूम-सा, जुमला निकाल दिया करते थे, जिसे बड़े-बड़े नेता फ़ौरन ही अपने गले में तावीज़ बना कर डाल लेते थे।

लोगों का कहना है कि उनकी आँखों में एक चुम्बक-सी शक्ति थी। उनकी आवाज़ में एक जादू था और उनका ठण्डा दिमाग़—उनका वह मुस्कुराता हुआ दिमाग़ जिसको गन्दी-से-गन्दी गाली और ज़हरीले-से-ज़हरीला व्यंग्य भी एक मिनट के हज़ारवें हिस्से के लिए उत्तेजित न कर सकता था, विरोधियों के लिए बड़ी ही उलझन का सबब था। अमृतसर में बाबा जी के सैकड़ों जुलूस निकल चुके थे। लेकिन जाने क्या बात है कि मैंने अन्य सभी नेताओं को देखा, एक सिर्फ़ उन्हीं को, न दूर से देखा, न पास से। इसलिए जब गुलाम अली ने उनके दर्शन करने और उनसे शादी के लिए इजाज़त लेने की बात मुझसे की तो मैंने उससे कहा कि जब वे दोनों जायें तो मुझे भी साथ लेते चलें।

दूसरे ही दिन गुलाम अली ने ताँगे का इन्तज़ाम किया और हम सुबह-सबेरे लाला हरिराम सर्राफ़ की आलीशान कोठी में पहुँच गये।

बाबा जी नहा-धोकर, सुबह की प्रार्थना से निवृत्त हो, एक ख़ूबसूरत पण्डिताइन से राष्ट्रीय गीत सुन रहे थे। चीनी की बेदाग़ सफ़ेद टाइलों वाले फ़र्श पर बाबा जी खजूर के पत्तों की चटाई पर बैठे थे। गाव-तकिया उनके पास ही पड़ा था, लेकिन उन्होंने उसका सहारा नहीं लिया था।

कमरे में सिवाय एक चटाई के, जिसके ऊपर बाबा जी बैठे थे, और कोई फ़र्नीचर नहीं था। एक सिरे से दूसरे सिरे तक सफ़ेद टाइलें चमक रही थीं। उनकी चमक ने राष्ट्रीय गीत गाने वाली पण्डिताइन के हल्के गुलाबी रंग के चेहरे को और भी सुन्दर बना दिया था।

बाबा जी हालाँकि सत्तर-बहत्तर बरस के थे, लेकिन उनके जिस्म पर (वे सिर्फ़ गेरुए रंग का छोटा-सा तहमद बाँधे थे) उम्र की झुर्रियों का कोई असर न था। उनकी जिल्द में एक अजीब क़िस्म की चमक और लावण्य था। मुझे बाद में मालूम हुआ कि वे रोज़ नहाने से पहले ज़ैतून का तेल अपने शरीर पर मलवाते हैं।

शहज़ादा गुलाम अली की तरफ़ देखकर वे मुस्कुराये। मुझे भी एक नज़र देखा और हम तीनों के आदाब का जवाब उसी मुस्कुराहट को तनिक फैलाकर दिया और इशारा किया कि हम बैठ जायें।

मैं अब यह तस्वीर अपने सामने लाता हूँ तो चेतना की ऐनक से, यह मुझे दिलचस्प होने के अलावा बड़ी ही विचारोत्तेजक दिखाई देती है। खजूर की चटाई पर एक अधनंगा बुज़ुर्ग, योगियों का आसन लगाये बैठा है। उसके बैठने के ढंग से; उसके गंजे सिर से; उसकी अधखुली आँखों से; उसके साँवले, मुलायम शरीर से, उसके चेहरे की हर रेखा से एक शान्ति-भरा सन्तोष, एक बेफ़िक्र विश्वास ज़ाहिर हो रहा था कि जिस जगह पर दुनिया ने उसे बिठा दिया है, अब बड़े-से-बड़ा भूचाल भी वहाँ से उसे नहीं गिरा सकता।

उससे कुछ दूर कश्मीर की घाटी की एक नयी खिली कली, कुछ उस बुज़ुर्ग की निकटता के सम्मान से झुकी हुई, कुछ राष्ट्रीय गीत के असर से और कुछ अपनी भरपूर जवानी से, जो उसकी खुरदरी, सफ़ेद साड़ी से निकलकर, राष्ट्रीय गीत के अलावा अपनी जवानी का भी गीत गाना चाहती थी; जो उस बुज़ुर्ग की निकटता का आदर करने के साथ-साथ, किसी ऐसी तन्दुरुस्त और जवान हस्ती के सत्कार में भी नत-शिर होना चाहती थी, जो उसकी नर्म कलाई पकड़कर ज़िन्दगी के दहकते हुए अलाव में कूद पड़े। उसके हल्के प्याज़ी चेहरे से; उसकी बड़ी-बड़ी, काली, चंचल आँखों से; उसके खादी के खुरदरे ब्लाउज़ में ढके हुए हलचल-भरे सीने से, उस वृद्ध योगी के ठोस विश्वास और गम्भीर सन्तोष के मुक़ाबिले में एक ख़ामोश पुकार फूटी

पड़ती थी कि आओ, जिस जगह पर मैं इस समय हूँ, वहाँ से खींचकर मुझे नीचे गिरा दो या इससे भी ऊपर ले चलो।

इस तरफ़ हटकर हम तीनों बैठे थे—मैं, निगार और शहज़ादा गुलाम अली ! मैं बिलकुल चुग़द (उल्लू) बना बैठा था। बाबा जी के व्यक्तित्व से भी प्रभावित था और उस पण्डिताइन के बेदाग़ हुस्न से भी। फ़र्श की चमकीली टाइलों ने भी मुझे बाँध रखा था और उन पर बिछी, उस खुरदुरी चटाई ने भी। कभी सोचता था कि ऐसी टाइलों वाली एक कोठी मुझे मिल जाये तो कितना अच्छा हो! फिर सोचता था कि यह पण्डिताइन मुझे और कुछ न करने दे, सिर्फ़ एक बार अपनी आँखें चूम लेने दे। इस ख़याल से मेरे शरीर में झुरझुरी पैदा होती तो झट अपनी नौकरानी का ख़याल आता, जिससे ताज़ा-ताज़ा मुझे कुछ 'वह' हुआ था। जी में आता कि इन सबको यहाँ छोड़कर सीधा घर जाऊँ; शायद नज़र बचाकर उसे ऊपर गुसलखाने तक ले जाने में कामयाब हो सकूँ...पर जब बाबा जी पर नज़र पड़ती और कानों में राष्ट्रीय गीत के जोशीले बोल गूँजते तो एक दूसरी झुरझुरी बदन में पैदा होती और मैं सोचता कि कहीं से पिस्तौल हाथ लग जाये तो सिविल लाइंस में जाकर अंग्रेज़ों को भूनना शुरू कर दूँ।

इस चुग़द (उल्लू) के पास निगार और गुलाम अली बैठे थे। प्रेम करने वाले दो दिल, जो मुहब्बत में अकेले धड़कते-धड़कते, अब शायद कुछ उकता गये थे और जल्द ही एक-दूसरे में प्रेम के दूसरे रंग देखने के लिए घुल-मिल जाना चाहते थे। दूसरे शब्दों में, वे बाबा जी से—अपने एकमात्र राजनीतिक रहनुमा से—ब्याह की इजाज़त लेने आये थे और जैसा कि ज़ाहिर है, उन दोनों के दिमाग़ में उस समय राष्ट्रीय गीत की बजाय, उनके अपने जीवन का सुन्दरतम, लेकिन अनसुना संगीत गूँज रहा था।

गीत ख़त्म हुआ। बाबा जी ने बड़े स्नेह-भरे ढंग से पण्डिताइन को हाथ के इशारे से आशीर्वाद दिया और मुस्कुराते हुए निगार और गुलाम अली की ओर मुड़े। मुझे भी उन्होंने एक नज़र देख लिया।

गुलाम अली शायद परिचय के लिए अपना और निगार का नाम बताने वाला था, लेकिन बाबा जी की याद्दाश्त ग़ज़ब की थी। उन्होंने फ़ौरन ही अपनी मीठी आवाज़ में कहा, "शहज़ादे, अभी तक गिरफ़्तार नहीं हुए?"

गुलाम अली ने हाथ जोड़कर कहा, "जी नहीं!"

बाबा जी ने क़लमदान से एक पेंसिल निकाली और उससे खेलते हुए कहने लगे, "पर मैं तो समझता हूँ, तुम गिरफ़्तार हो चुके हो।"

गुलाम अली इसका मतलब न समझ सका। लेकिन बाबा जी ने फ़ौरन ही पण्डिताइन की तरफ़ देखा और निगार की ओर इशारा करके कहा—"निगार ने हमारे शहज़ादे को गिरफ़्तार कर लिया है।"

निगार शर्मा-सी गयी। गुलाम अली का मुँह हैरत से खुला-का-खुला रह गया

और पण्डिताइन के प्याज़ी चेहरे पर एक आशीर्वाद-भरी चमक-सी आयी। उसने निगार और गुलाम अली को कुछ इस तरह देखा, जैसे कह रही हो, "बहुत अच्छा हुआ।"

बाबा जी एक बार फिर पण्डिताइन की ओर मुड़े, "ये बच्चे मुझसे शादी की इजाज़त लेने आये हैं...तुम कब शादी कर रही हो कमल?"

तो उस पण्डिताइन का नाम कमल था। बाबा जी के अचानक सवाल करने पर वह बौखला गयी। उसका प्याज़ी चेहरा सुर्ख़ हो गया। काँपती हुई आवाज़ में उसने जवाब दिया—"मैं तो आपके आश्रम में जा रही हूँ।"

एक हल्की-सी आह भी इन शब्दों में लिपटकर बाहर आयी, जिसे बाबा जी के होशियार दिमाग़ ने फ़ौरन नोट किया। वह उसकी तरफ़ देखकर जोगियों के-से अन्दाज़ में मुस्कुराये और गुलाम अली और निगार से बोले, "तो तुम दोनों फ़ैसला कर चुके हो?"

दोनों ने दबी ज़ुबान में जवाब दिया, "जी हाँ!" बाबा जी ने सियासत-भरी आँखों से उनको देखा, "इन्सान जब फ़ैसले करता है तो कभी-कभी उनको बदल भी दिया करता है।"

पहली बार बाबा जी की रौब-भरी मौजूदगी में गुलाम अली ने—नहीं, उसकी अल्हड़ और बेबाक जवानी ने—कहा, "यह फ़ैसला अगर किसी वजह से बदल भी जाये तो भी अपनी जगह पर अटल रहेगा।"

बाबा जी ने अपनी आँखें बन्द कर लीं और जिरह के-से अन्दाज़ में पूछा, "क्यों?"

हैरत है कि गुलाम अली बिलकुल न घबराया। शायद इस बार, निगार से उसे जो सच्ची मुहब्बत थी, वह बोल उठी, "बाबा जी, हमने हिन्दुस्तान को आज़ादी दिलाने का जो फ़ैसला किया है, मुमकिन है, वक़्त की मजबूरियाँ उसे मुल्तवी करती रहें, मगर जो फ़ैसला है, वह तो अटल है।"

बाबा जी ने, जैसा कि मेरा अब ख़याल है, इस विषय पर बहस करना मुनासिब न समझा, इसलिए वे मुस्कुरा दिये। उस मुस्कुराहट का मतलब भी उनकी तमाम मुस्कुराहटों की तरह, हर आदमी ने बिलकुल अलग-अलग समझा। अगर बाबा जी से पूछा जाता तो मुझे यक़ीन है कि वह इसका मतलब हम सबसे एकदम भिन्न बताते।

ख़ैर—उस हज़ार-पहलू मुस्कुराहट को अपने पतले होंठों पर ज़रा और फैलाते हुए, बाबा जी ने निगार से कहा, "निगार, तुम हमारे आश्रम में आ जाओ—शहज़ादा तो थोड़े ही दिनों में क़ैद हो जायेगा।"

निगार ने बड़ी धीमी आवाज़ में जवाब दिया, "जी अच्छा।"

इसके बाद, बाबा जी ने शादी की बात बदलकर, जलियाँवाला बाग़ कैम्प की

सरगर्मियों का हाल पूछना शुरू कर दिया। बहुत देर तक गुलाम अली, निगार और कमल, गिरफ़्तारियों, रिहाइयों, दूध-लस्सी और तरकारियों के बारे में बातें करते रहे और मैं, जो बिलकुल चुग़द बना बैठा था, यह सोचता रहा कि बाबा जी ने शादी की इजाज़त देने में इतनी मीन-मेख़ क्यों की है? क्या वह गुलाम अली और निगार की मुहब्बत को शक की नज़रों से देखते हैं? क्या उन्हें गुलाम अली की सच्चाई पर शुबहा है? निगार को उन्होंने आश्रम में आने की दावत क्या इसलिए दी है कि वहाँ रहकर, वह अपने क़ैद होने वाले पति का ग़म भूल जायेगी?...लेकिन बाबा जी के इस सवाल पर, 'कमल, तुम कब शादी कर रही हो?' कमल ने क्यों कहा था कि 'मैं तो आपके आश्रम में जा रही हूँ?'

क्या आश्रम में मर्द-औरत शादी नहीं करते? मेरा दिमाग़ अजीब उलझन में फँसा था। लेकिन उधर ये बातें हो रही थीं कि स्वयं-सेविकाएँ क्या पाँच सौ स्वयं-सेवकों के लिए चपातियाँ वक़्त पर तैयार कर देती हैं? चूल्हे कितने हैं? और तवे कितने बड़े हैं? क्या ऐसा नहीं हो सकता कि एक बहुत बड़ा चूल्हा बना लिया जाये और उस पर इतना बड़ा तवा रखा जाये कि छः औरतें एक ही वक़्त में रोटियाँ पका सकें?

मैं यह सोच रहा था कि पण्डिताइन कमल क्या आश्रम में जाकर बाबा जी को बस राष्ट्रीय गीत और भजन ही सुनाया करेगी? मैंने आश्रम के मर्द स्वयं-सेवक देखे थे। हालाँकि वे सब-के-सब वहाँ के क़ायदे के मुताबिक रोज़ 'स्नान' करते थे, सुबह उठकर दातुन करते थे, बाहर खुली हवा में रहते थे, भजन गाते थे, लेकिन उनके कपड़ों से पसीने की बू फिर भी आती थी। उनमें ज़्यादातर के दाँत बदबूदार थे और खुली हवा में रहने से आदमी पर जो एक खुशनुमा निखार आता है, वह उनमें बिलकुल नदारद था।

झुके-झुके-से, दबे-दबे-से—पीले चेहरे, धँसी हुई आँखें, डरे हुए जिस्म—गाय के निचुड़े हुए थनों की तरह बेहिस और बेजान—मैं इन आश्रमवालों को जलियाँवाला बाग़ में कई बार देख चुका था।—अब मैं यह सोच रहा था कि क्या यही मर्द, जिनसे घास की बू आती है; इस पण्डिताइन को, जो दूध, शहद और केसर की बनी है, अपनी कीचड़-भरी आँखों से घूरेंगे! क्या यही मर्द, जिनका मुँह इस क़दर बास मारता है, लोबान से लिपटी हुई इस औरत से बातचीत करेंगे?—लेकिन फिर मैंने सोचा कि नहीं, हिन्दुस्तान की आज़ादी शायद इन चीज़ों से ऊपर है।

मैं इस 'शायद' को, देश-भक्ति और आज़ादी के अपने सारे जज़्बे के बावजूद, न समझ सका, क्योंकि मुझे निगार का ख़याल आया, जो बिलकुल मेरे पास बैठी थी और बाबा जी को बता रही थी कि शलजम बहुत देर में गलते हैं—कहाँ शलजम, कहाँ शादी जिसके लिए वह और गुलाम अली इजाज़त लेने आये थे।

मैं निगार और आश्रम के बारे में सोचने लगा। आश्रम मैंने देखा न था, पर मुझे ऐसी जगहों से, जिनको आश्रम, विद्यालय, जमाअत-ख़ाना, तकिया या दर्सगाह कहते हैं, हमेशा से नफ़रत है। जाने क्यों?

मैंने अन्धों के कई स्कूलों और अनाथालयों के लड़कों और उनके प्रबन्धकों को देखा है—सड़क पर क़तार बाँधकर चलते और भीख माँगते हुए। मैंने जमाअत-ख़ाने और दर्सगाहें देखी हैं। टख़नों से ऊँचा शरई पायजामा; बचपन में ही माथे पर मेहराब; जो बड़े हैं, उनके चेहरे पर घनी दाढ़ी—जो बड़े हो रहे हैं, उनके गालों और ठोढ़ी पर बड़े ही भद्दे, मोटे और महीन बाल—नमाज़ पढ़ते जा रहे हैं, लेकिन हर एक के चेहरे पर हैवानियत—एक अधूरी हैवानियत—मुसल्ले पर बैठी नज़र आती है।

निगार औरत थी। मुसलमान, हिन्दू, सिख या ईसाई औरत नहीं—वह सिर्फ़ औरत थी—नहीं, औरत की वह दुआ थी, जो वह अपने से प्रेम करने वाले के लिए या उसके लिए, जिसे वह खुद चाहती है, सच्चे दिल से माँगती है।

मेरी समझ में न आता था कि बाबा जी के आश्रम में, जहाँ हर रोज़ क़ायदे के मुताबिक़ दुआ माँगी जाती है, यह औरत, जो ख़ुद एक दुआ है, कैसे अपने हाथ उठा सकेगी?

मैं सोचता हूँ तो बाबा जी, निगार, गुलाम अली, वह सुन्दर पण्डितानी और अमृतसर की सारी फ़ज़ा, जो स्वतन्त्रता-आन्दोलन के नशे में लिपटी हुई थी, एक सपने-सी लगती है। ऐसा सपना, जिसे एक बार देखने के बाद जी चाहता है कि फिर देखें।

बाबा जी का आश्रम मैंने अब भी नहीं देखा, पर जो नफ़रत मुझे उससे पहले थी, वह अब भी है। वह जगह, जहाँ क़ुदरत के ख़िलाफ़ उसूल बनाकर, इन्सानों को एक लीक पर चलाया जाये, मेरी निगाहों में कोई अहमियत नहीं रखती। आज़ादी हासिल करना बिलकुल ठीक है। उसे हासिल करने के लिए आदमी मर जाये, मैं इसको भी समझ सकता हूँ; लेकिन उसके लिए अगर उस बेचारे को तरकारी की तरह ठंडा और निरीह बना दिया जाये तो यह मेरी समझ के बिलकुल बाहर की बात है।

झोपड़ी में रहना, आराम के बदले सख़्त काम करना, ख़ुदा की तारीफ़ गाना, राष्ट्रीय नारे लगाना—यह सब ठीक है। पर यह क्या कि इन्सान के उस क़ुदरती जज़्बे को, जिसे सौन्दर्य-प्रेम कहते हैं, आहिस्ता-आहिस्ता मुर्दा कर दिया जाये। वह इन्सान क्या, जिसमें ख़ूबसूरती और हंगामों की तड़प न रहे। ऐसे आश्रमों, मदरसों, विद्यालयों और मूलियों के खेत में क्या फ़र्क़ है?

देर तक बाबा जी, गुलाम अली और निगार से, जलियाँवाला बाग़ की तमाम सरगर्मियों के बारे में बातें करते रहे। अन्त में उन्होंने उस जोड़े को, जो ज़ाहिर है कि

अपने आने का मक़सद भूल नहीं गया था, कहा कि वे दूसरे दिन शाम को जलियाँवाला बाग़ आयेंगे और उन दोनों को मियाँ-बीवी बना देंगे।

गुलाम अली और निगार बड़े खुश हुए। इससे बढ़कर उनकी ख़ुशक़िस्मती और क्या हो सकती थी कि बाबा जी खुद उनके ब्याह की रस्म अदा करेंगे। गुलाम अली, जैसा कि उसने मुझे बहुत बाद में बताया, इतना ख़ुश हुआ था कि फ़ौरन ही उसे इस बात का एहसास होने लगा था कि शायद जो कुछ उसने सुना है, ग़लत है। क्योंकि बाबा जी के पतले, टेढ़े-मेढ़े हाथों की हल्की-सी जुम्बिश भी एक ऐतिहासिक घटना बन जाती थी। इतनी बड़ी हस्ती, एक मामूली आदमी के लिए, जो महज़ संयोग से कांग्रेस का डिक्टेटर बन गया है, चलकर जलियाँवाला बाग़ जाये और उसकी शादी में दिलचस्पी ले, यह हिन्दुस्तान के सभी अखबारों के पहले पन्ने की मोटी सुर्खी थी।

गुलाम अली का ख़याल था, बाबा जी नहीं आयेंगे, क्योंकि वह बहुत ज़्यादा व्यस्त रहते हैं। लेकिन उसका ख़याल, जो उसने वास्तव में मनोवैज्ञानिक नज़रिये से सिर्फ़ इसलिए ज़ाहिर किया था कि वह ज़रूर आयें, उसकी इच्छा के मुताबिक़, एकदम ग़लत सिद्ध हुआ।

शाम के छः बजे जलियाँवाला बाग़ में, जब रात की रानी की झाड़ियाँ अपनी खुशबू के झोंके फैलाने की तैयारियाँ कर रही थीं और अनेक स्वयं-सेवक दूल्हा-दुल्हन के लिए एक छोटा-सा तम्बू गाड़ कर उसे चमेली, गेंदे और गुलाब के फूलों से सजा रहे थे—बाबा जी, राष्ट्रीय गीत गाने वाली उस पण्डिताइन, अपने सेक्रेटरी और लाला हरिराम सर्राफ़ के साथ, लाठी टेकते हुए आये। उनके आने की ख़बर जलियाँवाला बाग़ में सिर्फ़ उसी वक़्त पहुँची, जब सदर फाटक पर लाला हरिराम की मोटर रुकी।

मैं भी वहीं था। स्वयं-सेविकाएँ दूसरे तम्बू में निगार को दुल्हन बना रही थीं। गुलाम अली ने कोई ख़ास तैयारी नहीं की थी। सारा दिन वह शहर के कांग्रेसी बनियों से स्वय-सेवकों के खाने-पीने की ज़रूरतों के बारे में बातें करता रहा था। इससे छुट्टी पाकर उसने कुछ पलों के लिए निगार से अकेले में कुछ बातचीत की थी। इसके बाद, जैसा कि मैं जानता हूँ, उसने अपने मातहत अफ़सरों से सिर्फ़ इतना कहा था कि शादी की रस्म अदा होने के साथ ही वह और निगार, दोनों झण्डा ऊँचा करेंगे।

जब गुलाम अली को बाबा जी के आने की ख़बर मिली, वह कुएँ के पास खड़ा था। मैं शायद उससे यह कह रहा था—"गुलाम अली, तुम जानते हो—यह कुआँ, जब गोली चली थी, लाशों से लबालब भर गया था—आज सब इसका पानी पीते हैं।—इस बाग़ के जितने फूल हैं, इसी के पानी से सींचे जाते हैं। मगर लोग आते हैं और उन्हें तोड़ कर ले जाते हैं—पानी के किसी घूँट में लहू का नमक नहीं होता; फूल की किसी पत्ती में ख़ून की लाली नहीं होती—यह क्या बात है?" मुझे अच्छी तरह याद है, मैंने यह कहकर अपने सामने, उस मकान की खिड़की की तरफ़ देखा, जिसमें कहा जाता

है कि एक युवा लड़की बैठी तमाशा देख रही थी और जनरल डायर की गोली का निशाना बन गयी थी। उसकी छाती से निकले हुए ख़ून की लकीर, चूने की पुरानी दीवार पर और भी धुँधली हो रही थी।

अब ख़ून कुछ इतना सस्ता हो गया है कि उसके बहने-बहाने का यह असर ही नहीं होता। मुझे याद है कि जलियाँवाला बाग़ के ख़ूनी क़त्ले-आम के छः-सात महीने बाद, जब मैं तीसरी या चौथी क्लास में पढ़ता था, हमारा मास्टर सारी क्लास को एक बार उस बाग़ में ले गया था। उस समय यह बाग़, बाग़ नहीं था—उजाड़, सुनसान और ऊँची-नीची ज़मीन का एक टुकड़ा था, जिसमें हर क़दम पर मिट्टी के छोटे-बड़े ढेले ठोकरें खाते थे। मुझे याद है, मिट्टी का एक छोटा-सा ढेला, जिस पर जाने पान की पीक के धब्बे या क्या था, हमारे मास्टर ने उठा लिया था और हमसे कहा था—"देखो, इस पर अभी तक हमारे शहीदों का ख़ून लगा है।"

यह कहानी लिख रहा हूँ और याद के पर्दे पर सैकड़ों छोटी-छोटी बातें उभर रही हैं। मगर मुझे तो ग़ुलाम अली और निगार की शादी का क़िस्सा बयान करना है।

ग़ुलाम अली को जब बाबा जी के आने की ख़बर मिली तो उसने दौड़ कर सब स्वयं-सेवक इकट्ठे किये, जिन्होंने फ़ौजी ढंग से उनको सलामी दी। इसके बाद काफ़ी देर तक वे और ग़ुलाम अली कैम्पों का चक्कर लगाते रहे। इस बीच बाबा जी ने, जिनकी विनोद-प्रियता को सभी जानते थे, स्वयं-सेविकाओं और अन्य कार्यकर्ताओं से बातें करते समय, कई फ़िक़रे चुस्त किये।

इधर-उधर मकानों में, जब बत्तियाँ जलने लगीं और जलियाँवाला बाग़ पर धुँधला अँधेरा-सा छा गया तो स्वयं-सेविकाओं ने एक स्वर में भजन गाना शुरू किया। चन्द आवाज़ें सुरीली, बाक़ी सब बेसुरी थीं, पर उसका साझा असर बड़ा सुखद था। बाबा जी आँखें बन्द किये सुन रहे थे। क़रीब-क़रीब एक हज़ार आदमी जमा थे, जो चबूतरे के इर्द-गिर्द ज़मीन पर बैठे थे। भजन गाने वाली लड़कियों के अलावा हर कोई चुप था।

भजन पूरा होने पर कुछ देर तक ऐसी ख़ामोशी छायी रही, जो एकदम टूटने के लिए बेचैन हो। चुनांचे जब बाबा जी ने आँखें खोलीं और अपनी मीठी आवाज़ में कहा—"बच्चो, जैसा कि तुम्हें मालूम है, मैं आज यहाँ आज़ादी के दो दीवानों को एक करने आया हूँ"—तो सारा बाग़ ख़ुशी के नारों से गूँज उठा।

निगार, दुल्हन बनी, चबूतरे के एक कोने में सिर झुकाये बैठी थी। खादी की तिरंगी साड़ी में बहुत भली दिख रही थी। बाबा जी ने इशारे से उसे पास बुलाया और ग़ुलाम अली के नज़दीक बैठा दिया। इस पर ख़ुशी के और नारे बुलन्द हुए।

ग़ुलाम अली का चेहरा ग़ैर-मामूली तौर पर तमतमा रहा था। मैंने ध्यान से देखा था, जब उसने निकाह का काग़ज़ अपने दोस्त से लेकर बाबा जी को दिया तो उसका

हाथ काँप रहा था। चबूतरे पर एक मौलवी साहब भी मौजूद थे। उन्होंने *क़ुरआन* की वे आयतें पढ़ीं, जो ऐसे मौक़ों पर पढ़ा करते हैं। बाबा जी ने आँखें बन्द कर लीं। निकाह की कार्रवाई ख़त्म हुई तो उन्होंने अपने ख़ास अन्दाज़ में दुल्हा-दुल्हन को आशीर्वाद दिया और जब छुहारों की बारिश शुरू हुई तो उन्होंने बच्चों की तरह झपट-झपट कर, दस-पन्द्रह छुहारे जमा करके अपने पास रख लिये।

निगार की एक हिन्दू सहेली ने शर्मीली मुस्कुराहट के साथ एक छोटी-सी डिबिया गुलाम अली को दी और उससे कुछ कहा। गुलाम अली ने डिबिया खोली और निगार की सीधी माँग में सिन्दूर भर दिया। जलियाँवाला बाग़ की खुनक फ़ज़ा एक बार फिर तालियों की तेज़ आवाज़ से गूँज उठी।

बाबा जी उस शोर में उठे। हुजूम एकदम ख़ामोश हो गया।

रात की रानी और चमेली की मिली-जुली, सोंधी-सोंधी गंध शाम की हल्की-फुल्की हवा में तैर रही थी। बड़ा सुहाना समाँ था। बाबा जी की आवाज़ आज और भी मीठी थी। गुलाम अली और निगार की शादी पर अपनी दिली खुशी ज़ाहिर करने के बाद उन्होंने कहा–"ये दोनों बच्चे अब ज़्यादा मुस्तैदी और सच्ची लगन के साथ अपने मुल्क और क़ौम की सेवा करेंगे, क्योंकि ब्याह का सही मक़सद, मर्द और औरत की सच्ची दोस्ती है। एक-दूसरे के दोस्त बनकर, गुलाम अली और निगार, एक-जान हो कर, स्वराज के लिए कोशिश कर सकते हैं। यूरोप में ऐसी कई शादियाँ हुई हैं, जिनका मतलब दोस्ती और सिर्फ़ दोस्ती होता है। ऐसे लोग इज़्ज़त के क़ाबिल हैं, जो अपनी ज़िन्दगी से काम-वासना निकाल फेंकते हैं।"

बाबा जी देर तक ब्याह के बारे में अपने विचार प्रकट करते रहे। उनका विश्वास था कि शादी का सही मज़ा, सिर्फ़ उसी समय हासिल होता है, जब मर्द-औरत का रिश्ता महज़ जिस्मानी न हो। औरत और मर्द का शारीरिक सम्बन्ध उनके निकट उतना महत्त्वपूर्ण नहीं था, जितना कि आमतौर पर समझा जाता है। हज़ारों आदमी खाते हैं–अपनी जीभ के स्वाद के लिए। लेकिन इसका यह मतलब नहीं कि ऐसा करना आदमी का फ़र्ज़ है! बहुत कम लोग ऐसे हैं, जो खाते हैं सिर्फ़ ज़िन्दा रहने के लिए। असल में सिर्फ़ यही लोग हैं, जो खाने-पीने का सही क़ायदा जानते हैं। इसी तरह वे लोग, जो सिर्फ़ इसलिए शादी करते हैं कि उन्हें ब्याह की पवित्र भावना की हक़ीक़त और इस रिश्ते की पवित्रता का पता चले, सही तौर पर दाम्पत्य जीवन का आनन्द लेते हैं।

बाबा जी ने अपने इस विश्वास को कुछ ऐसे समझा कर, मन को छूने वाली कोमल भावनाओं के सहारे, बयान किया कि सुननेवालों के लिए एक बिलकुल नयी दुनिया के दरवाज़े खुल गये। मैं खुद बड़ा प्रभावित हुआ। गुलाम अली, जो मेरे सामने बैठा था, बाबा जी के भाषण के एक-एक शब्द को जैसे पी रहा था। बाबा जी ने जब

बोलना बन्द किया तो उसने निगार से कुछ कहा। इसके बाद उठकर उसने काँपती हुई आवाज़ में यह ऐलान किया : "मेरी और निगार की शादी इसी क़िस्म की आदर्श शादी होगी; जब तक हिन्दुस्तान को स्वराज नहीं मिलता, मेरा और निगार का रिश्ता बिलकुल दोस्तों-जैसा होगा।"

जलियाँवाला बाग़ की खुनक फ़ज़ा देर तक तालियों के बेपनाह शोर से गूँजती रही। शहज़ादा गुलाम अली भावुक हो गया। उसके कश्मीरी चेहरे पर लाली दौड़ने लगी। भावनाओं के तूफ़ान में उसने निगार को ऊँचे स्वर में पुकारा—"निगार! तुम एक गुलाम बच्चे की माँ बनो—क्या यह तुम्हें गवारा होगा?" निगार, जो कुछ शादी होने की वजह से और कुछ बाबा जी की तक़रीर सुनकर बौखलाई हुई-सी थी, यह कड़क सुन कर और भी बौखला गयी। सिर्फ़ इतना कह सकी—"जी...जी नहीं।"

हुजूम ने फिर तालियाँ पीटीं और गुलाम अली और भी ज़्यादा भावुक हो गया। निगार को गुलाम बच्चे की शर्मिंदगी से बचाकर वह इतना ख़ुश हुआ कि बहक गया और असली बात से हटकर, आज़ादी हासिल करने की पेचदार गलियों में जा निकला। एक घंटे तक वह भावुकता-भरे स्वर में बोलता रहा। अचानक उसकी नज़र निगार पर पड़ी। जाने क्या हुआ—एकदम उसकी बोलने की ताक़त जवाब दे गयी। जैसे आदमी शराब के नशे में, बिना किसी हिसाब के, नोट निकालता जाये और एकदम बटुवा ख़ाली पाये, वैसे ही अपनी तक़रीर का बटुआ ख़ाली पाकर गुलाम अली को बड़ी उलझन हुई, लेकिन उसने फ़ौरन ही बाबा जी की तरफ़ देखा और झुककर कहा, "बाबा जी! हम दोनों को आपका आशीर्वाद चाहिए कि जिस बात का फ़ैसला हमने किया है, उस पर पूरे रहें।"

दूसरे दिन सुबह छः बजे शहज़ादा गुलाम अली को गिरफ़्तार कर लिया गया, क्योंकि वह भाषण, जो उसने स्वराज मिलने तक बच्चा पैदा न करने की क़सम खाने के बाद दिया था, में अंग्रेज़ों का तख़्ता उलटने की धमकी भी थी।

गिरफ़्तार होने के चन्द रोज़ बाद गुलाम अली को आठ महीने की क़ैद हुई और उसे मुलतान जेल भेज दिया गया। वह अमृतसर का इकतालीसवाँ डिक्टेटर था और शायद चालीस हज़ारवाँ राजनीतिक बन्दी! क्योंकि जहाँ तक मुझे याद है, उस आन्दोलन में क़ैद होने वाले लोगों की तादाद अखबारों ने चालीस हज़ार ही बतायी थी।

आम ख़याल था कि आज़ादी की मंज़िल अब सिर्फ़ दो हाथ ही दूर है। लेकिन फ़िरंगी कूटनीतिज्ञों ने उस आन्दोलन का दूध उबलने दिया और जब हिन्दुस्तान के बड़े नेताओं के साथ कोई समझौता हुआ तो यह आन्दोलन, ठंडी लस्सी में बदल गया!

आज़ादी के दीवाने जेलों से बाहर निकले तो क़ैद की तकलीफ़ें भूलने और अपने बिगड़े हुए कारोबार सँभालने में लग गये। शहज़ादा गुलाम अली सात महीने के

बाद ही बाहर आ गया था। हालाँकि उस समय पहले-सा जोश नहीं था, फिर भी अमृतसर के स्टेशन पर लोगों ने उसका स्वागत किया; उसके सम्मान में तीन-चार दावतें और जलसे भी हुए। मैं उन सब में शामिल था। पर ये महफ़िलें बिलकुल फीकी थीं। लोगों पर अब एक अजीब क़िस्म की थकान छायी हुई थी, जैसे एक लम्बी दौड़ में दौड़नेवालों से अचानक कह दिया गया था कि ठहरो, यह दौड़ फिर से शुरू होगी। और अब जैसे ये दौड़नेवाले, कुछ देर हाँफने के बाद, दौड़ शुरू होने वाली जगह की तरफ़ बड़ी बेदिली से लौट रहे थे।

कई बरस बीत गये। यह रसहीन थकान हिन्दुस्तान से दूर न हुई। मेरी दुनिया में कई छोटे-मोटे इन्क़लाब आये। दाढ़ी-मूँछ उगी। कॉलेज में भरती हुआ। एफ़.ए. में दोबारा फ़ेल हुआ। पिता का देहान्त हो गया। रोज़ी की तलाश में इधर-उधर परेशान हुआ। एक थर्ड क्लास अखबार में अनुवादक की हैसियत से नौकरी की; यहाँ से जी घबराया तो एक बार फिर तालीम हासिल करने का ख़याल आया। अलीगढ़ यूनिवर्सिटी में दाख़िल हुआ और तीन महीने बाद ही टी.बी. का मरीज़ होकर कश्मीर के देहातों में आवारागर्दी करता रहा। वहाँ से लौट कर बम्बई का रुख किया। यहाँ दो बरस में तीन हिन्दू-मुस्लिम दंगे देखे। जी घबराया तो दिल्ली चला गया। वहाँ बम्बई के मुक़ाबिले में हर चीज़ सुस्त रफ़्तार देखी। कहीं हरकत नज़र आयी भी तो उसमें एक ज़नानापन महसूस हुआ। आखिर यही सोचा कि बम्बई अच्छा है। क्या हुआ, जो साथ वाले पड़ौसी को हमारा नाम तक पूछने की फ़ुर्सत नहीं; जहाँ लोगों को फ़ुर्सत होती है, वहाँ छल-कपट और चालबाज़ी ज़्यादा होती है। चुनांचे दिल्ली में दो बरस ठंडी ज़िन्दगी बिताने के बाद सदा रफ़्तार में रहने वाली बम्बई चला आया। घर से निकले अब आठ बरस हो चले थे। दोस्त-अहबाब और अमृतसर की सड़कें-गलियाँ किस हालत में हैं, इसका मुझे कुछ पता नहीं था। किसी से ख़तो-किताबत ही नहीं थी, जो पता चलता। दरअसल मुझे इन आठ बरसों में अपने अतीत की ओर से कुछ बेपरवाही-सी हो गयी थी—कौन बीते हुए दिनों के बारे में सोचे? जो आठ बरस पहले ख़र्च हो चुका है, उसका अब हिसाब करने से फ़ायदा? ज़िन्दगी के रुपये में वही पाई ज़्यादा अहम है, जिसे तुम आज ख़र्च करना चाहते हो या जिस पर कल किसी की आँख है।

आज से छः बरस पहले की बात कर रहा हूँ, जब ज़िन्दगी के रुपये और चाँदी के रुपये से, जिस पर बादशाह सलामत की छाप होती थी, पाई ख़र्च नहीं हुई थी। मैं इतना ज़्यादा ग़रीब नहीं था, क्योंकि फ़ोर्ट में अपने लिए एक क़ीमती शू खरीदने जा रहा था।

'आर्मी एण्ड नेवी स्टोर' के इस तरफ़ हॉर्नबी रोड पर जूतों की एक दुकान है, जिसकी नुमायशी अलमारियाँ मुझे बहुत देर से अपनी तरफ़ खींच रही थीं। मेरी

याद्दाश्त बहुत कमज़ोर है, चुनांचे यह दुकान ढूँढने में काफ़ी समय लग गया। यूँ तो मैं अपने लिए एक क़ीमती शू ख़रीदने आया था, पर जैसी कि मेरी आदत है, दूसरी दुकानों में सजी हुई चीज़ें देखने लगा। एक स्टोर में सिगरेट केस देखे, दूसरे में पाइप। इसी तरह फ़ुटपाथ पर टहलता-टहलता, जूतों की एक छोटी-सी दुकान के पास आया और उसके अन्दर चला गया कि चलो, यहीं से ख़रीद लेते हैं। दुकानदार ने गर्मजोशी से मेरा स्वागत किया और पूछा—''क्या माँगता है साब?''

मैंने थोड़ी देर याद किया कि मुझे क्या चाहिए, ''हाँ—क्रेप सोल शू!''

''इदर नहीं रखता हम।''

बारिशें क़रीब थीं। मैंने सोचा, 'गम-बूट ही ख़रीद लूँ'—''गम-बूट निकालो!''

''बाजू वाले की दुकान से मिलेगा। रबड़ का कोई चीज़ हम इदर नहीं रखता।''

मैंने ऐसे ही पूछा, ''क्यों?''

''सेठ का मर्ज़ी।''

यह मुख़्तसर लेकिन एकदम पूरा जवाब सुनकर मैं दुकान से बाहर निकलने ही वाला था कि एक खुश-पोश आदमी पर मेरी नज़र पड़ी, जो बाहर फ़ुटपाथ पर एक बच्चा गोद में उठाए, फलवाले से सन्तरे ख़रीद रहा था। मैं बाहर निकला और वह दुकान की तरफ़ मुड़ा—''अरे... गुलाम अली!''

''सआदत!'' यह कहकर, उसने बच्चे-सहित मुझे अपनी छाती के साथ भींच लिया। बच्चे को यह हरकत बुरी लगी और उसने रोना शुरू कर दिया। गुलाम अली ने उस आदमी को बुलाया, जिसने मुझसे कहा था कि ''रबड़ की कोई चीज़ इदर हम नहीं रखता,'' और उसे बच्चा देकर कहा, ''जाओ, इसे घर ले जाओ!'' फिर वह मेरी तरफ़ मुड़ा, ''कितने दिनों के बाद हम एक-दूसरे से मिले हैं।''

मैंने गुलाम अली के चेहरे की तरफ़ ग़ौर से देखा—वह अकड़, वह हल्का-सा गुण्डापन, जो उसकी ख़ास अपनी शान थी, अब कहीं न था। मेरे सामने आग-भरे भाषण देने वाले खद्दरधारी नौजवान की जगह, एक घरेलू क़िस्म का आम इन्सान खड़ा था—मुझे उसका वह आखिरी भाषण याद आया, जब उसने जलियाँवाला बाग़ की खुनक फ़ज़ा को इन गर्म शब्दों से कँपकँपा दिया था—''निगार, तुम एक गुलाम बच्चे की माँ बनो, क्या तुम्हें यह गवारा होगा?'' फ़ौरन ही मुझे उस बच्चे का ख़याल आया, जो गुलाम अली की गोद में था।

मैंने उससे पूछा—''यह बच्चा किसका है?''

गुलाम अली ने बिना किसी झिझक के, जवाब दिया—''मेरा। इससे बड़ा एक और भी है—कहो, तुमने कितने पैदा किये?'' एक लम्हे के लिए मुझे लगा, जैसे गुलाम अली की बजाय कोई और बोल रहा है। मेरे दिमाग़ में सैकड़ों ख़याल—निरंतर गिरते गये। क्या गुलाम अली अपनी क़सम बिलकुल भूल चुका है? क्या इसकी सियासी

ज़िन्दगी, इससे बिलकुल अलग हो चुकी है? हिन्दुस्तान को आज़ादी दिलाने का वह जोश, वह वलवला कहाँ गया? उस दाढ़ी-मूँछ-रहित ललकार का क्या हुआ?...निगार कहाँ थी?...क्या उसने दो गुलाम बच्चों की माँ बनना मंजूर कर लिया...शायद वह मर चुकी हो। हो सकता है, गुलाम अली ने दूसरी शादी कर ली हो।

"क्या सोच रहे हो?...कुछ बातें करो। इतनी देर के बाद मिले हैं!" गुलाम अली ने मेरे कन्धे पर ज़ोर से हाथ मारा। मैं शायद ख़ामोश हो गया था। एकदम चौंका और एक लम्बी "हाँ" करके सोचने लगा कि बात कैसे करूँ। लेकिन गुलाम अली ने मेरा इन्तज़ार न किया और बोलना शुरू किया, "यह दुकान मेरी है। दो बरस से मैं यहाँ बम्बई में हूँ। बड़ा अच्छा कारोबार चल रहा है। महीने में तीन-चार सौ बच जाते हैं। तुम क्या कर रहे हो? सुना है कि बहुत बड़े अफ़साना-निगार बन गये हो। याद है, हम एक दफ़ा यहाँ भाग के आये थे...लेकिन यार, अजीब बात है। उस बम्बई में और इस बम्बई में बड़ा फ़र्क महसूस होता है। ऐसा लगता है, वह छोटी थी और यह बड़ी है।"

इतने में एक ग्राहक आया, जिसे टेनिस-शू चाहिए था। गुलाम अली ने उससे कहा, "रबड़ का माल इधर नहीं मिलता, बाजू की दुकान में चले जाइए!"

ग्राहक चला गया तो मैंने गुलाम अली से पूछा, "रबड़ का माल तुम क्यों नहीं रखते? मैं भी यहाँ क्रेप सोल शू लेने आया था।"

यह सवाल मैंने यूँ ही किया था, लेकिन गुलाम अली का चेहरा एकदम बेरौनक़ हो गया। धीमी आवाज़ में उसने सिर्फ़ इतना कहा, "मुझे पसन्द नहीं।"

"क्या पसन्द नहीं?"

"यही रबड़...रबड़ की बनी हुई चीज़ें।" यह कहकर, उसने मुस्कुराने की कोशिश की। जब नाकाम रहा तो उसने ज़ोर से एक सूखा-सा हाका लगाया, "मैं तुम्हें बताऊँगा। है तो बिलकुल वाहियात-सी चीज़, लेकिन...लेकिन मेरी ज़िन्दगी से इसका बहुत गहरा ताल्लुक़ है।"

चिन्ता की गहराई गुलाम अली के चेहरे पर पैदा हुई। उसकी आँखें, जिनमें अभी तक नटखटपन मौजूद था, पल भर को धुँधली हुईं, लेकिन फिर चमक उठीं, "बकवास थी यार वह ज़िन्दगी...सच कहता हूँ सआदत, मैं वे दिन बिलकुल भूल चुका हूँ, जब मेरे दिमाग़ पर लीडरी सवार थी। चार-पाँच बरस से अब बड़े सुकून में हूँ। बीवी है, बच्चे हैं, अल्लाह का बड़ा फ़ज़लो-करम है।"

अल्लाह के फ़ज़लो-करम के असर में, गुलाम अली ने बिज़नेस का ज़िक्र शुरू कर दिया कि कितनी पूँजी से उसने काम शुरू किया था; एक बरस में कितना फ़ायदा हुआ; अब बैंक में उसका कितना रुपया है। मैंने उसे बीच में टोका और कहा, "लेकिन तुमने किसी वाहियात चीज़ का ज़िक्र किया था, जिसका तुम्हारी ज़िन्दगी से गहरा ताल्लुक़ है।"

एक बार फिर गुलाम अली का चेहरा बेरौनक़ हो गया। उसने एक लम्बी "हाँ" की और जवाब दिया, "गहरा ताल्लुक़ था—शुक्र है कि अब नहीं है..लेकिन मुझे सारी दास्तान सुनानी पड़ेगी।"

इतने में उसका नौकर आ गया। दुकान उसके सुपुर्द करके, वह मुझे अन्दर अपने कमरे में ले गया, जहाँ बैठकर, उसने इत्मीनान से बताया कि उसे रबड़ की चीज़ों से क्यों नफ़रत पैदा हुई।

"मेरी सियासी ज़िन्दगी कैसे शुरू हुई, इसके बारे में तुम अच्छी तरह जानते हो। मेरा कैरेक्टर कैसा था, यह भी तुम्हें मालूम है। हम दोनों क़रीब-क़रीब एक-जैसे ही थे। मेरा मतलब है, किसी से हमारे माँ-बाप फ़ख़्र से नहीं कह सकते थे कि हमारे लड़के बे-ऐब हैं। मालूम नहीं, मैं तुमसे यह क्यों कह रहा हूँ, लेकिन शायद तुम समझ गये हो कि मैं कोई मज़बूत कैरेक्टर का मालिक नहीं था। मुझे शौक़ था कि मैं कुछ करूँ! सियासत से मुझे इसीलिए दिलचस्पी पैदा हुई थी। लेकिन मैं ख़ुदा की क़सम खाकर कहता हूँ कि मैं झूठा नहीं था। वतन के लिए मैं जान भी दे देता। अब भी हाज़िर हूँ। लेकिन मैं समझता हूँ...सोच-विचार के बाद इस नतीजे पर पहुँचा हूँ कि हिन्दुस्तान की सियासत, उसके लीडर—सब बच्चे हैं, बिलकुल उसी तरह, जिस तरह मैं था। एक लहर उठती है, उसमें जोश, ज़ोर, शोर—सभी होता है, लेकिन फ़ौरन बैठ जाती है। इसकी वजह, जहाँ तक मेरा ख़याल है, यह है कि लहर पैदा की जाती है, ख़ुद-ब-ख़ुद नहीं उठती—लेकिन मैं शायद तुम्हें अच्छी तरह समझा नहीं सका।'

गुलाम अली के विचारों में बड़ा उलझाव था, मैंने उसे एक सिगरेट दी। उसे सुलगाकर, उसने ज़ोर से तीन कश लिये और कहा, "तुम्हारा क्या ख़याल है, क्या हिन्दुस्तान की हर कोशिश, जो उसने आज़ादी हासिल करने के लिए की है, ग़ैर-क़ुदरती नहीं? कोशिश नहीं—मेरा मतलब है, उसका अंजाम क्या हर बार ग़ैर-क़ुदरती नहीं होता रहा? हमें क्यों आज़ादी नहीं मिलती? क्या हम सब नामर्द हैं? नहीं। हम सब मर्द हैं, लेकिन हम ऐसे माहौल में हैं कि हमारी शक्ति का हाथ आज़ादी तक पहुँचने ही नहीं पाता।"

मैंने उससे पूछा, "तुम्हारा मतलब है कि आज़ादी और हमारे बीच कोई चीज़ रुकावट बन गयी है?"

गुलाम अली की आँखें चमक उठीं, "बिलकुल! लेकिन यह कोई पक्की दीवार नहीं है, कोई ठोस चट्टान नहीं है—एक पतली-सी झिल्ली है—हमारी अपनी सियासत की। हमारी बनावटी ज़िन्दगी की—जहाँ लोग, दूसरों को धोखा देने के अलावा, अपने आप से भी फ़रेब करते हैं।"

उसके ख़यालात बदस्तूर उलझे हुए थे। मेरा ख़याल है, वह अपने पिछले तजुर्बों को अपने दिमाग़ में ताज़ा कर रहा था। सिगरेट बुझाकर उसने मेरी तरफ़ देखा और

ऊँची आवाज़ में कहा, "इन्सान जैसा है, उसे वैसा ही रहना चाहिए। नेक काम करने के लिए, क्या यह ज़रूरी है कि इन्सान अपना सिर मुँडाये, गेरुए कपड़े पहने या बदन पर राख मले। तुम कहोगे, यह उसकी मर्ज़ी है। लेकिन मैं कहता हूँ, उसकी इस मर्ज़ी से ही, उसकी इस निराली चीज़ से ही, गुमराही फैलती है। ये लोग ऊँचे होकर, इन्सान के स्वभाव की क़ुदरती कमज़ोरियों से ग़ाफ़िल हो जाते हैं। बिलकुल भूल जाते हैं कि उनके कैरेक्टर, उनके ख़यालात और अक़ीदे (आस्था, विश्वास) तो हवा में घुल-मिल जायेंगे। लेकिन उनके मुँडे हुए सिर, उनके बदन की राख और उनके गेरुए कपड़े—भोले-भाले इन्सानों के दिमाग़ में रह जायेंगे।"

गुलाम अली और भी जोश में आ गया, "दुनिया में इतने सुधारक पैदा हुए हैं, उनकी तालीम तो लोग भूल चुके हैं, लेकिन सलीबें, धागे, दाढ़ियाँ, कड़े और बग़लों के बाल रह गये हैं—एक हज़ार बरस पहले जो लोग यहाँ बसते थे, हम उनसे ज़्यादा तजुर्बेकार हैं। मेरी समझ में नहीं आता, आज के सुधारक क्यों यह ख़याल नहीं करते कि वे इन्सान की सूरत बिगाड़ रहे हैं। जी में कई बार आता है, बुलन्द आवाज़ में चिल्लाना शुरू कर दूँ ख़ुदा के लिए इन्सान को इन्सान रहने दो। उसकी सूरत को तुम बिगाड़ चुके हो, ठीक है; अब उसके हाल पर रहम करो।—तुम उसको ख़ुदा बनाने की कोशिश करते हो, लेकिन वह ग़रीब अपनी इन्सानियत भी खो रहा है...सआदत! मैं ख़ुदा की क़सम खाकर कहता हूँ, यह मेरे दिल की आवाज़ है। मैंने जो महसूस किया है, वही कह रहा हूँ। अगर यह ग़लत है तो फिर कोई भी चीज़ दुरुस्त और सही नहीं है—मैंने दो बरस, पूरे दो बरस, दिमाग़ के साथ कई कुश्तियाँ लड़ी हैं। मैंने अपने दिल, अपने ज़मीर, अपने जिस्म, अपने रोयें-रोयें से बहस की है, मगर इसी नतीजे पर पहुँचा हूँ कि इन्सान को इन्सान ही रहना चाहिए। नफ़्स (काम-वासना) हज़ारों में एक-दो आदमी मारें। सबने अपना नफ़्स मार लिया तो मैं पूछता हूँ यह कुश्ता (भस्म) किसके काम आयेगा?"

यहाँ तक कहकर उसने एक और सिगरेट ली और उसे सुलगाने में सारी तीली जला कर, गर्दन को एक हल्का-सा झटका दिया, "कुछ नहीं सआदत, तुम नहीं जानते, मैंने कितनी रूहानी और जिस्मानी तकलीफ़ उठायी है। लेकिन फ़ितरत (प्रकृति) के ख़िलाफ़ जो भी क़दम उठायेगा, उसे तकलीफ़ बरदाश्त करनी ही होगी।...मैंने उस दिन...तुम्हें याद होगा वह दिन...जलियाँवाला बाग़ में इस बात का ऐलान करके कि निगार और मैं, गुलाम बच्चे पैदा नहीं करेंगे, एक अजीब तरह की, बिजली की-सी ख़ुशी महसूस की थी—मुझे ऐसा लगा था कि इस ऐलान के बाद मेरा सिर ऊँचा होकर आसमान के साथ जा लगा है। लेकिन जेल से वापस आने के बाद मुझे आहिस्ता-आहिस्ता इस बात का तकलीफ़देह—बेहद तकलीफ़देह एहसास होने लगा कि मैंने अपने जिस्म का, अपनी रूह का, दमन कर लिया है।...अपने हाथों से अपनी ज़िन्दगी के बाग़ का

सबसे हसीन फूल मसल डाला है।...शुरू-शुरू में इस ख़याल से मुझे एक अजीब किस्म का, तसल्ली देने वाला, फ़ख्र महसूस होता रहा कि मैंने ऐसा काम किया है, जो दूसरों से नहीं हो सकता। लेकिन धीरे-धीरे, जब मेरी चेतना जाग्रित होने लगी तो हकीकत अपनी तमाम कटुताओं-समेत मेरे रगो-रेशे में रचने लगी...जेल से वापस आने पर मैं निगार से मिला...अस्पताल छोड़कर, वह बाबा जी के आश्रम में चली गयी थी...सात महीने की क़ैद के बाद, जब मैं उससे मिला तो उसकी बदली हुई रंगत, उसकी बदली हुई दिमाग़ी और जिस्मानी हालत देखकर, मैंने ख़याल किया कि शायद मेरी नज़रों ने धोखा खाया है। लेकिन एक बरस गुज़रने के बाद–एक बरस उसके साथ–" गुलाम अली के होंठों पर एक ज़ख्मी मुस्कुराहट पैदा हुई–"हाँ, एक बरस उसके साथ रहने के बाद, मुझे मालूम हुआ कि उसका ग़म भी वही है, जो मेरा था।...लेकिन न वह मुझ पर ज़ाहिर करना चाहती थी और न मैं उस पर ज़ाहिर करना चाहता था...हम दोनों अपने फ़ैसले की ज़ंजीरों में जकड़े हुए थे..एक बरस में सियासी जोश आहिस्ता-आहिस्ता ठंडा हो चुका था। खादी के लिबास और तिरंगे झण्डे में अब वह पहले की-सी कशिश बाक़ी न रही थी...इन्क़लाब ज़िन्दाबाद का नारा अगर कभी बुलन्द होता भी था तो उसमें वह शान नज़र न आती थी...जलियाँवाला बाग़ में एक तम्बू भी नहीं था...पुराने कैम्पों के खूँटे कहीं-कहीं गड़े नज़र आते थे...ख़ून से सियासत की गर्मी करीब-करीब निकल चुकी थी...मैं अब ज़्यादा वक़्त घर ही में रहता था, अपनी बीवी के पास..."

एक बार फिर गुलाम अली के होंठों पर वही ज़ख्मी मुस्कुराहट पैदा हुई और वह कुछ कहते-कहते ख़ामोश हो गया। मैं भी चुप रहा, क्योंकि मैं उसके ख़यालों की तरतीब तोड़ना न चाहता था।

चन्द लम्हों के बाद, उसने अपने माथे का पसीना पोंछा और सिगरेट बुझाकर कहने लगा, "हम दोनों एक अजीब किस्म की लानत में गिरफ़्तार थे। निगार से मुझे जितनी मुहब्बत है, तुम उसे जानते हो...मैं सोचने लगा–यह मुहब्बत क्या है?...मैं उसको हाथ लगाता हूँ तो उसके जिस्म में जो कँपकँपाहट पैदा होती है, क्यों उसे उसकी आख़िरी हद तक नहीं पहुँचने देता?...मैं क्यों डरता हूँ कि मुझसे कोई गुनाह हो जायेगा? मुझे निगार की आँखें बहुत पसन्द हैं। एक रोज़, जबकि शायद मैं बिलकुल सही हालत में था, मेरा मतलब है, जैसा कि हर इन्सान को होना चाहिए था, मैंने उसे चूम लिया, वह मेरी बाँहों में थी–यूँ कहो कि एक कँपकँपी थी, जो मेरी बाँहों में थी। क़रीब था कि मेरी रूह अपने पंख फड़फड़ाती हुई, ऊँचे आसमान की तरफ़ उड़ जाये कि मैंने...कि मैंने उसे पकड़ लिया और क़ैद कर लिया...इसके बाद, बहुत देर तक...कई दिनों तक अपने आपको यक़ीन दिलाने की कोशिश की कि मेरे इस कर्म से, मेरे इस बहादुराना कारनामे से, मेरी रूह को ऐसी लज़्ज़त मिली है, जिससे बहुत कम इन्सान वाक़िफ़ हैं...लेकिन सच्चाई यह है कि मैं इसमें नाकाम रहा और इस

नाकामी ने, जिसे मैं एक बहुत बड़ी कामयाबी समझना चाहता था—खुदा की कसम, यह मेरी दिली ख़्वाहिश थी कि मैं ऐसा समझूँ—मुझे दुनिया का सबसे ज़्यादा दुखी इन्सान बना दिया...लेकिन जैसा कि तुम जानते हो, इन्सान हीले-बहाने तलाश कर लेता है—मैंने भी एक रास्ता निकाल लिया। हम दोनों सूख रहे थे...अन्दर-ही-अन्दर हमारी तमाम लताफ़तों (कोमल भावनाओं) पर पपड़ी जम रही थी। यह कितनी बड़ी ट्रैजिडी है कि हम दोनों एक-दूसरे के लिए पराये बन रहे थे—मैंने सोचा—बहुत दिनों के सोच-विचार के बाद—हम अपने अहद (प्रण) पर क़ायम रह कर भी...मेरा मतलब है, निगार गुलाम बच्चे पैदा नहीं करेगी...'

यह कहते हुए, उसके होंठों पर तीसरी बार, वही ज़ख्मी मुस्कुराहट पैदा हुई, लेकिन फ़ौरन ही वह एक ऊँचे हाके में बदल गयी, जिसमें तकलीफ़देह एहसास की चुभन नुमायाँ थी। फिर फ़ौरन ही संजीदा होकर वह कहने लगा—"हमारी शादीशुदा ज़िन्दगी का यह अजीब दौर शुरू हुआ। अन्धे को जैसे एक आँख मिल गयी। मैं एकदम देखने लगा। लेकिन यह ज्योति थोड़ी देर के बाद धुँधली होने लगी। पहले-पहल तो यही ख़याल था..." गुलाम अली ठीक शब्द तलाश करने लगा... "पहलेपहल तो हम ठीक-ठीक थे। मेरा मतलब है, शुरू-शुरू में हमें इसका बिलकुल ख़याल नहीं था कि थोड़ी ही देर के बाद हम बेचैन हो जायेंगे...यानी एक आँख माँग करने लगी कि दूसरी आँख भी हो...शुरू में हम दोनों ने महसूस किया था, जैसे हम तन्दुरुस्त हो रहे हैं, हमारी तन्दुरुस्ती बढ़ रही है...निगार का चेहरा निखर गया था, उसकी आँखों में चमक पैदा हो गयी थी। मेरे अंगों से भी वह रूखा-सा तनाव दूर हो गया, जो पहले मुझे तकलीफ़ दिया करता था। लेकिन धीरे-धीरे, फिर हम दोनों पर अजीब-सी मुर्दनी छाने लगी...एक ही बरस में हम दोनों रबड़ के पुतले-से बन गये... मेरा एहसास ज़्यादा तीखा था...तुम यक़ीन नहीं करोगे, लेकिन ख़ुदा की क़सम, उस वक़्त, जब मैं बाज़ू का गोश्त चुटकी में लेता तो बिलकुल रबड़ मालूम होता। ऐसा लगता था कि अन्दर ख़ून की नसें नहीं हैं। निगार की हालत, जहाँ तक मेरा ख़याल है, मुझसे अलग थी। उसके सोचने का ढंग और था। वह माँ बनना चाहती थी। गली में जब भी किसी के यहाँ कोई बच्चा पैदा होता तो उसे बहुत-सी आहें छिप-छिप कर, अपने सीने के अन्दर दबानी पड़ती थीं। लेकिन मुझे बच्चों का कोई ख़याल नहीं था। बच्चे न हुए तो क्या है? दुनिया में लाखों इन्सान मौजूद हैं, जिनके यहाँ औलाद नहीं होती। यह कितनी बड़ी बात है कि मैं अपने अहद (प्रण) पर क़ायम हूँ? इससे तस्कीन तो काफ़ी हो जाती थी, मगर मेरे दिमाग़ पर जब रबड़ का महीन-महीन जाला तनने लगा तो मेरी घबराहट बढ़ गयी...मैं हर वक़्त सोचने लगा और इसका नतीजा यह हुआ कि मेरे दिमाग़ के साथ रबड़ की छूत चिमट गयी। रोटी खाता तो लुक़मे दाँतों के नीचे कचकचाने लगते।" यह कहते हुए गुलाम अली को फुरहरी आ गयी, "बहुत

ही वाहियात और ग़लत चीज़ थी...उँगलियों में हर वक़्त जैसे साबुन-सा लगा है...मुझे अपने से नफ़रत हो गयी। ऐसा लगता था कि मेरी रूह का सारा रस निचुड़ गया है और एक छिलका-सा बाक़ी रह गया है, इस्तेमाल किया गया—इस्तेमाल किया हुआ... ।"

गुलाम अली हँसने लगा..."शुक्र है कि वह लानत दूर हुई; लेकिन सआदत, किन तकलीफ़ों के बाद...ज़िन्दगी बिलकुल सूखे हुए छीछड़े-सी हो गयी थी। सारी भावनाएँ, मुर्दा हो गयी थीं, लेकिन छूने की हिस ग़ैर-क़ुदरती हद तक तेज़ हो गयी थी...तेज़ नहीं...उसका सिर्फ़ एक रुख़ हो गया था...लकड़ी में, शीशे में, लोहे में, काग़ज़ में, पत्थर में—हर जगह, रबड़ की वह मुर्दा, उबकाई-भरी मुलायमी।...यह तकलीफ़ और भी गहरी हो जाती, जब मैं उसकी वजह का ख़याल करता...मैं दो उँगलियों से इस लानत को उठाकर फेंक सकता था, लेकिन मुझमें इतनी हिम्मत नहीं थी। मैं चाहता था, मुझे कोई सहारा मिल जाये। गहरी तकलीफ़ के इस समन्दर में मुझे एक छोटा-सा तिनका मिल जाये, जिसकी मदद से मैं किनारे लग जाऊँ...बहुत देर तक मैं हाथ-पाँव मारता रहा। लेकिन एक दिन, जब मैं छत पर धूप में एक मज़हबी किताब पढ़ रहा था, पढ़ क्या रहा था, ऐसे ही सरसरी नज़र से देख रहा था कि अचानक मेरी नज़र एक हदीस (इस्लामी शिक्षा) पर पड़ी। मैं ख़ुशी से उछल पड़ा। सहारा मेरी आँखों के सामने मौजूद था। मैंने बार-बार वे सतरें पढ़ीं, मेरी सूखी ज़िन्दगी जैसे सैराब (तृप्त) होने लगी...लिखा था कि शादी के बाद मियाँ-बीवी के लिए बच्चे पैदा करने लाज़िम हैं...सिर्फ़ उसी हालत में उनकी पैदायश रोकने की इजाज़त है, जब माँ-बाप की ज़िन्दगी ख़तरे में हो...मैंने दो उँगलियों से उस लानत को उठाया और एक तरफ़ फेंक दिया।"

यह कहकर वह बच्चों की तरह मुस्कुराने लगा। मैं भी मुस्कुरा दिया, क्योंकि उसने दो उँगलियों से सिगरेट का टुकड़ा उठा कर, एक तरफ़ यूँ फेंका था, जैसे वह कोई बेहद घिनौनी चीज़ हो।

मुस्कुराते-मुस्कुराते गुलाम अली सहसा गम्भीर हो गया, "मुझे मालूम है सआदत—मैंने जो कुछ तुमसे कहा है, तुम उसकी कहानी बना दोगे। लेकिन देखो, मेरा मज़ाक न उड़ाना। ख़ुदा की क़सम, मैंने जो कुछ महसूस किया था, वही तुमसे कहा है। मैं इस मामले में तुमसे बहस नहीं करूँगा। लेकिन जो कुछ मैंने हासिल किया है, वह यह है कि क़ुदरत के ख़िलाफ़ जाना हरगिज़-हरगिज़ बहादुरी नहीं—यह कोई कारनामा नहीं कि तुम फ़ाके करते-करते मर जाओ, या ज़िन्दा रहो...क़ब्र खोद कर उसमें गड़ जाना और कई-कई दिन उसके अन्दर दम साधे रखना; नुकीली कीलों के बिस्तर पर महीनों लेटे रहना; एक हाथ बरसों ऊपर उठाये रखना, यहाँ तक कि वह सूख-सूख कर लकड़ी हो जाये—ऐसे मदारीपने से न ख़ुदा मिल सकता है, न स्वराज..

और मैं तो समझता हूँ, हिन्दुस्तान को स्वराज सिर्फ़ इसलिए नहीं मिल रहा है कि यहाँ मदारी ज़्यादा हैं और लीडर कम...जो हैं, वे कुदरत के उसूलों के ख़िलाफ़ चल रहे हैं...ईमान और साफ़-दिली का बर्थ-कण्ट्रोल करने के लिए इन लोगों ने सियासत ईजाद कर ली है और यही सियासत है, जिसने आज़ादी की कोख का मुँह बन्द कर दिया है..."

गुलाम अली इसके आगे भी कुछ कहने वाला था कि उसका नौकर अन्दर आया। उसकी गोद में शायद गुलाम अली का दूसरा बच्चा था, जिसके हाथ में एक सुन्दर, रंगीन गुब्बारा था। गुलाम अली पागलों की तरह उस पर झपटा—पटाख़े-सी आवाज़ आयी—गुब्बारा फट गया और बच्चे के हाथ में धागे के साथ रबड़ का एक छोटा-सा टुकड़ा लटकता रह गया। गुलाम अली ने दो उँगलियों से उस टुकड़े को छीन कर यूँ फेंका, मानो वह बड़ी ही घिनौनी चीज़ थी।

डार्लिंग

यह उन दिनों का वाक़िआ है जब पूर्वी और पश्चिमी पंजाब में क़त्लेआम और लूटमार का बाज़ार गर्म था।

कई दिनों से मूसलाधार बारिश हो रही थी। वह आग जो इंजनों से न बुझ सकी थी, उस बारिश ने चंद घंटों ही में ठंडी कर दी थी, लेकिन जानों पर बाक़ायदा हमले हो रहे थे और जवान लड़कियों की इस्मत बदस्तूर ग़ैर महफ़ूज़ थी। हट्टे-कट्टे नौजवान लड़कों की टोलियाँ बाहर निकलतीं और इधर-उधर छापे मारकर डरी-दुबकी और सहमी हुई लड़कियाँ उठाकर ले जातीं।

किसी के घर पर छापा मारना और उसके वासियों को क़त्ल करके एक जवान लड़की को काँधे पर डालकर ले जाना बहुत ही आसान काम मालूम होता है। लेकिन 'स' का बयान है कि यह महज़ लोगों का ख़याल है, क्योंकि उसे तो अपनी जान पर खेल जाना पड़ा था।

इससे पहले कि मैं आपको 'स' का वाक़िआ सुनाऊँ, मुनासिब मालूम होता है कि उससे आपको परिचित करा दूँ।

'स' एक मामूली कद-काठी का साधारण सा आदमी है। मुफ़्त के माल से उसको इतनी ही दिलचस्पी है जितनी आम इन्सानों को होती है। लेकिन माले-मुफ़्त से उसका सुलूक दिले-बेरहम का-सा नहीं था, फिर भी एक अजीबो-ग़रीब ट्रैजिडी का कारण बन गया जिसका इल्म उसे बहुत देर में हुई।

स्कूल में 'स' औसत दर्जे का तालिबे-इल्म (छात्र) था। वह हर खेल में हिस्सा लेता। खेलते-खेलते जब नौबत लड़ाई तक जा पहुँचती तो 'स' उसमें पहले होता। खेल में वह हर क़िस्म के ओछे हथियार इस्तेमाल करता, लेकिन लड़ाई के मौक़े पर हमेशा ईमानदारी से काम लेता।

चित्रकारी से 'स' को बचपन ही से दिलचस्पी थी, लेकिन कॉलेज में दाख़िल होने के बाद हालात ने या 'स' ने कुछ ऐसा पलटा खाया कि उसने तालीम (पढ़ाई) छोड़कर साइकिलों की दुकान खोल ली।

फ़सादात के दौरान जब उसकी दुकान जलकर राख हो गयी तो उसने लूटमार में हिस्सा लेना शुरू कर दिया, बदले की भावना के साथ मनोरंजन के लिए—इसी दौरान उसके साथ एक अजीबो-ग़रीब वाक़िआ पेश आया, जो इस कहानी का विषय है।

उसने मुझसे कहा :

"मूसलाधार बारिश हो रही थी। मनों पानी बरस रहा था। मैंने अपनी ज़िन्दगी में इतनी तेज़ बारिश कभी नहीं देखी थी। मैं अपने घर की बरसाती में बैठा सिगरेट पी रहा था। मेरे सामने लूटे हुए माल का एक ढेर पड़ा था। बेशुमार चीज़ें थीं मगर मुझे उनसे कोई दिलचस्पी न थी। मेरी दुकान जल गयी थी। मुझे उसका भी कोई इतना ख़याल नहीं था, शायद इसलिए कि मैंने लाखों का माल तबाह होते देखा था...कुछ समझ में नहीं आता था...इतने ज़ोर से बारिश हो रही थी, लेकिन ऐसा लगता था कि चारों तरफ़ ख़ामोशी-ही-ख़ामोशी है और हर चीज़ ख़ुश्क है...जाने कहाँ से जले हुए शवों की बू-सी आ रही थी। मेरे होंठों में जलती हुई सिगरेट थी। उसके धुएँ से भी कुछ ऐसी ही बू निकल रही थी...जाने मैं क्या सोच रहा था या शायद कुछ सोच ही नहीं रहा था कि एकदम बदन में कँपकँपी-सी दौड़ गयी और जी चाहा कि एक लड़की उठाकर ले आऊँ। ज्यों ही यह ख़याल आया, बारिश का शोर सुनाई देने लगा और खिड़की के बाहर हर चीज़ पानी में सराबोर नज़र आने लगी...मैं उठा। सामने पड़े हुए लूटे हुए माल के ढेर से सिगरेटों का एक नया डिब्बा उठाकर मैंने बरसाती पहनी और नीचे उतर गया...सड़कें अँधेरी और सुनसान थीं। सिपाहियों का पहरा भी नहीं था। मैं देर तक इधर-उधर घूमता रहा। इस दौरान कई लाशें मुझे नज़र आयीं, लेकिन मुझ पर कोई असर न हुआ। घूमता-घामता मैं सिविल लाइंस की तरफ़ निकल गया। लुर्काफेरी सड़क बिलकुल ख़ाली थी। जहाँ-जहाँ बजरी उखड़ी हुई थी, वहाँ बारिश झाग बन-बनकर उड़ रही थी...अचानक मुझे मोटर की आवाज़ आयी। पलटकर देखा। छोटी-सी बेबी आस्टिन अँधाधुँध चली आ रही थी। मैं सड़क के ऐन दरमियान में खड़ा हो गया और दोनों हाथ इस अन्दाज़ से हिलाने लगा जिसका मतलब था कि रुक जाओ...मोटर बिलकुल पास आ गयी। मगर उसकी रफ़्तार में फ़र्क न आया। मोटर चलानेवाले ने ज़रा-सा रुख़ बदला। मैं भी पैंतरा बदलकर उधर हो गया। मोटर तेज़ी से उधर हुई, मगर अब उसकी रफ़्तार धीमी हो गयी। मैं अपनी जगह खड़ा रहा। पेशतर इसके कि मैं कुछ सोचता, मुझे ज़ोर का धक्का लगा और मैं उखड़कर फुटपाथ पर जा गिरा। जिस्म की तमाम हड्डियाँ कड़कड़ा उठीं, मगर मुझे चोट न आयी।

"उधर मोटर के ब्रेक चीख़े, पहिए एकदम फिसले और मोटर तैरती हुई सामनेवाले फुटपाथ पर चढ़कर एक दरख़्त से जा भिड़ी और जाम हो गयी...मैं उठा

और उसकी तरफ़ बढ़ा। मोटर का दरवाज़ा खुला और एक औरत सुर्ख़ रंग का भड़कीला मोमी रेनकोट पहने बाहर निकली। मेरी कड़कड़ाई हुई हड्डियाँ ठीक हो गयीं और जिस्म में हरारत पैदा हो गयी। रात के अँधेरे में मुझे सिर्फ़ उसका शोख़ रंग रेनकोट ही दिखाई दिया, लेकिन इतनी उम्मीद काफ़ी थी कि उस मोमी कपड़े में लिपटा हुआ जो कोई भी है, महिला है...मैं जब उसकी तरफ़ बढ़ा तो उसने पलटकर मेरी तरफ़ देखा। बारिश के लरज़ते हुए परदे में से मुझे देखकर वह भागी, मगर मैंने चन्द ही गज़ों के फ़ासले पर उसे पकड़ लिया। जब मेरा हाथ उसके चिकने रेनकोट पर पड़ा तो वह अंग्रेज़ी में चिल्लाई : 'हैल्प...हैल्प।' मैंने उसकी कमर में हाथ डाला और उसे गोद में उठा लिया। वह फिर अंग्रेजी में चिल्लाई : 'हैल्प, हैल्प...ही इज़ किलिंग मी...!' मैंने उससे अंग्रेज़ी में पूछा : 'आर यू ए इंगलिश वूमन...?' फिक़रा मुँह से निकल गया तो मुझे ख़याल आया कि 'ए' की जगह मुझे 'एन' कहना चाहिए था। उसने जवाब दिया : 'नो...' 'अंग्रेज़ी औरत से मुझे नफ़रत है।' मैंने उससे कहा : 'दैन इट इज़ ऑल राइट।' अब वह उर्दू में चिल्लाने लगी : 'तुम मुझे मार डालोगे...तुम मुझे मार डालोगे!' मैंने कोई जवाब नहीं दिया, इसलिए कि मैं उसकी आवाज़ से उसकी शक्लो-सूरत और उम्र का अन्दाज़ा लगा रहा था। मैंने उसके चेहरे पर से हुड हटाने की कोशिश की, पर उसने दोनों हाथ आगे कर लिये। मैंने सोचा, 'हटाओ' और सीधा मोटर की तरफ़ बढ़ा। दरवाज़ा खोलकर मैंने उसको पिछली सीट पर डाला और ख़ुद अगली सीट पर बैठ गया। गेयर दुरुस्त करके सेल्फ़ दबाया तो इंजन चल पड़ा। मैंने दिल में कहा, ठीक है, और हैंडल घुमाया। गाड़ी को फुटपाथ पर से उतारकर और सड़क पर पहुँचकर मैंने एक्सीलेटर पर पाँव रख दिया। मोटर दौड़ने लगी...घर पहुँचकर मैंने पहले सोचा कि ऊपर की बरसाती ठीक रहेगी, लेकिन इस ख़याल से कि लौंडिया को ऊपर ले जाने में झक-झक करनी पड़ेगी, मैंने नौकर से कहा कि दीवानख़ाना खोल दे। नौकर ने दीवानख़ाना खोला तो मैंने लौंडिया को घुप अँधेरे में ही सोफ़े पर डाल दिया। वह सारा रास्ता ख़ामोश रही थी लेकिन सोफ़े पर गिरते ही चिल्लाने लगी : 'डोंट किल मी...डोंट किल मी प्लीज़!' मुझे ज़रा शायरी सूझी : 'आई वोंट किल यू...आई वोंट किल यू डार्लिंग!' वह रोने लगी। मैंने नौकर से कहा कि चला जाये। वह चला गया। मैंने जेब से दियासलाई निकाली। एक-एक करके सारी तालियाँ निकालीं, मगर एक भी न सुलगी। बारिश में उनके मसाले का फ़ालूदा हो गया था। बिजली का करेंट भी कई दिनों से ग़ायब था। ऊपर बरसाती में लूटे हुए माल में कई बैट्रियाँ पड़ी थीं, लेकिन मैंने सोचा कि अँधेरे में ही ठीक है, मुझे कौन-सी फ़ोटोग्राफ़ी करनी है...बरसाती उतारकर मैंने एक तरफ़ फेंक दी और उससे कहा : 'लाइए, मैं आपका रेनकोट उतार दूँ।' मैं सोफ़े की जानिब झुका, लेकिन वह ग़ायब थी, मैं बिलकुल न घबराया, इसलिए कि दरवाज़ा नौकर ने बाहर से बन्द कर दिया

था। घुप अँधेरे में इधर-उधर मैंने उसे तलाश करना शुरू किया। थोड़ी देर के बाद हम दोनों एक-दूसरे से भिड़ गये और तिपाई के साथ टकराकर गिर पड़े। फ़र्श पर पड़े-पड़े मैंने उसकी तरफ़ हाथ बढ़ाया। मेरा हाथ उसकी गर्दन पर जा पड़ा। वह चीख़ी। मैंने कहा : 'चीख़ती क्यों हो...मैं तुम्हें मारूँगा नहीं।' उसने फिर सिसकियाँ लेनी शुरू कर दीं। फिर मेरा हाथ उसके पेट पर पड़ा। वह दोहरी हो गयी। मैंने, जैसे भी बन पड़ा, उसके रेनकोट के बटन खोलने शुरू कर दिए...मोमी कपड़ा भी कुछ अजीब होता है जैसे बूढ़े गोश्त में चिकनी-चिकनी झुर्रियाँ पड़ी हों। वह रोती रही और इधर-उधर करवट बदलकर प्रतिरोध करती रही, लेकिन मैंने पूरे बटन खोल दिए। इसी दौरान मुझे मालूम हुआ कि वह साड़ी पहने हुए है। मैंने सोचा, यह तो ठीक ही रहा। मैंने ज़रा मामला देखा। ख़ासी सुडौल पिंडली थी। वह तड़पकर एक तरफ़ हट गयी। मैं पहले तो ज़रा यूँही-सा सिलसिला कर रहा था, उसकी पिंडली के साथ जब मेरा हाथ लगा तो बदन में चार सौ चालीस वोल्ट पैदा हो गये, लेकिन मैंने फ़ौरन ही ब्रेक लगा दिए कि सहज पके सो मीठा हो। तो मैंने शायरी शुरू कर दी : 'डार्लिंग, मैं तुम्हें यहाँ क़त्ल करने के लिए नहीं लाया हूँ...डरो नहीं...यहाँ तुम ज़्यादा सुरक्षित हो...जाना चाहो तो चली जाओ...लेकिन बाहर लोग तुम्हें दरिंदों की तरह चीर फाड़ेंगे...जब तक यह फ़सादात होते रहें, तुम मेरे साथ रहना...तुम पढ़ी-लिखी लड़की हो...मैं नहीं चाहता कि तुम गँवारों के चंगुल में फँस जाओ।' उसने सिसकियाँ लेते हुए कहाः 'यू वोंट किल मी?' मैंने फ़ौरन ही कहा : 'नो सर...' वह सिसकते-सिसकते हँस पड़ी। मुझे फ़ौरन ही ख़याल आया कि औरत को 'सर' नहीं कहा करते। मुझे बहुत ग्लानि हुई, लेकिन उसके हँस पड़ने से मुझे कुछ हौसला हो गया। मैंने सोचा, 'मामला पटा समझो।' मैं भी हँस पड़ा : 'डार्लिंग, मेरी अंग्रेज़ी कमज़ोर है।' थोड़ी देर ख़ामोश रहने के बाद उसने मुझसे पूछा : 'अगर तुम मुझे मारना नहीं चाहते तो यहाँ क्यों लाए हो?' उसका सवाल बड़ा बेढब था। मैंने जवाब सोचना शुरू किया फिर मैंने सोचा, 'जो मुँह में आये, कह दूँ।' मैंने कहा : 'मैं तुम्हें मारना बिलकुल नहीं चाहता, इसलिए कि यह काम मुझे बिलकुल अच्छा नहीं लगता...रही यह बात कि तुम्हें यहाँ क्यों लाया हूँ तो इसका जवाब यह है कि मैं अकेला था।' वह बोली : 'लेकिन तुम्हारा नौकर तुम्हारे पास है।' मैंने बे सोचे-समझे जवाब दिया : 'उसका क्या है...वह तो नौकर है।' वह खामोश हो गयी। मेरे दिमाग़ में नेक ख़याल आने लगे। मैंने सोचा, 'हटाओ यार,' मैंने उठकर कहा : 'तुम जाना चाहती हो तो चली जाओ...उठो।' मैंने उसका हाथ पकड़ा। वह उठ खड़ी हुई। एकदम मुझे उसकी पिंडली का ख़याल आ गया। मैंने ज़ोर से उसको अपने सीने के साथ चिपटा लिया। उसकी गर्म-गर्म साँसें मेरी ठोड़ी के नीचे घुस गयीं। मैंने अटकल पच्चू अपने होंठ उसके होंठों पर जमा दिए—वह लरज़ने लगी। मैंने कहा : 'डार्लिंग, डरो नहीं...मैं तुम्हें मारूँगा नहीं।' उसकी आवाज़ में विचित्र

क़िस्म की कँपकँपाहट पैदा हो गयी : 'छोड़ दो मुझे।' मैंने उसे अपनी गिरफ़्त से अलहदा (अलग) कर दिया, लेकिन फ़ौरन ही उसे अपने बाज़ुओं में उठा लिया। सड़क पर से उसे उठाते वक़्त मुझे महसूस नहीं हुआ था, लेकिन अब मैंने महसूस किया कि उसके कूल्हों का गोश्त बहुत नर्म है। एक बात मुझे और भी मालूम हुई, वह यह कि उसके हाथ में एक छोटा-सा बैग था। मैंने उसे सोफ़े पर लिटा दिया और बैग उसके हाथ से ले लिया। मैंने कहा : 'अगर इसमें कोई क़ीमती चीज़ है तो यक़ीन रखो, यहाँ बिलकुल महफ़ूज (सुरक्षित) रहेगी..बल्कि चाहो तो मैं भी तुम्हें कुछ दे सकता हूँ।' वह बोली : 'मुझे कुछ नहीं चाहिए।' मैंने कहा : 'लेकिन मुझे चाहिए।' उसने पूछा : 'क्या?' मैंने जवाब दिया : 'तुम।' वह ख़ामोश हो गयी। मैं फ़र्श पर बैठकर उसकी पिंडलियाँ सहलाने लगा। वह काँप उठी। मैं हाथ फेरता रहा। उसने जब कोई प्रतिरोध नहीं किया तो मैंने सोचा कि मजबूरी की वजह से बेचारी ने अपने आपको ढीला छोड़ दिया है। मेरी तबियत कुछ खट्टी-सी होने लगी। मैंने कहा : 'देखो, मैं ज़बर्दस्ती कुछ नहीं करना चाहता...तुम्हें मंज़ूर नहीं है तो जाओ।' यह कहकर मैं उठने ही वाला था कि उसने मेरा हाथ पकड़कर अपने सीने पर रख लिया जो धक-धक कर रहा था। मेरा दिल भी उछलने लगा। मैंने ज़ोर से 'डार्लिंग' कहा और उसके साथ चिपट गया। देर तक चूमाचाटी होती रही। वह सिसकियाँ भर-भर के मुझे डार्लिंग कहती रही। मैं भी कुछ इसी क़िस्म के ख़ुराफ़ात बकता रहा। थोड़ी देर के बाद मैंने कहा : 'यह रेनकोट उतार दो...बहुत ही वाहियात है।' उसने जज़्बात भरी आवाज़ में कहा : 'तुम ख़ुद ही उतार दो ना।' मैंने उसे सहारा देकर उठाया और कोट उसके बाज़ुओं से खींचकर उतार दिया। उसने बड़े प्यार से पूछा 'कौन हो तुम?' मैं उस वक़्त अपना लेखा-जोखा बताने के मूड में नहीं था। मैंने सिर्फ इतना कहा : 'तुम्हारा डार्लिंग।' उसने, 'यू आर ए नॉटी ब्वॉय' कहा और अपनी बाँहें मेरे गले में डाल दीं। मैं उसका ब्लाउज़ उतारने लगा तो उसने मेरे हाथ पकड़ लिये और बोली : 'मुझे नंगा न करो।' मैंने कहा : 'क्या हुआ...इतना तो अँधेरा है।' वह कसमसाई : 'नहीं...नहीं।' मैंने कहना चाहा : 'तो इसका यह मतलब है कि...' उसने मेरे दोनों हाथ थामकर चूमने शुरू कर दिए और काँपती आवाज़ में कहने लगी : 'नहीं-नहीं...मुझे शर्म आती है।' अजीब-सी बात थी। मैंने दिल ही दिल में कहा, 'चलो हटाओ, छोड़ो ब्लाउज़ को, आहिस्ता-आहिस्ता सब ठीक हो जायेगा।' मैं कुछ देर ख़ामोश रहा, उसने डरी हुई आवाज़ में पूछा : 'तुम नाराज़ तो नहीं हो गये?' मुझे कुछ मालूम ही नहीं था कि मैं नाराज़ हूँ या नहीं। मैंने कहा : 'नहीं, नाराज़ होने की क्या बात है...तुम ब्लाउज़ नहीं उतारना चाहती हो तो न उतारो, लेकिन...' इससे आगे कहते हुए मुझे शर्म आ गयी, फिर मैंने ज़रा गोल करके कहा : 'लेकिन कुछ तो होना चाहिए...मेरा मतलब है कि साड़ी उतार दो।' उसका हलक सूख गया : 'मुझे डर लगता है।' मैंने प्यार से कहा : 'किससे डर लगता

है?' उसने बिलख-बिलखकर रोना शुरू कर दिया। मैंने उसे तसल्ली दी : 'मैं तुम्हें तकलीफ़ नहीं दूँगा...अगर तुम्हें वाक़ई डर लगता है तो जाने दो...दो-तीन दिन यहाँ रहो...जब मेरी तरफ़ से तुम्हें पूरा इत्मीनान हो जाये तब सही।' उसने रोते-रोते कहाः 'नहीं-नहीं...' और अपना सिर मेरी रानों पर रख दिया। मैं उसके बालों में उँगलियों से कंघी करने लगा। थोड़ी ही देर के बाद उसने रोना बन्द कर दिया और सूखी-सूखी हिचकियाँ लेने लगी, फिर एकदम उसने मुझे अपने साथ ज़ोर से भींच लिया और तेज़ी से काँपने लगी। मैंने उसे सोफ़े पर से उठाकर फ़र्श पर बिठा दिया...और तभी कमरे में अचानक रौशनी की लकीरें तैर गयीं। दरवाज़े पर दस्तक हुई। मैंने पूछा 'कौन है?' नौकर की आवाज़ आयी : 'लालटेन ले लीजिए।' मैंने कहा : 'अच्छा।' लेकिन उसने आवाज़ भींचकर डरे लहज़े में कहा : 'नहीं-नहीं'...मैंने कहा : 'क्या हर्ज है...मैं लालटेन एक तरफ़ नीची करके रख दूँगा।' मैंने उठकर लालटेन ले ली और दरवाज़ा अन्दर से बन्द कर लिया। इतनी देर के बाद रौशनी देखी थी, आँखें चौंधिया गयीं। वह एक कोने में खड़ी हो गयी थी। मैंने कहा : 'भई, इतना भी क्या है...थोड़ी देर रौशनी में बैठकर बातें करेंगे, फिर जब तुम कहोगी, लालटेन गुल कर देंगे।' जब उसने कोई जवाब न दिया तो मैं लालटेन हाथ में लिये उसकी तरफ़ बढ़ा। उसने साड़ी का पल्लू सरकाकर दोनों हाथों से अपना चेहरा ढाँप लिया। मैंने कहा : 'तुम भी अजीबोगरीब लड़की हो...अपने दूल्हे से भी परदा?' मैं वाक़ई समझने लगा कि वह मेरी दुल्हन है और मैं उसका दूल्हा। इसी तसव्वुर (कल्पना) के तहत मैंने कहा : 'अगर ज़िद ही करनी है तो भई, कर लो...हमें आपकी हर अदा क़ुबूल है।' यकायक ज़ोर का धमाका हुआ। कहीं बम फटा था। वह लपकी और मेरे साथ चिमट गयी। मैंने उसे दिलासा दिया : 'डरो नहीं...मामूली-सी बात है।' एकदम मुझे ख़याल आया कि मैंने उसके चेहरे की झलक देख ली है। मैंने उसको दाएँ कंधे से पकड़कर झंझोड़ा और एक कदम पीछे हट गया...मैं बयान नहीं कर सकता, मैंने क्या देखा...बहुत ही भयानक सूरत, गाल अन्दर धँसे हुए जिन पर गाढ़ा मेकअप छुपा था और कई जगहों से मेकअप की तह बारिश की वजह से उतरी हुई थी और नीचे से असली जिल्द निकल आयी थी जैसे कई ज़ख़्मों पर से फाहे उतर गये हों, ख़िज़ाब लगे ख़ुश्क और बेजान बाल जिनकी सफ़ेद जड़ें दाँत दिखा रही थीं, और सबसे अजीबोगरीब चीज़ वह मोमी फूल थे जो उसने इस कान से उस कान तक माथे के साथ-साथ बालों में लगा रखे थे। मैं देर तक उसको देखता रहा। वह बिलकुल साकित (जड़) खड़ी रही। मेरे होशो-हवास गुम हो गये थे। थोड़ी देर के बाद जब मैं सँभला तो मैंने लालटेन एक तरफ़ रख दी और उससे कहा : 'तुम जाना चाहो तो चली जाओ।' उसने कुछ कहना चाहा, लेकिन जब देखा कि मैं उसका रेनकोट और बैग उठा रहा हूँ तो वह ख़ामोश हो गयी। मैंने दोनों चीज़ें उसकी तरफ़ देखे बग़ैर उसको दे दीं। वह कुछ देर शायद

गर्दन झुकाए खड़ी रही। फिर दरवाज़ा खोला और बाहर निकल गयी..."

यह वाक़िआ सुनकर मैंने 'स' से पूछा : "जानते हो, वह औरत कौन थी?"

'स' ने जवाब दिया : "नहीं तो...!"

मैंने कहा : "वह औरत मशहूर आर्टिस्ट मिस 'म' थी...!"

'स' चिल्लाया : "मिस 'म'? वही जिसकी बनाई हुई तस्वीरों की मैं स्कूल में कॉपी किया करता था?"

मैंने जवाब दिया : "हाँ वही...! वह एक आर्ट कॉलेज की प्रिंसिपल थी...वह लड़कियों को सिर्फ़ औरतों और फूलों...सिर्फ़ औरतों और फूलों की चित्रकारी सिखाती थी...मर्दों से उसे सख़्त नफ़रत थी।"

यह सुनकर 'स' कुछ सोचने लगा, फिर एकदम चौंका : "कहाँ है वह आजकल?"

मैंने मुस्कुराकर जवाब दिया : "आसमान पर...!"

उसने पूछा : "क्या मतलब?"

मैंने जवाब दियाः "उसी रात को...जब तुमने उसे बाहर निकाल दिया..उसकी मोटर का हादसा हुआ और वह मर गयी...लेकिन उसके क़ातिल तुम हो और यह सिर्फ़ मैं जानता हूँ...नहीं...दरअसल तुम दो औरतों के क़ातिल हो...एक तो उस औरत के जिसको सब लोग एक मशहूर आर्टिस्ट की हैसियत से जानते हैं..दूसरी उस औरत के जो तुम्हारे दीवानख़ाने में से पहली औरत के रूप में से बाहर निकली थी, और जिसको सिर्फ़ तुम जानते हो...!"

'स' ख़ामोश रहा।

❑❑❑